有爱的青春陪伴者

归山玉 著

替嫁

江苏凤凰文艺出版社
JIANGSU PHOENIX LITERATURE AND
ART PUBLISHING

图书在版编目（CIP）数据

替嫁 / 归山玉著. -- 南京：江苏凤凰文艺出版社,
2025. 7. -- ISBN 978-7-5594-9713-0
Ⅰ. I247.5
中国国家版本馆CIP数据核字第2025YQ7811号

替嫁

归山玉 著

责任编辑	王昕宁
特约编辑	狐小九
责任校对	言 一
责任印制	杨 丹
出版发行	江苏凤凰文艺出版社
	南京市中央路165号，邮编：210009
网 址	http://www.jswenyi.com
印 刷	天津睿和印艺科技有限公司
开 本	880mm×1230mm1/32
印 张	9
字 数	250千字
版 次	2025年7月第1版
印 次	2025年7月第1次印刷
书 号	ISBN 978-7-5594-9713-0
定 价	42.80元

江苏凤凰文艺版图书凡印刷、装订错误，可向出版社调换，联系电话025-83280257

目录

- 001 第一章 ⸻ 出嫁
- 028 第二章 ⸻ 恶意
- 056 第三章 ⸻ 妖海
- 083 第四章 ⸻ 倒影
- 111 第五章 ⸻ 面具
- 138 第六章 ⸻ 命运

目录

- 165　第七章 ✦ 天外
- 193　第八章 ✦ 荧惑
- 221　第九章 ✦ 红线
- 246　第十章 ✦ 封印
- 276　独家番外 ✦ 结像

第一章

沙棠最近总做同一个梦。

梦里山花遍布,大风吹得花树摇曳,除去呜咽的风声,便是刀刃相撞的声响。草屑被吹落进河水中,晃荡的水面倒映着一个模糊的身影。

她仿佛也随着草屑掉落水中,透过厚重的水幕朝岸上的那抹人影看去。

沙棠从梦中惊醒,听见夜风撞击门窗的声音,与梦中似妖兽咆哮的风声十分相似,也令人心惊不已。

她揉了揉眼,披上外衣下床,刚推开门就被迎面而来的大风吹得抬起手遮挡。

远处有耀眼的红光闪过,是师尊的灵兽火凤。

天幕阴沉,不见星月,唯有火凤的光芒耀眼,它正全速朝着阿姐祝星的住所飞去。

今夜的飞玄州格外安静,沙棠站在栅栏前,神色微怔地望着火凤消失的方向。

沙棠后半夜没再睡，等到天色将明时，便从阁楼下去，走在院外的碎石小道上。晨露微寒，而她灵力微弱，连最简单的用来暖身的术法都使不出，只得将鹅黄色的外衣又收拢些。

常月楼离沙棠住的地方最远，她走了许久，才看见檐角挂着弯月风铃的小楼。

楼门前已有不少人在进进出出，看起来神色都不太好。师尊的火凤缩小了形态，模样威严地立在青色的檐角上，朝远处眺望。

沙棠不知发生了什么，心里有些惶惶不安，刚往前走了没几步，就撞上同样来常月楼的父亲——祝廷维。

祝廷维风尘仆仆地赶到，看都没看路上的沙棠，带着人径直朝常月楼里走去。

沙棠缩在衣袖里的五指动了动，星眸微怔，开始犹豫要不要过去。晨间的寒风直往她衣襟里钻，冷意遍布四肢百骸，让少女素净的小脸又白了几分。

她心有退缩之意，想要回去时，常月楼的侍女瞧见了她，急忙上前道："二小姐。"

沙棠还没开口，侍女就道："大小姐昨夜病发，身子虚弱，长静仙君正在里面为她诊治，家主刚刚到达，二小姐你也快进去看看吧。"

她就这样被侍女领进了常月楼。

阿姐祝星的闺阁在常月楼顶端，侍女将沙棠送到楼梯口就不敢再往上，因为长静仙君吩咐过，若非要紧事，便不要在此时去打扰祝星。

沙棠提着裙摆走上楼，顺着栅栏来到屋前，正欲敲门，就听里面传来父亲低沉的声音："老洲王重伤不愈，前几日下令，让青州的温家代管十二天州。

"青州与我飞玄州争了这么久，就是为了十二天州洲王的位置。这次温家在听海关击退一方妖王，救了北边三州，声望大增，那三州已是温家的天下。"

沙棠安静地站在门外，不敢在此时进去打扰他们。

屋里的白衣男子却蹙眉朝门外看去，温润如玉的声音中，带了点冷意："什么人？进来。"

沙棠这才抬手轻轻地敲门，怯声道："师尊，父亲，是我。"

屋中静默一瞬，祝廷维沉声道："进来吧。"

沙棠低垂眉眼，推门进屋。

她未经允许擅自来常月楼，心里有些慌，怕这二人生气，不敢抬头看，只轻声道："侍女说阿姐病发，身子虚弱，我有些担心……"

话还未说完，就被祝廷维打断："你阿姐在里面，你进去看看吧。"

沙棠抿唇收声，轻手轻脚地绕过两人，去往屏风后的里屋。

里屋的窗户紧闭着，帷幔重重，为床榻上的病弱女子防风防寒。沙棠带了一身冷气进屋，她驻足站在帷幔外等了等，等冷意散去后，才敢伸手掀帘进去。

床边的小桌案上放着暗金色的芙蓉香炉，里面燃着安神香，闻着是十分舒适的味道。

沙棠小心地走近，看见昏睡在床榻上的阿姐祝星。女人一头柔顺的墨发散在身后，秀丽的眉微蹙，似入了梦魇，额上覆着一层细密的汗珠，干裂的唇微张，轻轻叫着一个人的名字："长静……"

听见阿姐在睡梦中叫出师尊的名字，沙棠目光微怔。

她的师尊宋长静，此刻就在外面，若是她去说阿姐找你，师尊肯定会进来守着的。

沙棠呆了呆，犹豫片刻后，迈步来到床边，揪着衣袖弯下腰，为祝星擦去额上的细汗，却没料到这个动作将她惊醒。

祝星睁开眼，怔怔地望着凑近的人，眸光微闪。

沙棠忙拉开距离，解释道："阿姐，我刚刚见你出了汗。"

祝星闭了闭眼，好一会儿后才睁开，神色恢复平静。她单手撑着床沿，侧身坐起。

沙棠想去扶她又不敢，站在床边，显得有些无措。

"我去叫师尊。"

沙棠话音刚落，祝星就道："你是知道了才过来的吗？"

什么？

沙棠不解地抬头看去，目光无措，不知其意。

乌黑的星眸中映着女人惨白的面容，柔顺的发极黑，衬得她脸色更白。祝星柔若无骨地靠在床头，远山黛眉下一双眼楚楚可怜，深深郁色藏于眼底，与她对视的瞬间便觉得触目惊心，让人升起浓浓的保护欲。

沙棠因室外晨寒而冰冷的脸颊，进屋后受暖意催使，恢复了红润，与病榻上的人儿面容有几分相似，却比她更加明艳。

两人都是一样的杏眼，姝色娇柔，甚至连左眼角下淡淡的一颗泪痣都在相差无几的位置。

沙棠与祝星对视一会儿，就忍不住低下头去，不敢再看。她表现得太过小心翼翼，用尽所有力气降低自己的存在感，恨不得化作一粒尘埃。

祝星却仍旧盯着她瞧，目光像是透过沙棠看向很远的地方，抿唇低声道："若是娘还活着……定不会让我远嫁青州，嫁给一个从未见过面、也不爱我的男人。"

此刻，沙棠甚至不敢在祝星面前大声呼吸。

心跳好似停顿一瞬，又重重响起，令沙棠无比为难，想要伸手捂住胸口的跳动，不让它打扰祝星。

母亲在生育沙棠时离世，是她让祝星没了母亲，让祝廷维没了深爱的妻子。

沙棠出生时，伴随荧惑之星降世。留有"荧惑之命"的印记，是不祥的天命诅咒，又称作"灾星之命"，会给身边的人带来不幸与伤害。

母亲死前，曾哭叹此女命运多舛，身怀荧惑之命，只有二十岁的人间寿命。

沙棠今年十八岁，若是按照诅咒预言，她只剩两年的活头。

屋中安静片刻后，沙棠才低声道："阿姐怎么会嫁去青州？"

"青州的温家，如今代管十二天州。这些年，我们飞玄州与青州多次敌对，爹爹好几次拦了温家的路，如今温家得势，要我嫁给温家不受宠的小儿子，温聿怀。"

祝星说得细若无声，眸光也暗淡几分。她轻扯嘴角，面容悲戚："云崇去听海关为我取药，陷入妖海，命悬一线。若是不答应温家的要求，云崇就永远留在妖海，回不来了。"

沙棠听到这儿，控制不住地抬头，刚好撞上祝星盯着她的目光。

云崇与姐妹二人一同长大，是宋长静的徒弟，也是祝星敬重的兄长，更是沙棠从小到大唯一能依赖的人。

"师兄他……"沙棠刚开口就不知道该如何说下去。

云崇师兄对她很好，但沙棠知道，师兄更喜欢阿姐。

若是得知阿姐要嫁给别的男人，他肯定会很生气，也会很伤心。

沙棠笨拙地道："父亲不会答应的。"

祝星轻轻摇头，示意沙棠走近些。沙棠迟疑着，还是顺她的意往前走去，在床边坐下，乖乖靠近。

"你被养在深楼里，一个月也就只能离开一两天，所以才不知外面的世界如何。"祝星伸出手，轻轻捧着沙棠的脸。

虽然是刚从被褥里拿出来的手，却冷如寒冰，抚上沙棠温热的脸庞，给她带来阵阵凉意。

沙棠一动不敢动。

"阿棠，"祝星充满郁色的眸中映着少女懵懂的脸，她凄然一笑，声似绝望，"我心悦你师尊，若是嫁去青州，不如一死。"

沙棠听后，久久不能回神。

沙棠忘记自己是如何离开常月楼的，她脑子里一直回想着阿姐最后说的话。

那双眼中透露出的郁色与凄然,像是一块巨石压在沙棠心上,令她辗转难眠,惶恐不安。

入睡前,她都在反问自己:

又是我给阿姐带来的不幸吗?

云祟师兄若是回不来,会死在妖海吗?

阿姐若是真的寻死怎么办?

父亲……不会让阿姐嫁去青州的吧?

祝家在飞玄州是有头有脸的仙门世家,祝廷维也曾想要帮沙棠解除荧惑之命的诅咒,却没想到因此害了自己的大女儿。

祝星小时候是健康活泼的,见谁都是一双笑眼,嘴甜会哄人开心,性子像极了她母亲。祝廷维痛失爱妻后,看见大女儿,就常常想起死去的妻子,心生慰藉与怜惜。

他看见小女儿也会想起亡妻,但心中的情绪是复杂的,又痛又恨。

沙棠趴在桌案上,迷迷糊糊地睡着了,梦中也有阿姐决绝的声音:"……若是嫁去青州,不如一死。"

她梦到十岁那年,父亲带她和阿姐去垂仙峡结仙缘。

在云雾缭绕的悬崖口前,青松苍劲,半截树枝在悬崖外,摇摇欲坠。

父亲正和几位仙君谈论她荧惑之命的事,神色沉冷,没有注意到两个女孩朝悬崖边越靠越近。

沙棠被沾着露珠的松叶吸引,好奇上前时,脚下一滑。身旁的阿姐伸手抓她,往前踉跄一步,朝悬崖下方摔落。

垂仙峡下是刺骨寒雾,还有无数的冰凌,十四岁的小女孩掉下去,哪怕有灵根护体也遭受重创,从此根基不稳,变得病弱不堪,性情也因此大变。

沙棠梦见阿姐得知自己灵根受损,再难修炼的消息时,放声尖叫,泪水盈满眼眶,从前望着她笑意盈盈的眼眸,从此充满直白的怨恨。

阿姐恨声道："你害死了阿娘，如今还要来害我！"

父亲将情绪失控的阿姐护在身后，再让人将脸色煞白的沙棠带走。

自这天之后，她就被父亲关进了竹楼中，只能偶尔在府中走动。若是外出，必须有祝廷维的准许，或者有长静仙君的陪伴。

沙棠梦到自己跪在竹楼中，颤抖着抬头，目光怯生生地望向门前父亲高大阴沉的身影。

父亲逆着光，她看不清他的神情，月光冰冷，如同父亲的话一样寒冷："你会害死所有人的。"

"所以你得记住，你是个什么样的存在。"

夜风猛烈地撞击门窗，将窗户"嘭"的一声撞开，也将沙棠吓醒。她呼吸急促，额上都是汗，手心发热，撑桌站起身去关窗户。

沙棠来到窗前，神情还有些恍惚，没能从梦中回过神来。直到看见窗外夜幕中飞过的火凤身影，她又想起阿姐要嫁去青州的事。

该怎么办？

沙棠坐在桌案边，望着桌上没有写完的书文发呆。

她被关在竹楼中，除了发呆，便是看看书、写写字。平时云崇师兄会来陪她玩，跟她讲外面的趣事，这才让沙棠觉得时间过得快些。

师尊宋长静隔三岔五也会来看她，教她术法。

但沙棠天资不够，灵力微弱，不是修炼的苗子，也没有什么仙缘，只有诅咒。

沙棠努力跟着宋长静学术法、符咒，可她天资愚钝，能力不够，再努力也没用。

宋长静也没有苛责她。他脾性温和，对沙棠心有怜惜，不忍她一个小姑娘终日被困竹楼，待她总是和颜悦色。

这两日，宋长静来看她时，俊朗的仙眉间也染了几分令人揪心的愁色。沙棠不敢多问，只乖乖抄写师尊指定的书文。

当师尊要走时，沙棠还是没忍住，开口问道："师尊，师兄他……还没回来吗？"

宋长静侧目看向常月楼的方向，低声道："若是温家的要求没有被满足，云崇很难回来。"

沙棠低垂着头，像是做错了什么般，不敢再看宋长静。

送走师尊后，已经入夜。侍女给沙棠送来晚膳，等她吃过后，又收拾带走，再次留她一个人在屋中。

沙棠也已经习惯了。

只是今晚不知为何，她心里总是不安，觉得抄写累了，刚站起身，就听见门外的侍女低声道："二小姐，家主来了。"

沙棠瞬间紧张起来。她低低地应了一声，拿过一旁的外衣披上，这才去了二楼见祝廷维。

屋中亮着烛光，祝廷维背对着她，站在堂屋中央，抬头看着前方的女人画像。

画中的女人低垂着眉眼，温婉秀美。这是他的亡妻，也是沙棠的母亲。

沙棠站在门口，不敢再往前靠近。她低垂着脑袋，只盯着自己的裙摆，轻声道："父亲今晚来见我，是有什么事吗？"

祝廷维望着画像的眼珠微动，从追忆中抽回心神。

他没有回头，淡声道："温家的事，你阿姐已经和你说过了？"

沙棠心跳如擂鼓，一句话在心中斟酌好一会儿，才怯生生地说："阿姐说她不想嫁去青州。"

"她自然是不愿的。"祝廷维说，"你阿姐身体不好，青州太远，她去不得。"

沙棠自知没有谈论这件事的资格，埋头不知道该说什么。

"你师尊的伤还没好。青州温家得势，我与温家结仇多年，如今正是他们风光报仇的时候。"祝廷维说，"你师兄云崇被困妖海，生死全靠温家一句话。他若是没有将药寻回，你阿姐也活不长了。"

怎么会这样？

沙棠听得呆住。

她被关在竹楼中，不知道外面的世界，也不知道这些年温家的动作。

突然得知这些消息，沙棠也是懵懵懂懂。

祝廷维顿了顿，继续道："温家向我求娶你阿姐，是因为知晓她是我最疼爱的女儿。他们想要她嫁给温家毫无存在感的小儿子温聿怀，以此来折辱你阿姐，报复飞玄州。"

沙棠的心跳越来越快。她不清楚为什么，只知道父亲不会无缘无故跟她说这些话。

自从十岁那年发生了那件事后，父亲就很少来竹楼看她。

"但温家的要求必须满足，要让云崇带着药回来，才能救你阿姐。"祝廷维转过身来，目光冷冷地注视着低垂着脑袋的少女，"你也要救你阿姐，是你将她害成这样的。"

随着祝廷维的话音落下，沙棠耳边剧烈急促的心跳声忽然停了。

她在短暂的耳鸣声中，颤抖地眨了眨眼，黑长的眼睫微扇，在她白皙的肌肤上投下淡淡的阴影。

"我……"

要如何救阿姐？

祝廷维说："你替她去青州，替她嫁给温聿怀。"

父亲不容拒绝的语气，让沙棠茫然地抬起头来。

沙棠听得怔住，没能反应过来这话是什么意思。

他冷沉的声音继续响起："……星儿受伤后就未曾出过飞玄州，温家也没人见过她。"

"你们长相相似，只要你不说，他们认不出来的。"

"你不仅要救你阿姐，还要救你师兄。他们从未嫌弃过你的灾星诅咒，却都曾被你伤害过……"

"嫁去青州后，你要想办法让云崇尽快回来。"

"我迟早会解决温家的。"

"你能活到二十岁，所以暂时死不了。可若是你阿姐去了，那就必死无疑。

"你得救她。"

他说得十分坚定。

在祝廷维的命令下,她没办法拒绝,也不敢拒绝。

沙棠只怔怔地点了点头,直到祝廷维离开,她还是站在原地,久久没有反应。

这天夜里,沙棠坐在桌边静思,平复好心绪后,重新拿起笔,继续抄着没有抄写完的书文。她抄得很慢,直到天亮也没有抄完。

望着窗外渐明的天际,沙棠脑子里却想起昨晚祝廷维的声音:"婚期将至,两日后你就去吧。"

如今天亮,只剩下一日了。

侍女敲响屋门,怕打扰她,轻声道:"二小姐,你醒了吗?"

沙棠起身去开门,乌黑湿润的眼眸望着侍女。

侍女低下头去:"大小姐那边请你过去一趟。"

沙棠揪着衣袖擦了擦脸,给自己洗漱一番便去了常月楼。

到常月楼下时,就能闻到浓郁苦涩的药汤味,每天早晚这苦味是最浓的,而这些明显的气味,都在提醒沙棠,是她给祝星带来的不幸。

沙棠刚进屋,侍女便端着药碗离开。里屋的窗户紧闭着,帷幔被放下一层又一层,连里面的人影都瞧不清。

她掀开帷幔朝里走去,看见祝星坐起身靠在床头,手里拿着一卷书,神色恹恹地翻了两页,没心思看下去,便又将书页合上。

"你来了。"祝星抬眼看着沙棠。

沙棠停在距床边几步远的位置,下意识地低着头,不敢看对方,轻声道:"阿姐。"

两人谁也没有说话,屋中因而变得寂静,还显得有几分诡异。祝星只是看着她,沙棠低着头,虽然避开了阿姐的目光,却在这份沉默中感到无比难挨。

"你为何不敢看我?"祝星问她。

沙棠被问得更加无措,不知该如何回答。她小心翼翼不敢靠祝星太近,怕因为自己的灾星诅咒又给阿姐带来不幸和伤害。

若是阿姐又一次歇斯底里,对她露出怨恨的目光,沙棠会难过到窒息,那种感觉好似有汹涌潮水将她瞬间淹没,让她昏厥。

沙棠没敢抬头,只轻声道:"阿姐有什么事吗?"

祝星听得低笑:"我就快要死了,你却不愿多看我一眼吗?"

"……阿姐不会死的。"沙棠说。

"你为何就是不懂呢?你知道嫁给温家代表什么吗?"祝星目光幽幽地盯着她,"听说温家的小儿子温聿怀和你一样,没什么本事,无法结仙缘,在温家也不受宠,远不如他那位一剑斩退数万妖魔的兄长。

"没有家族扶持,自身没有本领,若是性格再恶劣些,成亲后非但无法保护我,还会对我拳脚相加。

"让这样的男人碰我一根头发,我都嫌恶心,无法接受。

"我是绝不可能妥协嫁给温聿怀这种无能的男人。"

沙棠不知道嫁去青州会有如此遭遇,心里紧张得直打鼓。

她恍惚地想起曾经在书文中看过嫁娶的词。那时她懵懂不知其意,正巧云崇师兄在旁,少年眯着笑眼,手指点着书上的配文和她解释:"要两情相悦者,才可嫁入他人府,娶进自家门,结为夫妻。"

"两情相悦就是——你喜欢我,我也喜欢你。

"哎呀,你怎么这么笨!就是从今以后我只对你一个人好,你也只对我一个人好!"

师兄的声音远去,阿姐的声音唤回沙棠的思绪。

祝星望着脸庞红润的少女,不由得伸手摸了摸自己病弱惨白、还有些发凉的脸颊,笑道:"祝棠。"

沙棠愣了下。

她已经许久没有听人叫过这个名字了。

自十岁那年那件事发生后,她被祝廷维关进竹楼,还给她改了姓。

"我确实恨你。"祝星的眼睫轻颤着,"我讨厌你荧惑之命的诅咒，讨厌你害死了阿娘，也讨厌你给我带来的不幸，让我失去了一切。

"你是灾星，却只会给旁人带来灾难，不会让自己受苦，这点我也讨厌。"

祝星说着，眼中盈着泪水："想来你永远也不会理解这种痛苦的，这样也好，我实在是……太恨你了，无法原谅，只有忘记你的存在时才能好受些。"

如此直白的话语和恨意，让沙棠的脸色也白了几分。

她的头垂得更低。她知道祝星看到自己就会伤心，惶恐地思考要不要赶紧滚。

祝星闭上眼，泪水从眼角滑落。她靠着床头，语气哽咽道："你走吧。"

"下一世，希望你我都能摆脱这种命运。"

沙棠这才缓缓抬头，乌黑的眼眸望着床上的女人，视线扫过她脸上的泪痕，脑子里回想着阿姐方才说的字字句句。

"阿姐，"沙棠艰难地开了口，"你不会嫁去青州的……是我去。"

沙棠回到竹楼时，觉得有些累。

她趴在窗边的桌案前，闭眼又睡不着，刚坐起身，就看见窗外有火凤的光芒闪过。这次火凤却不是去往常月楼，而是朝她的竹楼飞来。

见师尊来了，沙棠急忙擦了擦脸，整理好仪容。

白衣仙君落在她窗外。他脸上没了往日的和煦笑颜，眼中的愁绪与难堪十分明显。他看着沙棠，喊她："阿棠。"

沙棠顿在原地，与他一窗之隔，乖乖地听他说话。

"我知道这很卑劣，可算我求你……"宋长静透过敞开的花窗，望着屋里神情乖顺的姑娘，晦涩道，"求你救救星儿。"

一时间，仿佛所有人都在向她求救，要她救救祝星。

沙棠听了许多这样的话，从父亲那里、从侍女的窃窃私语里，却没想到还能从师尊这里听见。

她愣了片刻后，就想起来，对了，阿姐喜欢师尊，师尊也是喜欢阿姐的。

他们两情相悦。

有姻缘，可嫁娶，成为令人艳羡的一对。

从今以后阿姐也有人照顾，有师尊在，没人能让阿姐受苦的。

阿姐要嫁给自己喜欢的人才能开心。

沙棠望着神情难堪却又悲伤的宋长静，他似乎也不想对自己的徒弟提出这种要求，他忍了许久，却因婚期将至，再也忍不下去了。

宋长静张口，想要再说什么："阿棠……"

"师尊，你不用再说，"沙棠的视线垂落，看向自己的裙摆，她轻声说道，"我会救阿姐的。父亲昨夜已经和我说过，师尊便不用再说了。"

沙棠的手轻轻放在桌沿，搭在边缘。她也不知为何，心里闷得厉害，眼中起了一瞬的泪花，却又被压了回去。

师尊后来又说了什么，沙棠也没认真听。她觉得更累了，等师尊走后，便缩在床上睡去。

她又做了那个梦。

梦里她在水中往下坠落，窥见了外面碧蓝的水光，也窥见了站在岸边的男人。

当她想要看清这个人的脸时，却睁开眼醒了。

从前被关在竹楼无人陪伴的日子，时间过得很慢，这两天沙棠却觉得时间眨眼便过去了。

一觉醒来，便到了她离开飞玄州，替阿姐出嫁去青州的日子。

祝廷维安排了极为隆重的送亲队伍，由他的心腹张柘领队护送，府门前已有十二匹天马待命。

它们状似巨犬，两腹的长翅处于收敛状态，长身和羽翼都是皎洁的白，唯有头部漆黑，拉着花轿，正低垂着头等待主人的到来。

嫁衣也是祝家准备的，似乎是赶时间，寻了他人未穿过的嫁衣给沙棠，所以她穿着有些显大，不太合身，却也顾不得了。

侍女为她打造妆容，在她白皙的肌肤上点缀着几笔金箔花样，勾勒出眼尾线，朱红的笔尖将她眼下的淡黑泪痣点缀成红色，衬得这张脸越发明艳妖媚。

唯有主人乌黑湿润的眼眸撑不起这份妖媚，眸如鹿眼清澈水润，满是怯意与迷惘。

祝廷维不会让其他人看见她的脸。

于是沙棠从出门时就被盖上红纱布遮住了脸，一直到被人送上花轿。

偌大的花轿中只有她一人。

外面祝贺声不断，听起来十分热闹，来自飞玄州的仙门世家们纷纷赶来送礼，走个过场。

天马嘶鸣，载着花轿飞上天幕。

离开飞玄州这天，沙棠谁都没见到，没有见到父亲，没有见到阿姐，也没有见到师尊。

她的送亲队伍有几十人，大气又热闹，可她依旧觉得孤零零的。

沙棠将红纱布解开，欲要掀开轿帘，回头看一眼，却又在伸出手时顿住。

——嫁去青州，我真的不会死吗？

——我只会在二十岁那年才死去吗？

沙棠缓缓收回手，重新将红纱布给自己盖上。也许离开父亲和阿姐才是好的，远离他们，才不会给他们带来灾难与伤害。

飞玄州与青州相隔甚远，是十二天州里距离最远的两个州。

即使是靠天马飞行，也过了五日才到青州。

送亲队伍刚进入青州境内，就被温家使者拦下，为他们领路。

温家使者无视领队的张柘，直接来到花轿旁，对里面的沙棠道：

"这两日主家在进行山祭祈福,因此天马不可在空中飞行,须得绕路从后山进入,还请祝小姐理解。"

这番话说得不紧不慢,语气中还有几分敷衍。

张柘看得心里暗火,没让沙棠回答,沉声道:"温家就是这样迎接我们的?"

温家使者道:"诸位或许不知,山祭祈福在我们青州可比婚嫁事宜重要百倍,这是青州的规矩。"

张柘没想到温家竟敢如此光明正大地欺辱人,连装都不装,气得双目喷火,却又不敢在这时闹事反抗。

祝廷维要他务必将云崇和给大小姐治病的药带回去,当下也只能忍了。

他冷冷地望着温家使者:"还请带路。"

温家使者牵唇一笑,招招手,让他们跟上。

沙棠之前在花轿中睡着了,并没有听见温家使者和张柘的唇枪舌剑。此时她悠悠醒转,揉了揉眼睛,隐约记得自己做了什么梦,醒来时却又不记得了。

她唤来张柘,才得知到了青州,到了一个从未去过、也没人认识她的地方。

听着外面的虫鸣鸟叫,沙棠心生好奇,悄悄掀开轿帘一角,看见外面漆黑的天色,星月都隐入黑沉的云雾中,唯有送亲队伍的提灯在夜幕中闪烁着光芒。

他们已经靠近温家后山地界,走在蜿蜒的山路中。

沙棠瞧见远处河畔飞舞的萤虫,它们散发的点点绿光起起落落,随后越来越多的萤虫来到河岸边,将微弱的光芒扩大,宛如地面的银河。

沙棠被这景色吸引,将帘子整片掀开。

大风忽至,将聚拢成银河长线的萤虫吹散,也将轿帘吹飞。沙棠抬手压住被她掀盖在头上的红纱布,夜风太过猛烈,让她往花轿里躲去。

天马发出暴躁和惊惧的嘶鸣声，在原地踏步。

张柘拔剑，警觉道："保护好大小姐！"

在漆黑的丛林深处，大量飞鸟振翅鸣叫着飞出，将送亲队伍的目光吸引，黑色的鸟群扑腾着翅膀朝送亲队伍飞来。

它们张开的口中聚拢带毒的黑雾，露出尖锐的爪牙，撕碎天马的翅膀，乌泱泱一大片袭来，像是一大块天幕塌了下来。

天马身体被抓伤、翅膀被撕碎，发出凄切嚎叫，撒腿朝着鸟妖群外疾驰而去。

"大小姐！"

张柘挥剑斩开鸟群，朝着远离的花轿追去。

烈风不停，天马速度极快，完全不顾花轿中的主人。鸟妖飞进车内，尖锐的利爪在鲜红精致的嫁衣上抓出裂痕。

沙棠从花轿中摔下去，落在河畔的草丛中滚了一圈。她刚撑地坐起身，蒙着脸的红纱布就被鸟妖叼走。她抬手要挡，却见水面掀起巨浪，"哗啦"的出水声响彻在耳边。水珠被飓风吹落在她的发梢和裙摆上，也落了几颗在她脸上，滑落时仿佛泪痕。

巨大的双翅红鱼从水中飞向天空，它拖着长长的尾巴，似鱼似鸟，发出凄凄叫喊，却让大地震颤。

沙棠认得它。

在书文中见过，师尊告诉她，这妖名为蠃鱼，是能生双翼飞行、给世间带来水灾的妖兽。

被关在竹楼中多年的沙棠，见到自己从书中学来的妖兽，第一时间不是害怕，而是好奇。

她不知为何在青州温家的后山地界，竟会被妖兽袭击。

蠃鱼太过庞大的身躯，衬得她如蝼蚁般渺小。在沙棠还未反应过来时，它已晃动双翅，扇出飓风，卷起周遭山花与青草，让它们和沙棠一起坠入水中。

入水的瞬间，蠃鱼和鸟妖群的鸣叫远去，天马的嘶吼也消失了，沙棠仰面朝深处坠落，竟意外发现天上乌云退散，露出了皎洁的月光。

月光太过明亮、强大，竟将深沉的水下也照亮。

此刻，她似乎只能听见自己的心跳声。

沙棠忘记了呼吸，忘记了自己是谁，也忘记了要做什么。她在短暂的瞬间，漫无目的的视线窥见了站在河畔的身影。

那人着一身玄衣，宛如与夜色融为一体，烈风吹起他的墨发，擦着他的下颌飘扬而起。

男人戴着一张黑白的獠牙鬼面，似乎出自某个凶煞之神，可沙棠记不起来。

清澈的水光中，草屑与落花打着旋，红纱布擦过她的双眼被水流带走。

沙棠望着河岸边的人影，这一年来无数次梦到醒来却忘记的场景逐渐清晰，与眼前的景色重叠。

梦里梦外竟无一差别。

当沙棠醒来时，看见的是陌生的屋子，屋中光线晦暗不明，门窗紧闭，外面似乎有人，能瞧见晃动的影子。

她感觉大脑有些昏沉，又在床上躺了好一会儿，直到清醒些后，才坐起身。

身上穿着的还是那身红嫁衣，沙棠伸出手，垂眸打量身上的衣物，被鸟妖的利爪划破的口子还在，勾出的丝线让这件精致的衣物变得破破烂烂。

这些都提醒着她落水的事实，并非只存在梦中。

她在水中窥探时，赢鱼回到了水里，于是站在岸边戴着鬼面的玄衣男人也来到水下。

几乎是眨眼间，他就来到她身前。

沙棠抬手搓了搓脸，深吸一口气，想起自己已经来到青州的事，也是在温家后山遇到的妖兽袭击，那现在……自己是在温家了吗？

017

她抬头看向站在屋外的两道人影,希望是张柘,起身过去开门。

屋门一开,守在外面的两个侍女惊讶地回头。

外面没有一个是沙棠认识的人。

屋门正对着精致素雅的庭院,两旁都有游廊相接,能瞧见黑沉的天幕,视野倒是开阔,与她住的竹楼相比,可活动范围大了不少。

沙棠看到这些呆了呆。

守在门前的侍女春尧垂首道:"祝小姐,可有哪里不舒服?"

沙棠这才回神,眼珠子转向侍女,轻轻张嘴:"这是哪里?"

春尧不紧不慢地答道:"使者今日接到送亲队伍入青州,只是在后山不巧遇上妖兽袭击,祝小姐落水晕过去,是少主将你救起,送到小青峰来休养。"

少主?

沙棠不明所以:"是温聿怀吗?"

春尧惊讶地看她一眼,随即垂下目光,解释道:"是温家少主,并非二少爷。"

温家少主,名叫温雁风。

沙棠这才想起来时父亲曾介绍过的温家人名字。

她要嫁的人是温家二少爷,温聿怀。

一个没有天赋、无法结仙缘,和她一样修行奇差的废物。

可温家少主,温雁风则与他们完全不同。

温雁风的灵根极佳,剑术、符箓、咒术样样精通,是十二天州里难得一见的天才,仙缘稳定。

才十八岁时,他就已被称作十二天州的剑仙之一。

温雁风参与过大大小小的除魔战,守卫十二天州,斩妖除魔,在青州有着很高的声望,十分受人敬重。

温家两个兄弟,一个天上、一个地下。

沙棠蹙眉,眼神担忧道:"张叔他们在哪儿?"

"在别院候着,祝小姐已经和二少爷成婚了。"春尧说,"这里是

婚房,他们不可进入。"

……什么?

沙棠完全不知道是什么时候的事。

她昏过去了呀。

沙棠看了眼神色平静的侍女,到嘴边的询问又被吞回肚子里。

温家要这婚事,本就是为了羞辱飞玄州,报复祝廷维。

她真嫁过来了后,哪还能对她好吃好喝地供着,不动手打骂都算好的了。

侍女恭敬道:"二夫人说祝小姐身子不好,落水后要多休息,还请你回屋。等宴会那边散场后,二少爷就会过来。"

沙棠闷声应了句,关门回到床边坐着。

她揉了揉眼睛,还有些困倦,可得知自己已经和温津怀成婚后,心里又充满茫然与惊惧,神经紧绷着,难以放松。

屋中静悄悄的,屋外也没有动静。

沙棠在寂静中摸了摸自己冰凉的脸颊,瞥见细白手腕内侧的划痕,脑子里瞬间想起水下的一幕:

近身的男人手中拿着散发妖冶红光的长剑,锋利的剑刃似乎斩开了一道水墙,她甚至能感觉到尖锐的剑气擦着脸颊飞过,抬手抵挡,手腕的伤也是那时候留下的。

男人并非针对她,而是针对沙棠身后张着嘴试图将她吸入的蠃鱼。

沙棠在水中也听见了蠃鱼尖锐刺耳的叫声。

她并不怕水,虽然灵根微弱、没有仙缘,但她可以在水中自由呼吸,落水对她来说,和在陆地没什么分别。

她是在妖兽和男人的对抗中受到波及,晕了过去。

不知为何,男人站在河畔时,沙棠只能看见他戴着的鬼面,如今他入水后,却透过鬼面看见下方那张脸。

虽然逆着月光,但横在两人之间的长剑反射出妖冶的红光,折射照亮男人琥珀色的眸子,浅而明亮的眼眸,如清冷的月光般,神秘又淡漠。

沙棠放下手，拉了拉衣袖，将伤痕遮住。

水里的男人一剑割裂深水，剑气横扫，便将妖兽逼退。

听侍女说他就是温家的少主温雁风，少年出名的天才剑仙，确实很厉害。

只是那气质……跟传说中温润如玉的温家少主不太一样。

沙棠脑子里乱七八糟，时而放空，时而想着许多事，直到侍女进来说："祝小姐，二少爷因为山祭事忙，今夜便不过来了。"

温聿怀今夜不会来。

沙棠心里倒是松了口气，等侍女离开后，她摸了摸急促跳动的心脏，回头看柔软舒适的床铺，伸手探了探，还有点余温。

今夜就先睡吧。

沙棠缩在床铺最里面的角落，将被子叠放在床中间，像是砌起一道高墙保护自己。

她心里默念暖身的口诀，但灵力过于微弱，念了好几次才起效。

好在屋中也不是很冷，只施一次暖身的术法就足够她度过今晚。

沙棠一觉睡到天亮，醒来后，望着陌生的地方，又惊讶了一番。

她在床边坐了许久才起身，低头看了看身上的嫁衣有些苦恼，总不能一直穿这衣服，但这屋中也没有别的衣服给她换。

沙棠打开门，昨夜守门的两个侍女不在。

祝家的人也不知道在哪儿。

天光已亮，金色的晨曦洒落在院中的花树枝叶上。游廊屋檐，沙棠望着偌大的庭院，被景色吸引。她小心迈步走出，沿着游廊走着。

沙棠踏着晨曦在庭院中散步。

少女像一只刚被放出笼的兔子，对周遭的一切都充满好奇和警惕。

她走走停停，时不时抬头看天色。

等好奇过后，沙棠又走回屋前，等着人来。

她从早上等到晚上，院子里始终静悄悄的，别说来人，就是天上的飞鸟都没来一只。

温家好像已经忘记她的存在了。

入夜后，庭院里的石灯自动亮起，小池边的湿地草丛还吸引来几只发光的萤虫。沙棠惦记着被困在妖海的云崇师兄，虽然心中惶恐，但还是起身朝外走。

师兄要尽快拿着药回去救阿姐。

沙棠对这地方不熟，绕了好些路才找到出去的路。

温家比祝家还要大，占了好几座山，彼此相连，却又独立。

昨夜的侍女说这是小青峰，沙棠也不知道具体是哪儿，只觉得出来后，走过部分曲径通幽的小道，抬头就能看见不远处华美精致的府邸或是大殿。

沙棠没在路上遇见一个活人，凭着感觉胡乱走着，走到一半时，心里已经在打退堂鼓，要不还是回去乖乖等着？这样出来乱晃，若是遇见别人给他人带来灾难可怎么办？

她几乎没有多想，就将昨晚遭遇妖兽袭击的事，认定是自己灾星命格带来的意外。

只要发生不好的事情，那就是她的原因，是她的错。

阿姐说得对，她的灾星命格只会给他人带来灾难和伤害，却不会伤害她自己。

所以人们才觉得恶心，厌恶她的存在。

沙棠的思绪有些混乱，走得有些累。她停在池塘边，抬眼看对面白墙黑瓦的水廊时，忽听身后传来一道温和的男声："祝小姐。"

她惊讶地回头看去。

连接前方大殿的石子路上站着一行人，为首的白衣男子正眉眼含笑地望着她。

白衣上绣金云纹，衬得男子高大俊朗，如明月皎洁、干净。墨眉不动，黑眸释放的笑意充满和善与几分关切，男人的五官轮廓端正俊俏，无论是衣着还是发丝，都显得一丝不苟。

沙棠看见男人时，想起水下那张鬼面遮掩下的脸，有四五分相似，却又不是他。

"昨夜妖兽突袭，让你受惊了。"白衣男子笑着朝沙棠走来，语调如春风和煦。

沙棠怔怔地望着他，不知该说什么。

倒是他身旁腰间佩剑的男子沉声解释道："这位是温家少主。昨夜妖兽袭击送亲队伍，是少主及时赶到，从嬴鱼口中救下祝小姐，带回小青峰的。"

温家少主，温雁风。

沙棠也听侍女说是温雁风击退妖兽救下她的，可眼前的人跟水里击退嬴鱼的根本不是同一个。

因为无法理解，所以沙棠答得磕磕绊绊："多、多谢。"

温雁风那双漆黑带笑的眸子注视着她："聿怀呢？他没和你一起出来吗？怎么还让你穿着昨日的衣服？"

沙棠没法答，望着眼前男人带笑的眼眸，在她怀疑是自己的问题还是别人的问题时，听见一道甜甜的呼声从对面的水廊传来："雁风哥哥！"

沙棠与温雁风同时转头看去。

水廊下跑过一抹粉色的身影。少女活泼灵动，跑起来时像是翩飞的蝶，不自觉吸引他人目光，让人心生怜爱。

少女跑得有些急，脚下一个踉跄差点摔倒，身后伸出一只手稳稳地抓住她，让她站稳："慢点。"

沙棠这才看见站在少女身侧的玄衣青年，衣上绣纹暗淡，不仔细看根本瞧不出。这种又沉又暗的色调，反倒衬得他的肤色过分白皙，衣服与肌肤一黑一白的鲜明对比，令人不由自主地望向他的脸庞。

水廊那边的夜灯光芒偏暖，照亮下方玄衣青年的颀长身姿、俊美面容，微光洒落在他高挺的鼻梁上，微卷的睫毛轻颤一瞬，便让投在白皙面庞的阴影晃了晃。

青年松开手，侧目神色淡淡地扫了眼池边站着的人们。

他长得和温雁风有三四分相似，只是温雁风给人感觉温文儒雅，青年却更清癯疏冷。

沙棠望见青年看过来的眼眸，夜灯照耀下，显得越发浅淡却又明亮的琥珀色眼瞳，似乎将主人的情绪收敛克制着，只看得出几许沉静与淡漠。

水里的记忆并非她的错觉或是幻想。

沙棠望着对岸的人，听身旁的温雁风与少女说话的声音，终于明白，昨夜入水击退妖兽的并非温家少主，而是温家的二少爷，温聿怀。

"雁风哥哥！我和二哥等你好久了，你在这儿干什么？"

从水廊跑过来的少女嗓音如铃清脆悦耳，略带撒娇的语气，听得人心都酥软。

"慢点，你跑这么急做什么。"温雁风目光含笑地看着少女。

闻今瑶望着温雁风笑了下，这才去看站在旁侧的沙棠。与她绣纹精致亮丽的衣裙相比，沙棠这身被剑气划得破破烂烂的嫁衣，让两人瞧着对比鲜明。

"这是二嫂嫂吗？"闻今瑶"扑哧"笑出声来，回头对慢一步过来的温聿怀说，"二哥，你怎么没带她一起过来呀！"

温聿怀看了眼沙棠，没说话。

沙棠被他这一眼扫过，不自觉地低下头。

眼前的人对她很不友善，让她心里的退堂鼓"咚咚"直响。

温雁风说："我正要过去，路上碰巧遇见祝小姐，她应该是来找聿怀的。"

"那我们正好一起过去呀！"

闻今瑶正要朝低着头的沙棠走去，被温雁风伸手拉走："祝小姐和聿怀刚成婚，需要多多相处，你我就不要打扰他们夫妻二人了。"

"什么呀,就算娶妻了,二哥也可以跟我们一起玩啊。"闻今瑶被温雁风拉着走,频频回头看温聿怀,"二哥!你带着二嫂嫂一起来啦!"

温聿怀并未答话,眸光微柔,目送闻今瑶离开。

待其他人都走光后,水岸边就只剩下沙棠和温聿怀两人。

谁也没有开口说话。

沙棠被关进竹楼后,能见到的人十分有限,不是师尊就是师兄,她也不敢常去祝星的常月楼,就怕给祝星带来灾难。

其余便是竹楼负责看守她的侍女们。

沙棠已经很久没跟陌生人交流过,何况眼前的人是她替嫁后的"夫君",却也是与祝家有怨的仇家。

被刚才那一闹,沙棠实在是不知道该怎么开口,又该说些什么。

直到温雁风和闻今瑶走远后,温聿怀才收回视线,余光瞥向身后低头不语的人。

祝家的大小姐身娇体弱,祝廷维为了这个女儿,在十二天州四处寻找护体灵药。外人虽不知道具体是什么病症,却清楚她身体不好。

温家要祝廷维的大女儿祝星嫁过来,与要祝廷维的半条命没什么差别。

只是没想到祝廷维竟真的给了。

温聿怀转过身,面向沙棠。这一举动让沙棠神经紧绷,莫名的压迫感袭来,令她心生惧意。

"回去。"温聿怀说。

他的声音清冷,听不出喜怒。

面对眼前这个被温家选中、用来羞辱祝廷维的存在,温聿怀只觉得麻烦。

因为这位祝小姐嫁给自己后,他也成了被羞辱的对象。

不轻不重的两个字,却敲打在沙棠本就惶恐的心头,宛如巨石落地,碾碎了她所有想法。

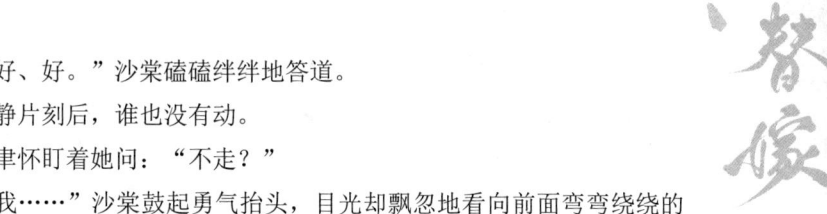

"好、好。"沙棠磕磕绊绊地答道。

寂静片刻后,谁也没有动。

温聿怀盯着她问:"不走?"

"我……"沙棠鼓起勇气抬头,目光却飘忽地看向前面弯弯绕绕的小道,"不知道……走哪儿回去。"

她被吓得都忘记自己之前是从哪儿来的了。

温聿怀眉头几不可察地皱了皱,随后迈步离去。

沙棠在原地愣了愣,急忙跟上。

两人一前一后地走着,沙棠与温聿怀保持距离,在夜色掩盖下,她才敢抬头仔细打量前方的身影。

从后看,青年的身形如玉竹挺拔,石道边的花草随着夜风轻轻摇曳,偶尔会擦着他的衣摆。远处楼阁大殿里灯火熠熠,随着他们的走动时远时近。

还有人们推杯换盏的笑闹声,不知发生了什么,人们发出了一阵阵大笑,声音传到此处,让沙棠侧目看去。

远方大殿里的人们,正在庆祝昨夜温家少主击败妖兽蠃鱼。

人们恭维的声音实在是太大,虽然断断续续,可沙棠也听见了。她看向走在前面的温聿怀,这人肯定也听见了。

可温聿怀没有朝那边看过一眼。

温聿怀将沙棠带回小青峰的偏殿,停在大殿门前,示意沙棠自己进去。

门前没有人值守。

沙棠走到门前,一路犹豫,此刻终于鼓足勇气回头,目光颤颤地望着台阶下方的男人,询问:"我……"

到嘴边的"师兄"两个字被她紧急地吞了回去。

她是"祝星",不能叫云崇师兄。

哪怕眼前的姑娘说话都咬舌头,温聿怀仍旧神色清冷,目光淡漠地注视着她。

沙棠一鼓作气再而衰,被打断后,气势就一度弱了下去:"云祟……什么时候才能从妖海出来?"

温聿怀没有答话。

沙棠的心跳加速,还是颤抖着开口:"你们答应过,我嫁过来后,就要救云祟出来,放他回飞玄州。"

温聿怀看着她,这姑娘在飞玄州长大,被祝家上下捧在手心里宠了十多年,因此才有如此令人厌恶的天真。

温聿怀站在门前的阴影中,那双浅亮的琥珀色眼眸也染上暗色,本就锐利得让人不敢多看,此刻宛如沙棠在水下看见那把散发着红光的长剑,也染上几分妖冶之色。

青年嘴角微弯,似礼貌微笑的弧度。他问沙棠:"你能在温家活多久?"

沙棠想不出答案,愣在原地。

能活多久?

两年?

沙棠又不自觉地垂下头,说出违心话:"我不知道。"

温聿怀见她如此,倒是没心思再与她多话,转身要走,却被沙棠叫住:"可这和救云祟有什么关系?"

少女脸上的新娘妆容依旧,明艳灿烂,话却说得低闷。

温聿怀回首时,余光瞥见她茫然的神色,对这位养在深闺、被人宠爱着长大的"妻子",眼里透露出几分嘲弄之意。

温聿怀说:"等你死后,他就能回飞玄州。"

望着沙棠略白的脸色,温聿怀平静的话里多了点无趣。

他离开时在门前布下结界,让沙棠出不去。

外面多的是人等着看她笑话,准备捉弄她、羞辱她,与其去外面惹麻烦,不如安安静静地待在屋里等死。

温聿怀给出的消息让沙棠不敢相信,但她一想到云祟回不去,阿姐的药送不到，就有些着急，朝外跑去要追温聿怀，刚往前两步，才到石阶前就被结界拦住。

她站在门前，目光怔怔地望着温聿怀走远。

第二章

沙棠试图打破结界出去,后来发现这是异想天开。她神情沮丧,在偏殿大门前待了许久,直到夜深露重,寒意刺骨,实在忍受不了后,才独自一人摸索着回屋去。

门窗一关,屋中比起外面到底要暖和几分。

后半夜下起雨来,沙棠听见雨滴敲打瓦砾的声响。

她一个人缩在大床角落,静静听着,心中酸楚,双眼发热,只得紧紧闭上眼,手掌轻抚"咚咚"跳动的心脏,却又无法准确描述它是何种情绪。

或许是她不要脸,就算自己是灾星,会给人们带来伤害,也想死皮赖脸地待在祝家。

外面的世界如此陌生,令她感到不适和恐慌。

沙棠脑子里胡思乱想着,到后半夜时,又安慰自己,还好是她来了,就算在温家被别人欺负,遭受欺负的也是她,不是阿姐。

阿姐身子那么弱,受不了的。

温聿怀……瞧着也不像阿姐说的,是那种会对她拳打脚踢的人吧。

那样的人,都不用动手,只是一个冷眼就能吓住她。

她越想越累，迷迷糊糊地睡了一会儿。

天亮后，夜雨便停了。

地面到处都是湿漉漉的，院中小池里喂养的红鱼在水里打着转，在水面点出阵阵涟漪。

闻今瑶提着裙摆，小心注意着脚下的积水，兴冲冲地往偏殿里走，却被大门口的结界拦住。她捂着额头，"哎呀"一声，连连后退。

身边跟着的侍女急忙伸手搀扶。

"这儿怎么会有结界？"侍女春尧疑惑道。

闻今瑶眼珠子一转，猜测是温聿怀留的结界。她回头对春尧说："今儿我来这里的事，你就当不知道。"

春尧对上少女笑盈盈的眼眸，却是心头一颤，低头恭敬地道："是。"

偏殿里，沙棠站在假山和花丛掩映的小道上，远远就看见了门外的闻今瑶与春尧两人。

她驻足原地，不敢太靠近，好在这两人似乎是发现进不来便走了。

等春尧和闻今瑶走后，沙棠才来到门前，回忆师尊教过的术法，继续跟眼前的结界纠缠。

沙棠的灵根不稳，虽然有，但约等于无，因为灵力过于微弱，所以大多数术法都没有成功施展过，也不可能用得出，但宋长静还是会教她各种咒术。

本来她有张柘护送，到了温家，身边还能有个厉害的人帮衬着，可妖兽袭击一事乱了计划，让温家把沙棠与张柘等人分开了。

沙棠也只会怪自己，怪自己被诅咒的命格破坏了计划。

闻今瑶离开小青峰的偏殿，去找温雁风。

去年妖魔两界联手，试图从听海关攻入十二天州，被温家杀退，救下三州，如今那三州已成了温家的领地。

温家少主也因此名声大振，威望攀升，三州数万仙士入了温家门下，发誓效忠。

其他几州最近频频来往青州温家，试图与温雁风见面商谈十二天州局势，可温雁风也不是谁都肯见。

今儿就来了个他不想见的，便没有去，在猎场练箭。

他站在空地中，挽弓拉弦，目光紧盯前方的箭靶。

拉弦的那只手用了力道，弓弦紧绷着，似乎已经到了极限，再加重力道就快要断裂。

温雁风稍稍用力，继续试探着弓弦。

乌黑的眼瞳中映着远处箭靶，随着他脑海中闪过的一幕幕回忆，平日里伪装很好的眸光温度一点点冷却。

温雁风想起在听海关戴着鬼面一剑杀退妖魔大军的人，拉弦的动作又加重几分。

旁人不清楚就算了，可他知道，是温聿怀在听海关力挽狂澜，救了险些全灭的三州。

名声和功绩都是我的，可为何还是不能满足？

温雁风的灵根和仙缘都非常人能比，他也被称作天才，可与温聿怀比起来，却有着明显的差距。

两者相比，温聿怀是"仙者"，而温雁风是"凡人"。

温雁风射出长箭，松手的瞬间，听到羽箭飞出时短促尖锐的声响，脑子里想起在大殿的一幕。

同家主等人商量该如何报复飞玄州时，他看着一言不发站在角落里的温聿怀，笑着说："祝廷维如此宝贝他的女儿，不如要她嫁来青州，嫁给聿怀。"

一直低头不语的人缓缓抬头，目光平静地望了过来。

温家求娶时，说的是温聿怀对祝星爱慕已久，言辞真切。温雁风对外也表示支持这婚事，还感叹自家兄弟用情至深，连带着其他人先入为主，跟着支持这婚事。

表面装作情真意切，暗地里却拿被扣押在妖海的云祟威胁。

温雁风觉得自己这招用得很好。

既羞辱了祝廷维,又羞辱了温聿怀。

只是温聿怀目前的表现让他不太满意。

长箭飞射命中靶心,闻今瑶从旁侧的栅栏里跑出,朝场中的温雁风招手喊道:"雁风哥哥!"

温雁风动了动眼珠子,侧目朝跑动的闻今瑶看去。

想到闻今瑶就是拴着温聿怀脖子的狗链,温雁风握着长弓的手才松了松,扬起笑容看少女:"跟你说过多少次了,别跑这么着急。"

"我发现了一个大秘密!"闻今瑶兴奋地跑过来,被温雁风伸手拦下。

温雁风笑问:"什么秘密?"

闻今瑶转了转眼珠,踮起脚凑近他耳边,将温聿怀在小青峰的偏殿使用术法的事告诉了他。

温雁风听后,顿了顿,道:"确实不应该。"

闻今瑶"嗯嗯"点头,小声嘀咕:"二哥不会是想保护她吧?"

"他可不是那种人。"温雁风笑着摸了摸闻今瑶的头,见她享受地眯了下眼,便纵容着多摸了一会儿,"去年在听海关,祝家故意拖延救援时间,害死了我青州上千仙士,还丢了满花州。祝家上上下下就是死一万次都不能解恨,哪能让聿怀护着祝家的人。"

"就是就是!"闻今瑶双手叉腰,气鼓鼓地道,"青檀她们的父母、兄长都死在听海关,要不是祝家,哼,可不能这么算了!"

"你去和青檀她们说,过些天来见祝小姐。"温雁风收回手,重新去拿羽箭,"我稍后去把祝小姐放出来。"

闻今瑶在旁陪他说话,望着温雁风的眼里满是爱慕。

稍晚些时候,困住沙棠的结界被打开。

温家家主得知温聿怀擅自使用术法而发怒,将其怒骂一通,罚他静思七日。

结界被破的时候,沙棠在庭院里,还不知道外面发生了什么。

直到侍女春尧进来，她才知晓结界破了。

春尧说："二少爷被家主罚静思七日，这七日无人敢送吃食去，二夫人说这事要麻烦祝小姐了。"

"我要怎么送？"坐在院外石桌边的沙棠站起身，满脸茫然。

春尧说："将做好的食物带过去就行。"

沙棠以为这事应该不难。

直到春尧将她带到偏殿的小厨房后，才知道食物需要她自己做。

在祝家时，三餐温饱还是有保证的。

沙棠只需做一只被关在笼子里的小鸟，到点自会有人往笼子里投喂食物，或者来人逗弄。

如今望着眼前的灶台和菜板，沙棠陷入沉默。

可她也没有拒绝的权利。

灵力微弱者，没法做到长时间辟谷，还是要饱食欲的。

沙棠凭着记忆里尝过的味道、看过的书、听云崇讲过的话，艰难地和面、烧火，逐一尝试配料，最终煮出了一碗面疙瘩。

盐水汤加面疙瘩。

春尧在屋外等着，没有关注里面的动静。沙棠抬手擦了擦脸，偷瞄春尧的动静，想到这碗食物要拿去给温聿怀，心里有些纠结。

她也好饿。

于是，沙棠趁春尧不注意，悄悄地偷吃了两口。

太难吃了。

沙棠捂着嘴巴，皱起眉头，又不能吐，只能咽下去，呛得她眼泪都要出来，急忙仰起头，让眼泪再倒回去。

她缓了一会儿，收拾好起身，拧着眉头问门口的春尧："真的要我给他送过去吗？"

春尧这才转过身来："二夫人是这么说的。"

二夫人是温聿怀的母亲。

虽然有个"二"的称呼，但事实上，温家只有这一位夫人。

沙棠犹豫道:"可我做的……很难吃。"

春尧沉默不语,只等待她随自己去往静思堂。

沙棠没办法,只好端着碗跟春尧往外走。

静思堂离偏殿不算很远,却也要走不少路,道路曲折弯绕,沙棠很努力地去记路线,防止自己找不到回去的路。

沙棠进不去静思堂里面,只能由守卫代为转交。

守卫望着碗里惨白的一片,目光犹豫地看了看沙棠,这位祝小姐是打算毒死二少爷来报复温家不成?

沙棠有些尴尬,低下头去。

她鼻尖微凉,红红一片。沙棠觉得温聿怀不会吃的,如果不是太饿,她也不会吃。

不吃最好。

他若是吃坏肚子,那又是她的错了。

守卫把东西交给在屋中跪思的温聿怀。在这个窄小昏暗的房间里,守卫低垂着头,十分恭敬。

温聿怀背对着他,目光盯着室内挂着的画像,头也没回地道:"谁送的?"

守卫撒了谎,说:"是闻小姐。"

温聿怀的目光动了动,这才斜眼扫去。

闻今瑶十指不沾阳春水,被温家和闻家宠得骄纵,吃东西都要人伺候着,哪会自己动手给别人做吃的。

直到他看见碗里的东西,静默片刻,忽而弯唇一笑。

亲自下厨做吃的闻今瑶肯定做不来,但给他送这种稀奇古怪的东西,倒像是闻今瑶能做得出的事。

沙棠也不知道温聿怀到底吃没吃,守卫出来时没有拿碗,也没有多话。

每天晚上到点后,春尧就会来提醒沙棠,要她给温聿怀送食去。

从前沙棠是等待他人投食的,如今倒是反了过来。

春尧偶尔会偷看几眼沙棠在厨房里忙碌的身影，在飞玄州祝家被人捧在掌心里长大的大小姐，如今却要忙着学会伺候服侍他人。

也许这才是要她必须给二少爷送食的原因。

只是为了折磨这个娇弱的祝家大小姐而已。

温聿怀要静思七日。

沙棠因为送食的事，倒是找到事情做。厨房里不缺新鲜食材，虽没有其他人帮忙打点，但沙棠也乐意一个人琢磨。

她肯花心思下功夫一遍遍改进，好在她记性好，凭借着记忆里曾吃过的鲜美面疙瘩，尝试将其复原，也就越做越好。

到第七天时，至少不再那么难吃，勉强有味能入口了。

温家人以为这对沙棠是一种折辱，她心中定然无比屈辱。若是祝星确实会，可惜嫁到温家来的这位祝小姐，不是被祝家捧在手心里长大的那一位。

送食的最后一天。

沙棠遇到了来看望温聿怀的闻今瑶。

闻今瑶提着食盒刚要进去，瞥见沙棠的身影，便停下招呼她："二嫂嫂！"

沙棠微微抬头，望着前面那个衣着光鲜亮丽、明艳活泼的少女，心里不由自主地生出一丝卑怯感来。

她之前听春尧和侍女们聊天说起闻今瑶，才得知闻今瑶是青州闻家的大小姐，闻家与温家是世交，两边都有意结亲。

闻今瑶与温家兄弟一起长大，他们是青梅竹马，而温家二少爷温聿怀，对闻今瑶十分纵容宠爱，心悦于她。

有说这两人互相爱慕，有说是温二少爷对闻家小姐单方面爱慕，也有说温家少主也喜欢闻今瑶的。

沙棠想起那晚那个从水廊跑过来的少女，她那样耀眼、活泼，像小时候的祝星，大家都喜欢她也很正常。

只是若温聿怀喜欢闻今瑶,却娶了她,那她岂不是做了拆人姻缘的事。

云祟师兄说拆人姻缘要遭天打雷劈,沙棠着实有些被吓到了。

"你也是来看二哥的吗?"闻今瑶这次顺利来到沙棠身边,不由分说地牵着她往里面走,"我们一起去呀!"

守卫不敢阻拦,低头当作什么也没看见地放行。

好在闻今瑶走得不是很快,沙棠才能拿稳面碗。

"这是什么?"闻今瑶凑过来,仔细瞧了瞧,动了动鼻子,天真烂漫地道,"看起来好奇怪,还有种奇怪的气味,二嫂嫂,这是你送给二哥的东西吗?"

沙棠不知道该如何应付这种人,张嘴也不知说什么,只默默点头。

闻今瑶忍俊不禁,最终还是"扑哧"一声笑着别过脸去,带着沙棠进屋,朝跪在里面的人喊:"二哥!我和二嫂嫂来看你啦。你快看二嫂嫂带来的东西,太奇怪了,看起来就很吓人,我都不敢悄悄尝一尝,你快吃了告诉我是什么味道。"

她进来就"噼里啪啦"说了一大堆,落在温聿怀耳里无比聒噪,回首时眼尾沾染几分戾气,一瞬间想到:我到底喜欢这个愚蠢又聒噪的女人什么?

却在瞥见闻今瑶的脸时,所有的怀疑都被强势镇压,戾气也立刻隐藏,换上与温雁风相似的柔和。

沙棠站在门前,进也不是,退也不是。眼前的局面是她未曾想到的,前几天的轻松感在此刻灰飞烟灭。

"二嫂嫂,进来呀,快拿给二哥尝尝。"闻今瑶招呼道。

温聿怀只又轻又慢地扫了眼沙棠,便看着闻今瑶说:"你带了什么来?"

闻今瑶被他这么一问,便在他身旁蹲下,打开食盒一一说道:"马蹄糕、鲜鱼汤、流心蛋饼,还有一些饭菜……都是青檀她们帮我准备的,我也不清楚好不好吃。"

她说完,伸手拿了一块马蹄糕塞进嘴里咬了口,随后捂嘴,皱起眉头道:"不好吃。"

温聿怀说:"那就不吃。"

"那你尝尝这个,"闻今瑶将鲜鱼汤端给他,"闻起来好香的。"

温聿怀低头喝了口,闻今瑶迫不及待地问他:"如何?"

"难喝。"温聿怀说。

闻今瑶瞪大了眼,片刻寂静后,她恼怒道:"这是我做的!"

温聿怀低笑道:"不是青檀她们准备的吗?"

"其他的都是,只鲜鱼汤是我做的。我第一次下厨,你竟然说难喝,你还给我,我以后再也不要给你送吃的了!"

闻今瑶这会儿像一只闹脾气的猫,张牙舞爪,伸手要去夺,被温聿怀挡住。他小口慢慢地喝完这一小碗鲜鱼汤,说:"越喝越好喝,刚才是我不对。"

"你不要以为说几句好话,我就原谅你了。"闻今瑶哼了声。

温聿怀问:"那你要如何?"

闻今瑶提出无数条件让他选。

两人自顾自地聊着,吵吵闹闹,似乎完全忘记了站在门口的另一个人。

沙棠低着头,那些声音控制不住地往耳里钻,让她觉得难熬,和她每次面对祝星和祝廷维一样难熬。

她觉得自己不该站在这里打扰二人,却又不知该往哪里走,只能和从前一样,尽力降低自己的存在感。

沙棠也不是第一次遭遇这种难堪又尴尬的事。

若是她被叫去祝星那儿时,遇到宋长静也在,那么她也像此刻一样,是多余的那个人,只能听宋长静和祝星谈天说地。

见温聿怀每一样都尝了口,待的时间也不短后,闻今瑶才起身道:"我要走了,二哥你明天就能解禁了,下次可要注意点,被关七天呢!"

温聿怀眉眼含笑道:"我知道了。"

"对了,明天我要邀请二嫂嫂出去玩,二哥你不会拦着吧?"闻今瑶这才看了眼站在门口的沙棠,弯腰提起食盒说,"二嫂嫂既然嫁到温家来,也要跟其他女孩认识下才行啊。"

温聿怀顺着这话,想起跟闻今瑶一起玩的女孩们,都是青州有头有脸的仙门世家子,都以温家为首。

因为闻今瑶和温家的关系,大部分女孩又以闻今瑶为首。

他平日里看那帮女孩就觉得愚蠢、聒噪、骄纵,却不知为何会觉得闻今瑶与她们不同,明明也没什么区别。

温聿怀刚生出的怀疑,总是会被另一股力量快速又强势地碾碎。

"你问她愿不愿意去。"温聿怀没有直接答应,而是让闻今瑶问沙棠。

若是去了,那这位祝小姐就是自掘坟墓。

祝家害死了青檀的父兄,她可不会当作没事人一样面对这位祝小姐。

沙棠刚要答话,有了今晚的前车之鉴,她觉得自己还是不要去为好。还没开口,闻今瑶就朝她走来,笑盈盈地道:"二嫂嫂肯定会去的呀!谁愿意整天被关在屋子里,闷死了。二嫂嫂,我们走,明天你可不能还穿着这身嫁衣去啊,我去给你换身新衣服。"

沙棠确实不愿意再穿着这身红嫁衣。

因为她每天都要分出灵力使用"净水术"保持干净舒适。

她也可以使用术法给自己变一身新衣服,但就怕自己灵力不够,无法维持。

闻今瑶只需动动嘴皮子,就有人把她想要的东西拿来。

翌日一早,闻今瑶带着人和新衣服来找沙棠。她一说起话来,沙棠根本没机会打岔,侍女也不由分说地带着她去屏风后。

沙棠换了身鹅黄色的长裙,发式未改,脸上的妆容倒是早就卸了,不施脂粉，干干净净的。

只是她神情怯弱，让明艳的长相也落魄几分。

闻今瑶高高兴兴地带着沙棠去大殿那边赴宴，春尧等侍女安静地走在后面伺候着。

"今儿来的都是女孩，二嫂嫂不用放不开。"闻今瑶说，"大家对飞玄州都很好奇，到时候会有很多问题想问你，你可不要害怕呀。"

沙棠听得心头一颤。她很少离开祝家，哪知道飞玄州的事，就连和祝家有关的消息都不会有人跟她说。

像祝廷维和宋长静讨论的听海关一战、妖魔联手进犯十二天州等事，沙棠听都没听过。她不知道去年发生了什么大事，也不知道是如何平息的，更不知道祝家在其中扮演什么角色，做了什么，救了谁又害了谁。

若是等会儿她们提的问题，自己答不出来可怎么办？

沙棠陷入苦恼中，想要将被闻今瑶牵着的手缩回去，却被对方紧紧握着。察觉她想要收手的动静，闻今瑶还疑惑地回头看了看她。

被这么一瞧，沙棠更不敢乱动。

走过那天晚上看见的水廊，尽头就是露天的宴场。周边盛放着粉白色的花树，石台建造在雾气氤氲的寒泉之上，偶有落花入水，惊起片片涟漪。

石台上已有不少人，如闻今瑶所说，都是些女孩，大多年纪都相仿，正在低声谈笑。

闻今瑶朝站在石台边等候的绿衣少女招手喊道："青檀！我把二嫂嫂带来了！"

这一声喊将少女们的目光都吸引过来，或是好奇，或是嘲弄的目光落在沙棠身上，让她非常不适应，低着头不敢回应。

绿衣少女目光直勾勾地盯着走来的沙棠。她面色微冷，站在石台高处，望着走来的沙棠，露出高高在上的神态来。

沙棠走过时，听见绿衣少女语气幽幽地道了句："祝小姐。"

闻今瑶松开牵着沙棠的手，青檀引着沙棠道："你的位置在这里。"

沙棠轻声道谢，在青檀身旁的位置乖乖落座。

石台上的人不多也不少，在十人左右，沙棠没敢抬头多看，她落座后就垂眸盯着桌案上的杯中水看。

沙棠能感觉到人们的视线还在她身上。

之前彼此说笑的人们，这会儿变得安静，直到闻今瑶开口道："我二嫂嫂来了，你们有什么想问她的，尽管问吧。"

"真的什么都能问吗？"有人开口笑道，"可别是今瑶你自己说了算，要看祝小姐愿不愿意呀。"

"哪有不愿意的，你问二嫂嫂。"闻今瑶哼了声，朝沙棠喊道，"二嫂嫂，你说，她们都不相信我。"

沙棠心头一颤，这才勉强抬眼看去，明眼人都看得出她的犹豫。

坐在她旁侧的青檀端着杯子，放到唇边轻抿一口，轻声笑道："我们自然是有很多话想问的，就怕祝小姐若是不愿意，回头倒以为是我们欺负她了。

"只是大家今儿来，就是想见祝小姐一面，恭贺她新婚，与温二少喜结连理。"

石台上有人"扑哧"一声笑出来："祝小姐已经被你们吓到了，你们看她连话都说不出来。"

这话让其他人也陆陆续续跟着一起低笑起来。

沙棠只觉得心中有几分茫然。在人们意味深长的笑意中，她抿唇道："要问什么？"

"我我我，我先来。我有个问题非常好奇！"坐在沙棠对面的粉裙少女举起手，灵动的眼眸带笑地注视着沙棠，一手掩在嘴边，做悄声说话状，"祝小姐，你和温二少洞房的时候，是双修灵府，还是……"

"呀！"少女还没问完，就被身旁的人害羞地捂住嘴打断。

少女挣扎道："干吗？不是什么都可以问……"

其他人一半在羞怯，一半在闷笑。闻今瑶瞪着眼望向少女："哪有你这么问人的！"

沙棠的表情有些疑惑，还没反应过来对方问的是什么。

"你这话怕是白问了，成亲当日温二少就没有去过婚房那边。"青檀不紧不慢地道，"但祝小姐生得如此好看，面似芙蓉，温二少今日静思出来，肯定会好好怜爱祝小姐的。"

被捂嘴的少女听完她的话，缩了缩肩膀。温二少冷冰冰的，对女孩也又凶又狠，唯独对闻今瑶，他能表现得如沐春风般，这祝小姐哪能在那种男人手里讨到好处。

有人直接挑明道："我就没见过温二少对今瑶以外的女孩有好脸色，长得再好看也没用，他哪会好好怜爱祝小姐，我看祝小姐还得自求多福。"

沙棠听她们你一言我一语，自己不用开口也不会冷场，心里倒是悄悄松了口气，反正她也没听懂。

闻今瑶屈指敲了敲桌面，气鼓鼓地道："不要再吓我二嫂嫂了，你们喜宴那日都没能敬她一杯喜酒，今天可要把这杯酒给补上。"

"说的是。"青檀屈指一弹，桌上倒满酒的杯子便飞到沙棠身前，她似笑非笑道，"贺喜祝小姐嫁入温家。"

沙棠从没喝过酒。她望着眼前倒得满满的酒杯，伸手接过时，注意到其他人的目光比之前更加耐人寻味。

她低头轻抿一口，酒水入喉辛辣，像是沸水触地，在她喉间发出"刺啦"声响，灼烧感立马袭来。

烈酒烧喉，沙棠被刺激得微微睁大眼，端着酒杯的手顿住不敢再往前送。闻今瑶却道："二嫂嫂，喜酒可不能不喝啊，不然她们会生气的。"

另一人说道："温二少和祝小姐的喜酒这辈子只能喝这一次，错过就难得了。"

随着话音落下，一杯又一杯烈酒飞到了沙棠身前，排队等着。

女孩们笑盈盈地望着沙棠，等着看她饮酒。

青檀今日给沙棠喝的是最烈的罗浮酒。这种烧喉的烈酒是用来对付水妖的，常人喝了，轻则喉咙发烫疼三五日，重则失声。

青檀的父兄在听海关就是被水妖害死。

祝家断了青州支援的路，不开结界，又不愿给在听海关与妖魔战斗的青州仙士支援，藏了能买到的所有罗浮酒，等着前面的仙士们消耗妖魔队伍，等到青州的仙士们死完，妖魔也没有战斗力的时候再出手。

祝家一边想方设法针对青州，一边派人排除千难万险，去妖海给自己的宝贝女儿找药。

青檀恨极了飞玄州的祝家，看着眼前被祝廷维养得娇气柔弱的祝家大小姐，再想到自己的父兄因为祝家的原因惨死听海关，她就止不住心底翻腾的杀意。

"祝小姐，不用着急，慢慢喝。"青檀望着沙棠，声音轻柔，"我们会等到你喝完为止的。"

沙棠能察觉到四周的恶意。因为从小都需要看人眼色，所以她总是能感知到他人对自己的情绪如何。

就算她说不想喝，这些人也会强迫她喝下去的。

青檀见沙棠还在犹豫，又轻声道："听说妖海那边最近有凶猛的妖兽出没，若是有人滞留妖海不走，怕是会有生命危险。"

一句话让沙棠断了犹豫，仰头喝下一杯又一杯烈酒。

她最开始一口一杯，后面就不行了，越喝越慢。喉咙被烈酒灼烧得疼痛难忍，嘴里已满是血腥味，沙棠抓着酒杯的五指泛白，几乎用了自己所有的灵力来缓解痛苦，却仍旧不够。

倒是她挣扎的模样逗乐了其他人，石台上满是少女轻盈欢快的笑声，从远处看去，只觉得她们相处得十分愉快。

从水廊走过的一行人听见前面的笑闹声，不约而同地抬头看去。

为首那个身披紫袍、面色不怒自威的男人是温家家主，温鸿。

两个儿子一左一右地走在他身后。

温鸿只瞥了眼石台的人，刚要当作没看见走开，就见祝廷维的女儿捂着嘴巴摇摇晃晃地站起身，鲜血顺着她的指缝溢出，落了满身满地。

人们喊着"祝小姐"，纷纷站起身。沙棠却难以站稳，身子一倒，掉进泛着雾气的寒泉里。

少女们惊叫出声，止不住笑意地围了过去。

温雁风对温鸿说："爹，我过去看看。"

温鸿脸上有着明显的皱纹，头上也有肉眼可见的几缕银丝，没有动作，不说话时就已充满威慑，开口时，身边的人都能听出他话里的一丝寒意："出事的是你的弟媳，他都没去，你去做什么？"

说完，他余光往后扫了一瞬，落在那个安静不语的人身上："一个男人再如何废物，也不该连自己的女人都护不住。"

温聿怀没有答话。

损失诸多亲信的温鸿，比任何人都希望祝廷维的女儿受更多折磨，越惨越好。他此刻说这种话，不过是针对自己这个不讨喜的小儿子。

温雁风似乎一点也不怕温鸿发怒，仍旧温声道："今瑶在那边，怕她胡闹不知分寸坏了事，我先过去。"

说完，便朝石台赶去。

温鸿见温聿怀仍旧没有动作，声音又冷了几度："你还不快去？"

温聿怀只动了动眼珠，朝石台方向扫去。

像祝星这种柔弱胆小的女人，很容易陷入温雁风展现的纯善陷阱里。

在后山那晚，落水的她被剑气波及后晕了过去，没让温雁风得逞。

此刻时机正好，她被众人欺辱孤立无助时，温雁风却如救世主降临，救她于水火之中。

温聿怀站在原地，冷眼看温雁风在那帮女孩面前耍小把戏，仍旧没有要过去的意思。

温雁风想接手祝家这个麻烦就让他去好了。

寒泉里水浪翻滚，沙棠原本就不怕水，何况这水其实不深，顶多到她腰腹。可寒泉冰冷刺骨，上面还有青檀施术压着她，不让她出水，看她在水中狼狈挣扎。

直到温雁风过来后，青檀才不甘愿地撤了术法，让沙棠从寒泉里冒出头来。

沙棠浑身湿漉漉地发着抖，原本清澈的寒泉染了血色，遭到寒意侵袭而惨白的唇，又被喉间溢出的血染红。

"祝小姐，"温雁风站在岸上，朝水里的沙棠伸出手，柔声道，"没事了，上来吧。"

沙棠一只手捂着嘴，挂着水珠的睫毛颤抖着，抬眼看前方笑颜温柔的人，他略带怜惜的目光和诱哄的语气都挑不出差错来。

可他也和石台上的人们一样，对自己充满恶意。

恶意无处不在。

沙棠的视线越过温雁风，看到了不远处的温鸿等人。

无论是她身边，还是远处，都是一样的。

唯有一个人看向沙棠时不带任何恶意。

沙棠无视温雁风，望着不远处的温聿怀，将喉间的腥咸吞下。

那个人对自己没有恶意，是因为他完全不在意眼前发生的事。

沙棠收回视线，面对温雁风的邀请摇摇头，自己爬上岸去。

温雁风还是第一次在这种情况下被女人拒绝，他不动声色地收回手，注视着沙棠的黑眸微闪。

"雁风哥哥！"

闻今瑶见温雁风刚才对沙棠的举动，有些吃味，正气鼓鼓地望着他。

"长辈们还在那边等着。"温雁风对闻今瑶说。

闻今瑶这才收敛些。

沙棠虽然被欺负得红了眼眶，却也没哭。她所有的灵力都用来缓解喉咙灼烧般的疼痛，张嘴想说自己先走时，喉中却只有血水"咕噜"，发不出丝毫声音。

她捂着嘴的手轻轻颤抖着摸到喉间。

"怎么了？"温雁风上前一步，关切地问道。

他刚要有所动作，却听身后传来一道冷淡的声音："我先带她回去了。"

温聿怀站在后方，目光盯着无比狼狈的沙棠，浅色的眸子仍旧是保持距离的平静。

沙棠也想赶紧走，她现在觉得被关在屋子里不出去也行。

温雁风缓声道："你先带祝小姐回去看看是否有哪里受了伤，若是需要，可以叫二夫人过去帮忙。"

听他提起"二夫人"这个人，温聿怀才转动眼珠朝温雁风看去，冷淡的眸子里多了点似笑非笑之意。

沙棠已经走到他身旁，温聿怀这才没有多跟温雁风废话，带着人离开。

然而沙棠走得慢，双手捂着嘴，喉咙难受得厉害。从寒泉出来后，凉意一丝丝地往她骨头缝隙里钻，可又不能在此时停下，毕竟周围没人会帮她。

温聿怀瞥见她的动静，也只是走得慢了点，没有要碰她的意思。

两人路过温鸿时，温聿怀停下，语气平平地叫了声："父亲。"

沙棠听见这个称呼，心里动了动，低垂的目光扫过前方温聿怀的衣摆。

虽然不合时宜，可她脑子里的第一反应仍旧是：竟然有人和我一样称呼"父亲"，而不是像祝星一样亲昵地喊"爹爹"。

沙棠没有抬头，见温聿怀停下，她也就停下，就算她想要开口也发不出声音。

温鸿打量着狼狈不堪的沙棠，心中冷笑一声，嘴上冷酷道："带回去好好看看，可不要让飞玄州觉得她在我们这儿受委屈了。"

温聿怀应了一声，带着沙棠离开。

走得稍远些后，才见春尧和几名侍女也急急忙忙地跟上来，温聿怀只扫了眼,便道:"滚。"

不轻不重的一句话,却让后面的人们听得心头一颤。

沙棠还以为他在说自己,停在原地没动。

春尧低头说:"二少爷,祝小姐受了伤,我等需要过去照顾她……"

"我若是动手,只是再回去静思几天,你可就没命了。"走在前面的温聿怀也停下,回首看过来。

春尧略略咬牙,往前一步道:"二少……"

话还未说完,她就感到呼吸一室,飓风席卷,吹起满地落叶。细长的叶片划过春尧的咽喉,她脸上仍带着试图说服温聿怀的神色倒地。

割喉飞溅的鲜血落在了沙棠的脚边,她微微睁大眼,被眼前的突发事件吸引,连身体的疼痛都短暂忽略。

被卷飞到空中的落叶,此刻又悄无声息地坠落。

剩下的三名侍女吓得立马跪地求饶:"我等就在此等候,绝不再多往前一步。"

沙棠双手仍旧捂着嘴,微微睁大的眼瞳乌黑水润。这是她第一次抬头与温聿怀面对面。

这次她因为惊愕而没有躲闪。

那双冷淡疏离的眼瞳焦点,从倒下的春尧转移到对面站着的少女身上。

温聿怀只看了短暂的一眼,便转过身去:"走了。"

这一声将沙棠唤醒,双脚不自觉地跟上前面的人。

回过神来的沙棠也清楚地感觉到痛楚的袭击,她努力思考着温聿怀刚才说的话,和刚来青州在水下透过鬼面看到他的一幕。

她之前听春尧和其他侍女说过,温聿怀因为结界的事才被罚静思。

刚才他又说自己若是动手,只会被罚静思。

是说他不能随意使用术法吗?

他刚才杀人了吧。

为什么?

……又是我的错吗?

沙棠的喉咙疼得厉害。疼痛让她思绪不顺,没能想出个所以然来,脑子虽然在转,但不管怎么思考,到最后也只会忐忑地猜测是不是自己的错。

她乱七八糟地想着,只为了转移自己的注意力。

沙棠一路都在胡思乱想,没注意前面的人何时停下了。温聿怀转过身来,却见神思恍惚的人直接朝自己撞了过来,眉间微蹙,喊道:"祝小姐。"

仍旧是不轻不重的语调,却带了点警告的意思。

沙棠这才顿住,见自己和温聿怀的距离如此近,吓得忙后退几步,离他远远的。

温聿怀将她的反应尽收眼底,那如琥珀般的眼瞳中毫无波澜,只是盯着她,微微笑道:"听说祝小姐身子弱,灵根受伤不稳,所以灵力微弱。"

沙棠不知他为何突然提起这事,蹙着眉头,眨了下眼。

哪怕她疼得满头是汗、脸色惨白,走得慢吞吞的,却还是跟到了这里。

温聿怀说:"祝家为你找了许多温寒的药,看来你的身体受损与寒气有关。寒泉凉意重,你落水被寒意侵袭后,却能一路走到这里没有昏厥,倒是不知该说你体弱,还是不弱。"

他最后的话音如巨锤般重重敲打着沙棠的心脏,让她感到头晕眼花,害怕替嫁的事被发现,让温聿怀看出自己不是祝星。

温聿怀望着她的眼眸没有波澜,看不出喜怒,也猜不到他在想什么,是在试探,还是要拆穿?

沙棠只觉得被那双浅淡的琥珀色眼睛盯着时,平静之下隐藏的锐利像是悬在她头顶的利剑,威慑十足,令人胆战心寒。

她捂着嘴的手僵冷发麻,快没有知觉,连做松手这样的动作都十分艰难。沙棠想要说点什么来解释,张了张嘴却只流出鲜血,无法发声。

若是嫁到温家的人是祝星,落入寒泉后就该受不住晕过去了。

沙棠却撑着一路走到了偏殿大门前。

温聿怀望着慌张焦急的她张着嘴,却什么也说不出来。

空气中是罗浮酒混杂鲜血的气味,她喝得不少,喉咙受损,失声了。

若是让春尧那帮人跟着回来,眼前这天真愚蠢的女人,怕是连自己如何毁容、断手的都不知道。

春尧是温雁风的人。沙棠他们刚到的那天晚上,春尧奉命从他手里把沙棠带走,将张柘等人拦在山下,断了沙棠与飞玄州祝家人的联系。

温聿怀只是在除妖兽时,恰巧遇见了来自飞玄州的送亲队伍。

又或者不是巧合,因为是温雁风向温鸿提议,要在那天晚上除掉妖兽蠃鱼。

沙棠见温聿怀不说话了,她心里更着急,松开捂着嘴的手,艰难地向温聿怀比画着指了指自己的喉咙,想告诉他自己现在说不出话来。

温聿怀望着笨拙又一遍遍重复动作的沙棠,脑子里闪过一瞬她拒绝温雁风自己爬上岸的画面。

只是一个简单的动作,却令他心生瞬间的愉悦。

温聿怀看在那瞬间的愉悦上,没有再逼问沙棠,让她回了屋。

祝廷维既然肯让自己的宝贝女儿嫁到温家,就代表他已经放弃这个女儿,就算再如何折磨祝星,也不能动摇祝廷维分毫。

沙棠跟着温聿怀回到屋中坐下,虽然他没有再问什么,但她还是绷紧神经。

温聿怀站在门口,没有进去。他发现沙棠直勾勾地盯着自己,之前总是躲闪目光,这会儿倒是盯着不放。

沙棠看着看着,忍不住喉咙发疼发痒,捂嘴咳嗽起来,没咳出声响,倒是咳出不少血来。

没人会来为她诊治的。

温雁风倒是放话要让"二夫人"过来,只是那个疯女人一来,这位祝小姐或许能好一时，但被那疯子盯上，以后就不好过了。

温聿怀望着咳到奄奄一息的少女。不知是寒泉水还是她的汗水，浸湿她额前的头发，在她惨白的脸上留下一道道水痕。

或许是求生欲驱使，沙棠捂嘴咳嗽时，无意识地抬头朝站在门口的人看去。

沙棠只看了一眼，站在门口的人却仿佛有了理由，迈步朝她走来。

温聿怀来到沙棠身前，伸手在她弓起的背部一点，强迫沙棠将喉间的腐烂和瘀血全部吐了出来。

沙棠哪被这么对待过，害怕极了，慌忙扭头试图阻止他，却因为涌上来的瘀血止不住，又转回头去吐了起来。

积攒的瘀血、烧伤的皮肉，都被吐出来了。吐到最后，沙棠感觉自己都没有东西能吐了，地面、裙摆、床沿，都被污血染湿。

点在自己背上的手终于松开，沙棠感觉酷刑结束了，直起身时，两眼发黑、要晕不晕。

与祝星孱弱的身体比起来，她就显得无比坚强。

温聿怀今日已经用了一次术法，反正要再被关去静思，便在那之前多用几次。

他瞥见挂在木衣架上的红嫁衣，走过去，从嫁衣上撕扯出长条衣带，再回到沙棠身前，说："坐好。"

沙棠下意识地听他的话。

温聿怀似乎闻不到满屋子的腥味，他神色如常，动作不慌不忙，手指灵活地穿过她的发丝，将撕扯下来的细长红衣布条缠绕在沙棠发红的喉间，全程没有触碰到她一寸肌肤。

等缠绕好红衣布条后，温聿怀才伸出手指，隔着布条触碰，轻轻点在她受伤的咽喉，让沙棠被迫仰起头来。在对方灵力的治愈下，她喉间强烈的灼烧感开始减弱。

剧烈的疼痛得到缓解，沙棠反而支撑不住晕了过去。

等沙棠醒来后，已是深夜。

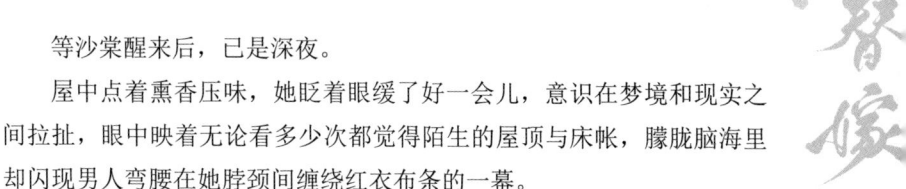

屋中点着熏香压味，她眨着眼缓了好一会儿，意识在梦境和现实之间拉扯，眼中映着无论看多少次都觉得陌生的屋顶与床帐，朦胧脑海里却闪现男人弯腰在她脖颈间缠绕红衣布条的一幕。

记忆里，这间屋子昏暗又脏污，她自己也脏兮兮的，却在几次无意间的视线捕捉中，记住了男人只盯着她咽喉的冷淡浅亮的眸子。

沙棠彻底清醒，伸手摸了摸脖子，触碰到缠绕在脖子上的细软布料，提醒她白天那难堪的一幕并非幻觉。

她从床上坐起身，焦急地去看被吐了满地污血的地面，却见床沿和地面都被人处理过，这会儿已是干干净净的。

就连她染血的衣物也是干干净净的，似乎是用净水术来处理的。

沙棠在屋里发呆片刻，脑子里慢慢回想着今日发生的事。喉咙还是又痒又痛，每次一发作，她就忍不住伸手去摸。

屋里又黑又安静，沙棠感觉有些冷，又缩回被窝里去。

经过今日的遭遇，她已经不太想出去了。

闻今瑶给人的感觉或许是骄纵了点，却不是会直接捅人刀子的类型，而且在沙棠眼里，她很像小时候的祝星。

沙棠以为跟着闻今瑶去了，只不过是被言语羞辱，挨打也是预料之中，却没想到会是这样。

这比直接给她两巴掌，再指着她的鼻子骂更让她难受。

可云祟师兄还被困在妖海中，她要是害怕了，不去想办法救他，他可怎么办。

夜里又下了雨，沙棠静静聆听着雨打屋瓦的声音，伴随着喉间时不时的刺痛，再次昏昏沉沉地睡去。

天亮后，偏殿来了人。

盛装的美妇人带着几个端了药碗的侍女进来。

沙棠听见动静醒来，起初她以为是温聿怀来了，拧着眉头坐起身，还没想好要怎么面对他，就听有人叩响屋门。侍女在外说道："祝小姐,二夫人来看你了。"

二夫人?

屋门被人从外面打开。

日光洒落进屋,沙棠迎着亮光朝门口的人看去。

开门的侍女退到一旁,露出站在最前面的美妇人。

她身着淡紫色的长裙,妆容精致,与温聿怀一样,有着一双漂亮的浅色琥珀眼瞳。与温聿怀的疏离冷淡不同,美妇人的这双琥珀眼瞳时时带笑,温婉和善,又像极了温雁风。

相似的面容和相似的气息,让沙棠看得怔住。

她恍惚想起之前听说的,温家只有这一位夫人。

听说少主温雁风的母亲在他很小的时候就去世了。

在他母亲去世没多久,温家便有了这位二夫人,也有了二少爷温聿怀。

二夫人云琼接过侍女手中的药碗,笑盈盈地朝沙棠走来:"多亏你病了,我才有机会出来走一走。"

她语调欢快,瞧着十分高兴,望着沙棠的目光也满是真诚。

沙棠却听蒙了。

哪有人这么说话的?

"来,这是修复你哑嗓的药,喝吧。"云琼很自然地坐在床边,将手中的药碗朝沙棠递去。她的笑眼十分明显,话也说得温柔。

沙棠迟疑着不敢动。

"怎么了?"云琼微微凑近看她,笑道,"害怕有毒吗?"

沙棠还没答话,就见二夫人端着药碗抿了口药,展颜笑道:"我喝过了,除了有些苦,不会有别的事的。啊!若是你喝的话,因为溃烂的皮肤,还会有些疼。不过你放心,疼过三天就会好很多了。

"药是很灵的,里面有许多十分珍贵的药材,都是我从自己的私库里拿出来熬制的。"

云琼一说起话就停不住似的,表现得像是小孩心性,和沙棠高高兴兴地唠叨:"我平日被关着,哪儿也去不了,连受伤都没有机会。那些珍贵的药材放着也没用,如今可算是派上用场了,你快尝尝。"

那双水润纯善的眼眸期盼地盯着沙棠。

沙棠从二夫人身上感觉不到针对自己的恶意,这才试探着伸出手接过药碗,小口喝着。

苦。

入喉又痛。

云琼见她肯喝,更高兴了,忙催着问:"如何?是不是就像我说的一样,又苦又痛?"

沙棠乖乖地点头。

云琼的目光瞬间变得慈爱,伸手轻轻摸着沙棠的头。这突然的触碰让沙棠身子一僵,不敢动,有些不适应地缩了缩脖子。

"不要这么胆小。"云琼凑近她,神秘地笑道,"你这样胆小,在这里会很难过的,大家都会欺负你,让你生不如死。"

最后一段话让沙棠听得毛骨悚然。

云琼压低嗓音道:"你要想办法离开这里才能活啊。"

站在门口的侍女忽然上前恭敬地道:"夫人,时间快到了。"

"我好不容易才能出来一次,就不能让我多待会儿吗?"云琼转头朝侍女看去,撒娇的语气听得人心酥。

侍女却不吃这一套,垂首道:"这是家主的命令,我等不敢违抗。"

云琼幽幽地叹息一声,摸着沙棠的手转而轻抚上她温热的脸颊,目光眷恋。被这双眼以如此目光盯着,沙棠感觉自己脖子上像是缠着一条冰凉的毒蛇,游动时鳞片划过她的肌肤,带起阵阵战栗。

它是如此依依不舍,却让人感觉死期将至。

"你可要慢点好,这样我才能天天来看你。"云琼恋恋不舍地起身,"聿怀这几天都不能来看你了,真可怜,自己的新婚妻子受了伤,作为丈夫却不能陪在深爱的妻子身边。"

沙棠捧着药碗发呆。

她完全没有作为温聿怀"妻子"的认知,更别谈"深爱的妻子",听云琼说这些话,沙棠心里只有茫然和紧张。

但她想确认温聿怀的情况,于是在云琼要离开时,伸手抓住云琼的衣袖,轻轻拽了下。

沙棠说不出话,正苦恼要怎么表达自己的意思,云琼却一眼看穿她的心思,拍掉她抓着自己衣袖的手后,说:"聿怀要静思七日,在那个又黑又破的小屋子里跪七天呢。对了,这次也拜托你给他送食哦。"

云琼优雅地扯回自己的衣袖,带着侍女们离去。

沙棠觉得这位二夫人有些奇怪,可仔细想,又想不出具体的奇怪之处。

二夫人走后没多久,偏殿又来了一位客人。

闻今瑶提着食盒赶来,轻车熟路地开门进屋,与里面闭目休息的沙棠打招呼:"二嫂嫂,我来看你了,你今日感觉如何?有好好吃药吗?我听说二夫人来看你了,她是不是给你带了药?"

沙棠睁开眼,慢吞吞地坐起身,朝进屋的闻今瑶看去。

闻今瑶一会儿就走到她的床边坐下,将食盒打开:"你饿不饿?我给你带了吃的来。"

沙棠摇摇头。

"是不饿,还是不想吃?"闻今瑶纳闷地望着她,视线被缠绕在她脖子上的红衣布条吸引,便将刚才的问题抛去脑后,伸手摸了摸布条,"这是什么,不是应该包扎药布吗?"

沙棠答不出话,也不想答,只乖乖坐着,静静地望着她。

"是二哥给你包扎的吗?"闻今瑶问道,也没等沙棠回答,她自己就否认了,"不可能是二哥包的,他那个脾气怎么会做这种事。二嫂嫂,明儿可记得要人给你换药布,这样会好得快一些。"

沙棠点点头。

闻今瑶只字不提石台宴会的事,和沙棠有说有笑,又盯着她吃了几口东西才离开。

离开偏殿时,闻今瑶心情甚好,因为见着沙棠落魄的一面,她好些天都说不了话,可怜又可恨。

这样也算是给青檀她们报仇了。

可没走多远,闻今瑶又想起沙棠脖子上缠绕的红衣布条,好心情被破坏,总是会想:如果那是二哥动手缠上去的呢?

不可能的。

可如果是呢?

二嫂嫂又说不了话。

闻今瑶不太高兴。

她对属于自己的宠爱总是格外在意又敏感,无论是来自温家的,还是闻家的。她从小就得到了旁人羡慕不来的宠爱,已经习以为常,并将其看作自己的独有。

她心道:是我的东西,就不能让别人也拥有。

温聿怀的存在又有些特殊,一点点不同都会让她警惕又在意。

闻今瑶脚下一转,去了静思堂,想要见温聿怀确认一下。

以前她想进去就直接进去了,今天却被守卫拦在了外面,说什么也不让进,问起来就是二少爷不见人,要等静思结束后再见。

闻今瑶气得跺脚,气冲冲地回了家。

闻家家主正在屋中与客人议事,外面看守的人也不敢拦自家大小姐,眼睁睁看着她推门进去,委屈巴巴地喊道:"爹爹!"

坐在主位、单手撑着额角神色沉思的男人,见到突然闯进来还委屈巴巴的女儿,有些无奈。其他人非常识趣,纷纷起身告辞。

等人都走完后,闻今瑶才走到父亲身边,在他的膝边蹲下,委屈地小声道:"爹爹,你可要帮帮我。"

闻家家主低头朝她看去,眉目慈善,话里带笑道:"又是谁让咱们的大小姐受委屈了?"

"还不是温二哥!"闻今瑶哼了声,愤愤地道,"他被罚静思,我想去见他,却被拦在外面,说不见人,要等静思结束后再见。他以前哪会这样?会不会是二哥体内的封印有问题了?所以才开始对我冷淡。"

闻家家主没好气地笑道:"只是不见你就算冷淡了?"

"以前我都能进去的,凭什么现在不能进去见他了?"闻今瑶瞪大了眼,话开了头,就越想越多,"这么一想……二哥这两年就是有些奇怪,他上次还说我做的鱼汤难喝,上个月还忘记了跟我约定好一起去看皮影戏的日子,把我一个人晾在那儿,让我等了他一晚上!"

"他要是喜欢我,那不可能娶祝星的时候,什么都不跟我说呀!他娶不到自己喜欢的女人,总会伤心难过的吧?可你看二哥,他最近哪有表现出伤心难过的样子!"

他天天就去跪静思了!

闻今瑶扒拉着手指头,细细数着温聿怀对自己的细微不同。

不管真的假的,都一股脑说出来,最后她得出结论:"二哥的封印一定是出问题了!"

闻家家主听完后,脸上的笑意一点点退去。沉思片刻,他轻轻摸了摸闻今瑶的头以示安抚:"等会儿我去和你温伯父商量,重新检查一下他身上的封印。"

沙棠最初不知道二夫人有些奇怪之处,直到最近她每日都来见自己,每一次的态度都不一样。

第一天,二夫人和善又活泼。

第二天,二夫人变得冷淡,只问她喝不喝药,等她喝完就起身离去,都没多看她一眼。

第三天,二夫人则十分暴躁,掐着沙棠的下巴道:"让你喝你就喝,哪来那么多废话!"

云琼的力气奇大,就这样掐着沙棠的下巴,强硬地灌了她半碗药。

第四天,二夫人又跟个没事人一样和沙棠说说笑笑。

第五天，二夫人从进门起就开始哭，边哭边说她儿子真可怜，天天都要跪着静思。

　　第六天，二夫人满脸忧愁，望着沙棠不断叹气，嘀咕她如此胆小懦弱，活不长。

　　经过这些天的相处，沙棠才敢确定，温家的二夫人脑子似乎有问题，不太正常，情绪多变，每天都像变了个人似的。

　　一面对二夫人，沙棠就高度紧张又戒备，只有二夫人走后，剩下她一个人时，才敢放松下来。

　　沙棠偶尔还是会做那个梦。

　　梦里她从水中向岸上看去，那个人仍旧站在同样的位置。

　　今晚她却梦到自己被人从水中抱起，重新回到岸上。夜晚的风吹进青年的怀里，扑在她脸上，凉意让她的意识短暂回笼。

　　两人的衣衫都因涉水湿透了，面料紧贴肌肤，也将他们的距离拉得更近。

　　在这短暂的瞬间，靠在青年胸口的沙棠，却没能感受到衣下心脏跳动该有的力量。

　　那里静悄悄的，好像什么都没有。

　　沙棠听见夜雨敲打屋瓦的声响，从梦中悠悠醒来。

第三章

妖海

沙棠每天醒来的第一件事，就是伸手去摸喉咙，痛感一天比一天减轻。

她也曾将缠绕在脖子上的红衣布条取下，取下后发现喉咙疼得要命，根本没法忍，她又急忙缠了回去。

温聿怀的灵力残留在这红衣布条上，还能帮她缓解疼痛，治疗伤势。

沙棠算着时间，今天是温聿怀解除静思的日子。

可是她想不通，为什么温聿怀使用术法就要被罚静思？

沙棠想起戴着鬼面、持剑入水杀妖兽的温聿怀，脑子里有好几条线缠绕在一起，差一点就能捋清，却总是差一点。

二夫人云琼给她送来的药还是有用的。

喉间的灼烧感已经消失，吞咽时她也不会疼得浑身冒汗。

沙棠之前被温聿怀的话提醒，就算只是喉咙受损，也要装作柔弱的样子不能下床走动，这些天都没出屋子半步。

天亮后，外面的雨也停了。

云琼来得比往常要迟些，但她来时，又比之前要开心得多，甚至像个小孩般快步跑来,高高兴兴地推开门,对屋里的沙棠说:"今天聿怀静思解除,可以陪我们玩了。你快起来,随我一起过去。"

云琼跑到床边,抓着沙棠的手就往外带。沙棠被她拽得差点滚下床去,还是旁边的侍女伸手拦了一下,道:"夫人,让祝小姐先把药喝了吧。"

"对了,你还要喝药呢。"云琼伸手接过侍女递来的药碗,要亲自喂沙棠。

沙棠想起她上次掐住自己下巴强灌的一幕,连连摇头,主动伸出手。

"那你自己喝吧。"云琼把药碗递给她,"喝快点哦。"

沙棠怕她又会做出什么来,皱着眉头一口气喝完。云琼看得十分满意,要奖励她一块蜜饯,又被侍女阻止:"祝小姐还不能用食。"

云琼瞬间变脸,将蜜饯朝侍女的脸上砸去:"我要做什么你都说不准,你算什么东西!滚开!"

被蜜饯砸到的侍女却是脸色都没变,早就习以为常,只垂首致歉。

沙棠一动不敢动,眼睛都不敢眨一下,怕自己有什么动静再次惹恼云琼。

云琼回头瞪她:"你还不快起来随我去?"

那眼神凶巴巴的,沙棠要是拒绝,她就是连拖带拽,也要把她从床上弄下来带走。

沙棠只好掀开被子下床,乖乖跟着云琼离开偏殿。

小青峰太大,沙棠还是不太认路,离开偏殿附近,她就不知道前面的路都是通往哪里。

云琼在路上心情又变得很好,拉着沙棠喋喋不休:"聿怀一个人在那间破屋子里待了这么久,不知道会不会哭、会不会难受。这孩子还挺怕黑的,我以前把他关在柜子里,他在里面又哭又闹,双手被绑起来,就拿头撞柜门,撞得满头是血。"

她说着说着,像是觉得太过有趣,竟"扑哧"笑了起来。

沙棠却听得愣住,有些不敢相信,小心翼翼地打量着身旁的人。

侍女们不像是第一次听说的样子,个个神色不变,像是什么都没听见似的。

云琼笑完,又惆怅道:"可是他撞得我心烦,那声音一直在响,'咚咚咚'的,让我晚上都睡不好觉。他就是这么讨人厌,一点都不讨喜。

"他哥哥雁风就很乖,从来不哭不闹,也不会吵得我睡不着觉。"

云琼开始夸温雁风,眼里的柔意不掺半点假:"他一岁那会儿路都走不好,却非要跟着我。我一不见了,他就哭,哭得人心疼,我就什么也不想做了,只想回来守着他。"

沙棠藏在衣袖下的手掐着自己,要自己别抬头,别显露出惊讶的神色来。她和侍女们都保持安静,任由云琼自己唱独角戏。

可沙棠心中仍旧感到震惊和茫然。

听二夫人说的……似乎温雁风也是她的孩子。

如果两人都是她的孩子,又为什么态度如此悬殊呢?

如果温雁风是二夫人的孩子,那温聿怀就不是吗?

因为二夫人的行为举止有些疯癫,沙棠也不敢全信她说的话,也许有些事只是她的妄念妄想。

沙棠也不知为何,听一个母亲笑着说将自己的孩子绑了手脚关进柜子,在听到孩子以头撞击柜门的声音时,感到厌烦,心里有些微妙的酸涩。

她从小就没有母亲,又常听祝星念叨,如果阿娘还在一定会保护她、不让她受半点委屈,会陪她睡觉,在她做噩梦时,轻拍她的背安抚。

母亲的形象,在沙棠心中一直是温柔美好的。

云琼念叨完两兄弟小时候的事后,突然叹息一声,扬起脸时,笑得无比灿烂:"可现在我家聿怀出息了,能够斩妖除魔,剑术不输他爹,还在听海关杀了许多妖魔,救了不少人呢!"

始终安静的侍女这才出声道:"夫人,那是少主,并非二少爷。"

云琼不屑道:"都是我的儿子,有什么分别?"

侍女眉头微蹙,却没再说话。

云琼牵住沙棠的手,在她的手背轻拍一下,笑道:"还好你不是嫁给了雁风,不然可真是耽误了他。"

沙棠的手冰凉,被二夫人温热的掌心触碰,让她抽手往回缩了缩,却被二夫人抓着不放。

这不是去静思堂的路,也不是去水廊石台的路,沙棠不知道云琼要带自己去哪儿,但听她的意思,似乎是要去见温聿怀。

沙棠是这么想的,只是没想到等进屋后,里面不只有温聿怀。

云琼牵着沙棠穿过长廊,走上宽石阶,朝上面庄严肃穆的大殿赶去,她还在殿外时,就高声喊道:"聿怀!"

大殿堂屋中的人纷纷回头看去。坐在主位的温家家主温鸿将端起的茶杯重重放下,茶水洒出滴落在地。他目光阴鸷地扫视屋中的人:"谁放她出来的?"

坐在下边的温聿怀起身朝门口走去,他神色冷淡,瞧不出喜怒。

云琼跑到门前后,就松开沙棠,朝来到门前的温聿怀走去,抓着他的手,柔声说:"听说你的静思解除,我这就来看你了,还带了你的新婚妻子来看你。你就消消气,不要再跟阿娘生气好不好?"

温聿怀谁都没看,只是拦住云琼的去路,淡声道:"回去。"

"我好不容易才出来的,你要我回哪儿去?"云琼生气道,"要不是你妻子受伤,我都出不来。你最好让她多受几次伤,这样我才能多出来走动。"

沙棠站在离他们几步远的位置,听了云琼这话,忍不住往后退了退。

温雁风不慌不忙地起身,跟温鸿解释:"祝小姐受了伤,聿怀又杀了春尧,自己也在静思,没人照顾祝小姐,我便让二夫人去了。"

云琼这时候高兴道:"听说你最近这两年出息了,在外面斩妖除魔,大家都拥戴你,追随着你投靠温家……"

温雁风抬眼朝门口的云琼看去,眼里泛着冷意。

在旁边看戏的闻今瑶插嘴道:"那是雁风哥哥!"

"你闭嘴!"云琼恨恨地瞪着她,"这里有你说话的份?还不快滚!"

闻今瑶被她一凶,气得瞪大了眼,满脸委屈,却又不敢真跟二夫人吵起来。她一直都有些怕这个疯女人,毕竟人疯起来,什么事都做得出来。

温鸿忍无可忍,拿起杯子重重地摔在地上,怒声道:"让她滚回去!"

温聿怀伸手去抓要往屋里跑的云琼,却被云琼反手打了一巴掌,涂着粉亮丹蔻的指甲在他脸上划出血痕。

云琼朝温聿怀扑去,朝他又打又骂:"你如今出息后就不认娘了,是不是!我只不过是想来给你道喜,有什么错?你娶妻的时候,都没有放我出来看一眼!"

她一只手还掐着温聿怀的脖子。

"亏我还惦记你在静思堂会不会害怕,担心你会不会怕黑,你就是这么对我的!我生你这个孩子有什么用?你还不如死了,对你对我都好!

"你赶紧去死吧!"

温聿怀盯着云琼,将她发疯发狠的脸牢记在心,再将她卡着自己脖子的手狠狠甩开。

云琼发现自己打不过温聿怀,又朝屋里的人尖声喊道:"温鸿!"

温鸿气得甩袖离去,不愿再多看一眼。

温雁风摸了摸受委屈的闻今瑶的头,叮嘱她别添乱,便去追温鸿。

云琼谁也喊不动,被温聿怀攥着手腕拉走。

侍女们紧随其后。

沙棠虽然被吓得心脏狂跳,但见人都走了,只剩下闻今瑶,便忙追着温聿怀那边走。

闻今瑶起身朝她走来，喊道："二嫂嫂！"

沙棠装作没听见，脚步加快。刚走到石阶旁，哪知闻今瑶比她更快，一眨眼就来到她身旁，伸手抓住她："二嫂嫂，你跟上去也没用，不如留在这儿陪我说说话。"

温聿怀带着二夫人云琼走远了。

沙棠追不上，又被闻今瑶抓住，只能认了。她回头朝闻今瑶望去，摇摇头。

闻今瑶这才反应过来，笑道："哎呀，我忘记了，二嫂嫂你的嗓子还没好，说不了话。"

她松开手，无趣地道："那就没办法啦，你说不了话就很无聊。"

闻今瑶自从第一天去看过沙棠，后面就没再去。这会儿突然发现沙棠的脖子上还缠着那红衣布条，她不免又想起之前的猜测。

"二嫂嫂，我不是要你换药布的吗？"闻今瑶皱眉，伸手去触碰红衣布条，"你怎么还缠着这个？我给你解了，你去换药布。"

她不由分说，就要动手。沙棠往后一躲，只摇头，眼神透露出不愿意。

闻今瑶挑了下眉，单手掐诀，点着沙棠脖子上的红衣布条。沙棠感觉脖子上的东西松动散开，红衣布条一离身，她就感觉喉咙有灼痛感升起。

沙棠忙伸出手，用了微弱的灵力，抓住悬浮在空中的红衣布条。

闻今瑶看得生气："二嫂嫂，你如此在乎这破布，难道它真是二哥给你的？"

沙棠摇头。

闻今瑶念了个诀，将红衣布条点燃，烧成一团火。

沙棠只得松手，看它在空中散作灰烬。

闻今瑶说："既然不是，你何必这么在意，快去换药布吧。"

温鸿怒气冲冲地离场，去了后殿，转道进了书房，看着桌面上摆放的东西片刻，忽地将它们全部扫落在地。

屋中响起东西碎裂声，接连不断，等平静下来后，温雁风才敲门进去。

"爹，"温雁风扫了眼地上的瓷器碎片，安抚道，"二夫人已经被聿怀带回去了。听说聿怀体内的封印有变故，若是他的封印坏了，对目前的局势可不利。"

说起正事后，温鸿倒是收敛了情绪，让自己冷静。

他站在书架前，双手负背，身后一片狼藉，地面的碎片让温雁风无从落脚。

温鸿沉声道："在他静思这几天，我和你闻叔叔已经重新稳固封印，只要是今瑶说的话，他都会听。"

温雁风问："是聿怀察觉到什么了吗？"

温鸿顿了顿，淡声道："应该不是。闇雷镜与他同体，在他出生时，就以玄女咒封印闇雷镜的力量，而刻在他心脏上的名字，就是他这一生钟情侍奉的主人。"

闇雷镜作为灭世的神器，一旦被放出来，后果不堪设想。温家还担不起灭世的罪责，只能将这份力量封印。

相传被闇雷镜选中的人，都是大灾大难者，也被看作灾星降临。

可身怀闇雷镜的人，也有着异于常人的强大力量，若是使用得当，那就利大于弊。

就算没有闇雷镜，没有什么灾星传说，温鸿也恨死了这个孩子。

这个孩子的存在，时刻提醒着他曾经挚爱的女人与自己的亲弟弟苟且的事实。

温聿怀到底是温鸿的孩子，还是温鸿弟弟的孩子，就连云琼都分不清。

因为是亲兄弟，无论是谁的孩子，都有着一样的血脉，所以测不出来的。

一边是从小一起长大的亲兄弟，一边是自己曾发过誓要相守一生的女人，温鸿只觉得自己的大脑被撕裂。恨意和悲戚冲击着胸腔，让他无法对温聿怀下死手，杀了还在襁褓中的孩子。

但温鸿杀了自己的亲弟弟，温浔。

因为今日云琼的出现，温鸿闭上眼时，脑海里都是当年将这两人捉奸在床的一幕。

他杀温浔的时候，云琼为何要哭要拦？因为这个善变的女人是真的喜欢温浔。哪怕温浔死后，她终于意识到自己做了什么，可怜兮兮地跟自己认错，再次发誓。

可从她口中说出的誓言一文不值。

温鸿的额角狠狠抽搐着，唇抿成一条直线，话音越来越冷："封印每三年就会检查一次，确认是否完好，所以不用担心这事。这几天祝家那边有什么动静？"

"祝廷维在和银霜州接触，想要探听洲王的伤势如何。如今外面都说我们温家得势，要对洲王取而代之。不出意料的话，这些谣言也是飞玄州那边起哄的。"

温雁风沉思道："他是想故意坏温家名声，为我们树敌，与洲王合作。"

"贼心不死，最想取而代之的，除了祝廷维还能有谁？"温鸿扯着嘴角，冷声嘲讽，"在听海关不惜牺牲我青州上千仙士，也想拿下救世主这名声，最后虽然什么也没得到，却也什么都没损失，而那些死去的仙士又怎会甘心？

"让他交出自己的女儿只是第一步，祝廷维曾为了这个女儿在十二天州寻药，甚至还涉足了妖魔两界。他若是知晓通往神界的道路，怕是连那边也敢去闯一闯。

"我不信他会对这个女儿在外受苦的消息无动于衷。"

温雁风说："祝星在这边的消息，已经派人告知他了。"

温鸿想起死在听海关的几名亲信，他们被妖兽碾碎了全身的骨头，在水里泡得全身发胀，面如水鬼，死不瞑目。

他睁开眼，眼中戾气加深："这次妖海寻剑，让聿怀带着祝星一起去，不必安全带回来，缺胳膊断腿也没事。若是她不幸死了，那就扔水里泡个三五日，再带回祝家，交给祝廷维。"

闻今瑶抓着沙棠不让走，但多待一会儿就觉得没意思。

因为沙棠说不了话，虽然她也不想说，但此刻沙棠的沉默有了无法反驳的理由，让闻今瑶觉得有些郁闷。

觉得无趣后，闻今瑶便让人带沙棠回偏殿。

等温雁风谈完话回来，屋中只剩闻今瑶一个人。

闻今瑶见到他，脸上总算有了喜色，起身道："雁风哥哥，你们谈完了吗？我在这儿好无聊啊！"

温雁风问："祝小姐呢？"

"她还说不了话，我就让人送她回去了。"闻今瑶叹道，"本来我想让青檀过来的，但是青檀这两天身体不舒服，一直在休养。"

温雁风望着她，嘴角含笑道："无聊吗？"

"嗯！"闻今瑶点点头。

"今晚我带你出去玩。"温雁风说，"我和聿怀要去妖海，你也随我们一起去吧。"

"好啊！"闻今瑶高兴起来，"只有我们吗？去妖海做什么？"

"还会带上祝小姐。聿怀和她刚成亲不久，总不能把人丢在家里不管。"温雁风带着闻今瑶朝外走去，"妖海那边还有许多没有撤退的妖兽，深海妖兽的内丹都十分漂亮，用来给你做珠钗或是手链特别合适。"

这事就这么说定了，闻今瑶开心地回去收拾东西，准备今晚出发。

对旁人来说，去妖海是危险的，可能会丢了性命，但对闻今瑶这种走哪儿都有人宠着护着的大小姐来说，却是闲来无事打发时间的散步之旅。

温聿怀将又吵又闹的云琼带回了梧桐小院，侍女走在前面，将屋门打开，他便拽着云琼的手，把人扔了进去。

云琼站稳身子后，怒气冲冲地回头，扬手又要给温聿怀一巴掌，却在对上他冷淡的眼神时顿住，像是吓到般收了收手。

温聿怀眼中露出一丝嘲弄："别装了。"

侍女们退得远远的，把空间让给这两人。

"你就是这么对我的？"云琼怒不可遏道，"你就不能想办法讨好你父亲，让他多看你两眼；你就不能假装自己是他的孩子，让他对你心软吗？"

温聿怀盯着云琼，一字一顿地问："你这是说漏嘴了？"

云琼反应过来，冷哼一声："你就是温鸿的孩子，温鸿就是你的父亲。儿子讨好父亲，这么简单的事，你为何就是做不来？"

温聿怀收敛气息，淡声道："也许是因为我不是他的孩子。"

"你胡说八道什么！"云琼尖声骂道，"你是谁的孩子，我会不清楚吗？我说你是你就是！你这个不争气的东西，难道你就甘愿一辈子这样吗？我要是一辈子被关着，你也别想好到哪儿去！"

"我会自己想办法，"温聿怀噙着笑看云琼，"你也自己想办法吧。"

沙棠被送回偏殿后，松了口气，自己跑回床上，盖好被子，觉得外面的世界奇怪、陌生又吓人。

以前她一个人待在竹楼里，虽然孤独，偶尔也会感到有点伤心和难过，却不会令她害怕。

温家可真是复杂。

二夫人瞧着疯疯癫癫，可有时候说的话、做的事，又不像是疯子，反而清醒得很。

外面的人也很复杂。

沙棠摸了摸喉咙，感觉火辣辣地疼，让她想要喝凉水，但又不能喝。喝了水后，喉咙又像是有无数蚂蚁在爬，发痒发痛，忍不住要伸手去挠。

云琼虽然给沙棠送了药，但正如她所说，希望沙棠好得慢点，这样她就能多出来走走。所以沙棠感觉喉咙没有先前那么疼，并非药起效了，而是拥有温聿怀灵力的红衣布条缓解了疼痛。

沙棠忍了忍，将冰凉的手掌放在喉咙上，紧贴着肌肤，试图以此来缓解疼痛。

没多久，灼热的肌肤反而将她的手掌都焐热了。

沙棠起身下床，去到水池旁，蹲下身，把手沾湿后，再沾点凉水贴上喉咙。如此反复几次，她的手就在冰凉与温热之间切换。

温聿怀来时就看见这样的一幕：

新绿青草环绕的小池边，鹅黄色的裙摆随着主人的动作，落在了水面带起一圈圈涟漪。

少女挽起衣袖，露出半截雪白皓腕，没入冰凉的池水中，随意地搅动划出点点水花，又或者没入水中什么也不做，等到差不多时间后，拿起，将冰凉的手掌贴在咽喉上。

温聿怀在大殿时，还瞧见沙棠的脖子上缠绕着红衣布条，这会儿却不见了，难怪她会在这儿想方设法地缓解痛苦。

见沙棠神情专注，难受得蹙着眉头，显然这种用凉水贴着肌肤降温的办法，根本没用。

温聿怀就站在原地看着，没有靠近，也没有打扰。

沙棠也没注意到有人在看她，她的注意力都在自己的痛苦上。

温聿怀不知不觉看了许久。

他发现这位祝小姐受欺负后，只会怯懦地承受，或是憋着忍着，不会哭、不会闹，连生气都不会有。

普通人被言语羞辱、动手打骂，哪怕是胆小鬼不敢回手，也会觉得委屈、难过或者生气。

这位祝小姐却只会逆来顺受。

好似认为这些报应都是她应得的，所以不会哭、不会难受、不会生气。

祝廷维会把他捧在掌心里宠着的女儿养成这样吗？

温聿怀眉间微蹙，开始怀疑面前的人究竟是谁。

沙棠被祝廷维关进竹楼的那年，祝廷维就对外宣布，祝家的二小姐已经死了。

祝星受伤后就很少出门，整日在家，就算出门也是避着人群，去清静的地方，也就没多少人知道她长大后是什么模样。

两姐妹本就长得相似，连眼角下的那颗泪痣都几乎一模一样，不熟悉的人根本分辨不出她俩。

大家都知道祝星体弱、灵根不稳、实力低微。

沙棠正好阴错阳差地符合这些。

温聿怀顺着自己的怀疑，想起在路上杀了春尧后，抬头瞥见的一幕：愣在原地的少女怔怔地望着他，浑身湿透，与周遭格格不入。

像被遗弃的小狗，陷入彷徨，已经失去了寻找主人的力量。

在那个瞬间，只要有人唤她，她就会跟着这个人走。

从小被身边人宠爱长大的世家大小姐，不可能会露出那样的表情。

闻今瑶就是最好的例子。

想起闻今瑶，温聿怀眼中划过一丝讥讽。

他们从小一起长大，但处境天差地别。

闻今瑶喜欢被万众瞩目，又确实讨喜，无论是长辈还是同龄人都不自觉地宠着纵着她。

她更爱缠着温雁风，倒也不是不喜欢温聿怀，但更多的是喜欢温聿怀听自己的话。

温聿怀这几年确实察觉到自己的不对劲，上次拒绝了在静思堂与闻今瑶见面，就是想看看她那边会有什么动静。

如果他无法拒绝闻今瑶的任何要求，是因为受人控制，那控制他的手段是什么？

如何才能做到不接触他却又让他受控？

温聿怀想了好几种办法，并提前做好准备，以防万一，就算再次受控，也要给自己找到一点有用的消息。

直到夜里第一道铃音响起时，温聿怀的心神一荡，意识逐渐抽离。

似铃响，又似钟鸣，悠远古老，低沉悦耳。

像是从遥远的天际传来，却又近在耳旁，震颤心神。

哪怕温聿怀提前给自己套了清音咒、定神咒，双手掌心都写了附灵符，却还是会受到影响，无法反抗，神魂都听从对方的掌控，在那瞬间失去自我。

平日感受不到跳动力量的胸腔，寂静得仿佛死去的心脏，随着铃响开始缓慢地跳动，像是在回应某种秘法或是咒术。

以前铃声结束后，温聿怀就会忘记这短暂的遭遇，什么也记不住。

这次因为他提前准备，力量似乎被削弱了，他清楚地记得那天晚上发生了什么，以及对自己的影响。

水声唤回温聿怀的思绪，目光聚焦重新落在水池边的人身上。

沙棠终于发现这种办法并没有多大用。她双手酸痛，神色略带沮丧地站起身，一抬头就望见站在前方石道上的青年。

雨后的天空充满阴霾，乌云环绕，低得触手可及。

温聿怀换了身衣衫来的，偏黑灰的色调，衣襟、腰扣、袖口上的纹路都是暗沉的色调，瞧着十分压抑阴沉。

他全身上下，似乎只有那一双琥珀眼瞳才能算是明亮的浅色调。

沙棠不知道温聿怀在那里站了多久，一只手下意识地抚上脖子，露出温聿怀熟悉的犹豫目光。

喉间火辣辣地疼，不知是不是被突然出现的身影吓到，还是有些紧张的缘故，灼烧感似乎直往她心里钻。

温聿怀说："过来。"

这话说得不轻不重，听不出是训斥，还是命令，也辨不出喜怒。

有时候什么也察觉不到反而更好。

沙棠提了提沾湿的裙摆，踏着水池边的台阶上去。

温聿怀目不转睛地盯着沙棠乖乖走上台阶，到了平地后，她似乎怕别人久等，小跑着过来。

沙棠来到温聿怀身前几步远的位置停下。

她脸上挂着水珠，不知道是池水还是汗水，仰起脸看温聿怀，脸和眼睛都是湿漉漉的。

温聿怀见她在几步远的位置停下，只好主动走了过去。

沙棠微微睁大眼。

温聿怀却一言不发，伸出手点在她咽喉上，传输着灵力治愈她受伤的喉咙。

沙棠的肌肤很烫，温聿怀的手指却冰冰凉凉的，输送的灵力也有一股凉意，点着她咽喉的指腹轻轻往下划去，冰与火融合的触感让她绷紧神经。

温聿怀的视线落在沙棠白皙纤细的脖子上，估算着她差不多能说话的程度后，开口问道："你叫什么名字？"

沙棠被他问得吓一跳，害怕被发现替嫁的事，焦急地开口："祝星！"

在她发现自己能出声后，又是一怔，下意识地抬手要去摸脖子，却无意间触碰到温聿怀冰凉的手指，又忙把手缩回去，有些不知所措。

沙棠感觉喉咙好多了，只剩一点干涩的痛感，还能开口说话，哪怕嗓音还有些低哑，本该松口气，却因为温聿怀的问话和停留在喉间的动作，让她不敢放松。

温聿怀的视线往上移，落在沙棠眼里，瞧出她的紧张和害怕。

她越紧张害怕，温聿怀越怀疑。

温聿怀目光平静地盯着沙棠："祝小姐，父亲下令，要你今晚和我一起去妖海。"

他冰凉的手指仍旧点在沙棠的咽喉上，感受着她微颤的肌肤，淡声道:"若是祝小姐不幸在妖海遇见危险,缺胳膊断腿也没事,要是死在那里,还要你在水中多泡几日,再将你送回飞玄州,交给你父亲祝廷维。"

温聿怀故意吓她,让她心怀恐惧。

可沙棠不觉得自己会死在妖海,就算会死在妖海,也该是两年后吧。

但缺胳膊断腿……

沙棠低垂眼眸,看了眼自己的手,若是断了,那确实有些害怕。

不过,也是她活该。

"去妖海,可以见到云祟吗?"沙棠重新抬眼看回温聿怀,闷声道,"你们说好放了他的。"

温聿怀收回手,眼睛微眯着打量沙棠。

说她脆弱,又比想象中坚强,方才的紧张和害怕在此刻都被压抑,只剩下对她口中的男人透露出的真切关心。

连自己的生死安危都不顾,只顾着那个男人的安危,很难不让人多想他俩的关系。

温聿怀差点忘记了,祝家肯答应这门婚事,还有一个原因是温家在妖海扣着一个云祟,为了救人确实会妥协。

只要这人对祝家来说足够重要。

也许不是对祝家重要,而是对"祝星"来说足够重要。

从她几次三番问云祟的情况就看得出来,她很在意这个人。

温聿怀淡声说:"可以。"

沙棠眼里浮现一抹亮光,温聿怀又轻声笑道:"到了妖海,你自己想办法去找人就可以。"

温聿怀收回视线,没看沙棠愣住的表情,转身往里屋的方向走去。

沙棠回过神来,忙追上去道:"谢谢。"

温聿怀头也没回道:"我没说要帮你。"

"不是的!"沙棠抬手摸着脖子,解释道,"谢谢你帮我治伤。"

温聿怀脚步一顿,侧身回首望去。

他一停下，追上去的沙棠也停住，与他保持距离。

凉风拂过，吹着沙棠滚烫的肌肤。面对温聿怀回首看过来的冷淡目光，沙棠感到一股莫名的压迫感，便低下头去，避开目光对视。

这是她唯一擅长做的事。

可心中实在是过意不去，她又强迫自己抬起头，鼓起勇气看回温聿怀，直直望进那双浅亮的琥珀眼瞳，轻声说："谢谢。"

然而，对视不过片刻，她就自然而然地低垂了目光。

四周静悄悄的，只有凉风吹拂，撩起她的几缕鬓发划过脸颊，沙棠却感到之前的压迫感消失了，此刻的平静反而令人心安。

温聿怀什么也没说，只静静地看了一会儿沙棠，在凉风停止时，径自离去。

沙棠特意等温聿怀先走后才动身，她回到屋中，发现人不在。偏殿挺大，屋子也多，温聿怀不一定要歇在她这里。

他若是真的来了，沙棠反而不知该如何才好。

得知晚上要出发去妖海的消息，沙棠心里就静不下来，她总是在想云祟师兄在妖海怎么样了。

胡思乱想到最后，沙棠也只剩下满心沮丧。就算她去了妖海，也救不了云祟师兄。

等到天色将暗时，温聿怀带着几个侍女敲门进屋。沙棠刚从床边起身，看见侍女们带来的衣裳怔了怔。

"把衣服换了。"温聿怀说。

沙棠身上穿的是闻今瑶给的衣服。

温聿怀现在看见与闻今瑶相关的东西就烦，可哪怕他心里烦得要死，对闻今瑶本人的言行却又十分温顺。

沙棠不明所以，却也听话地随侍女们去屏风后换衣服。

她听侍女说过温家二少爷爱慕闻今瑶的话，看起来也确实像那么回事。

他可能是不想看见她穿着闻今瑶的衣服。

沙棠换了身墨绿色衣裙出来，样式和面料都是青州最近新出的款，衣上的花纹也很适合年轻姑娘，她穿起来倒是显得有几分活泼俏皮。

温聿怀只扫了眼，没有多看，便转身往外走。

沙棠随着他到了小青峰山门口，才发现这次去的人不少。温雁风和闻今瑶也在山门前，像是在等他们。

远处天际夕阳绚烂耀眼，映照青翠巍峨的山峰，等待出行的天马和凤鸟立在前头舒展羽翼，金色的羽绒漫天飞舞。

闻今瑶站在金色的凤鸟身侧，朝沙棠和温聿怀两人招手，看得出十分开心："二哥、二嫂嫂，你们怎么这么慢？我和雁风哥哥快走了啊！"

温雁风正在对身旁的人吩咐什么，听闻今瑶的话转头看过来。

沙棠穿着这身墨绿的衣裙跟在温聿怀身后，她低着头，安安静静的，没有多看四周，听见闻今瑶的喊声也没有抬头，像是沉浸在自己的世界中。

可温聿怀与她低声说话时，她却乖巧地抬起头来，认真聆听后，点点头。

温雁风撞见这幕，想起沙棠在寒泉中拒绝自己的一幕——少女浑身湿漉漉的，狼狈不堪地紧咬着唇，身子还在微微发抖，明明柔弱得不堪一击，却不愿多看他一眼。

之前他本是不在意的，如今想起来，温雁风心中反而有几分不快。

温雁风不动声色地打量着走在后面的沙棠。此时，温聿怀朝闻今瑶走去，把沙棠一个人留在后面。

沙棠站在人群边缘，有些不适应。

她低头看地面的光影，以此来打发时间，忽然一道身影走近，遮住了地面的碎光。

"祝小姐，"温雁风过来，眉目含笑地望着她，"你喉咙的伤可好些了？这一路若是说不了话会很不方便……"

想要"施以援手"的意思还未完全表明，就听面前的人开口哑着嗓音道："可以说话了。"

温雁风只怔了一瞬，便立马反应过来是温聿怀做的。

他们需要温聿怀去妖海办事，所以就算他今日使用术法给沙棠治伤，也不会受罚。

"是聿怀做的吗？"温雁风轻声笑道，"他倒是疼爱祝小姐。"

沙棠又感觉到若有似无的危机感，像有无形之物缠绕在她脖颈，发出"嘶嘶"声响。她抬头看向温雁风时，听见不远处的闻今瑶喊道："雁风哥哥！你和二嫂嫂在聊什么？也让我跟二哥听听。"

闻今瑶带着温聿怀过来，笑盈盈地望着他们。

"你来得正好，我正想跟你说。"温雁风的视线从闻今瑶身上掠过，停在神色冷淡的温聿怀脸上，嘴角的弧度似笑非笑，"妖海此行凶险，我怕祝小姐遇到难事无法出声求救，便想为她将嗓子治好，只是聿怀先一步做了。"

"聿怀倒是懂事了，知道疼爱自己的妻子。"

温雁风这话带着点兄弟之间的调笑意味，谁听了也不会觉得不妥。

可现场的人都心知肚明。

沙棠又感觉到了落入寒泉时的刺骨感，会令人心跳加快、手脚发颤。

温聿怀也在看温雁风，一个眼中带着和煦的笑意，一个眼眸如古井般幽深平静。

这两兄弟都清楚闻今瑶是何脾气，知道她的独占欲有多强，谁要是想从她手里抢东西，不死都得脱层皮。

"二嫂嫂能说话了？那太好啦！这一路我也就不会无聊了。"闻今瑶十分自然地牵过沙棠的手，"出行路上二嫂嫂就跟我同乘一辆车吧。"

沙棠可没有选择坐哪辆车、和谁一起坐的权利，她被闻今瑶牵着带上天马车中。车内布置得十分精致，无论是颜色还是车中的摆件，都看得出是女儿家的喜好。

闻今瑶让沙棠陪自己在软榻边坐下，忽然伸手摸了摸沙棠的咽喉，问："还疼不疼？"

沙棠一动不动，轻声答："有点疼。"

她说话都不敢太用力。

一是确实还有些不舒服；二是她不想惹恼闻今瑶，多说多错，最好别说。

"二哥怎么治伤只治一半，应该让二嫂嫂你一点痛感也没有才对啊！"闻今瑶气鼓鼓地训斥温聿怀。

沙棠没接话。

天马已经出发，展翅翱翔于空中，凤鸟护在两侧，偶尔发出清脆的鸣叫声指引方向，驱散路上的一切杂物。

闻今瑶掀开车帘，看了眼外面的云彩。她没法像沙棠一样保持长时间的安静，总是有很多话想说。

不用沙棠开口，闻今瑶就自己说道："本来我是要找青檀一起去妖海玩的，可她练功的时候出了意外，灵府受创，得在家休养，她也不知道小心点。"

她说到后面，又无奈又生气。

但闻今瑶的情绪来得快去得也快，抱怨一会儿后，就将这事抛去脑后，开始新的话题。

她扭头看着沙棠说："二嫂嫂，你知道妖海吗？"

沙棠摇摇头。

"那可是连接十二天州与妖魔三界的海域，去年的仇虚妖王就是从妖海的结界进攻来到十二天州。"闻今瑶说得津津有味，"仇虚妖王说动了几个魔族一起进犯十二天州，从妖海到留仙州的听海关，也涉及飞玄州境内，为了抵御妖魔两界的进攻，咱们青州可死了不少仙士。"

沙棠完全不知道这些事，听得微微睁大眼，倒是有几分认真。

闻今瑶被她这种态度取悦，说得也起兴："那个仇虚妖王长得青面獠牙，奇丑无比，脑袋上还有两个黑色的牛角，在听海关号令妖魔进攻。眼看就要攻破留仙州的结界，关键时刻雁风哥哥手持苍雷剑，如神主降临，一剑带着雷霆万钧之势，将冲在最前面的所有妖魔通通斩杀！"

沙棠没亲眼看见，不知道妖王长什么样，也不知道苍雷剑有多厉害，更无法想象温雁风宛如救世主降临的一幕是怎样一种场景。

她有些吃力地去理解闻今瑶说的话。

闻今瑶说起自己爱慕的男子，话里话外都将温雁风的形象美化不少，快把人夸到天上去，一番美言下来，却没能从沙棠脸上瞧出艳羡的神色来。

她眼眸清明，却透着点茫然和不解，像是有什么没听懂。

闻今瑶怔了怔，随即觉得好气又好笑："二嫂嫂，你是不是没认真听我讲？"

"不是的。"沙棠摇头。

闻今瑶生气道："那你怎么一脸什么都没听懂的表情？"

沙棠不知道怎么解释。

闻今瑶问她："难道雁风哥哥不厉害吗？"

怎么样才算厉害呢？

沙棠从前觉得可以驾驭火凤的师尊宋长静很厉害，懂得很多的云崇师兄也很厉害。

直到那天坠入水中，她看见戴着鬼面、持剑挥斩出无形剑气的温聿怀。

沙棠近距离感受到了来自剑气的威慑。

鸁鱼发出恐怖的尖锐鸣叫声，水中微小的气泡都在颤抖中碎裂。

"厉害。"沙棠点头说。

闻今瑶见她承认了，这才满意，又拉着她开开心心地聊起来。

"二嫂嫂，你是不是因病常年在家，所以才不知道外面的事？"闻今瑶从刚才的对话中察觉出端倪来，疑惑地望着沙棠，"你连听海关发生了什么都不知道吗？"

沙棠被她问得心脏抽搐一瞬，低着头说："父亲……不跟我说那些烦心事，怕我知道后忧虑，不利于养病。"

"烦心事？"闻今瑶"扑哧"笑出声来，"他不开飞玄州的结界，不让温家的支援进飞玄州，又把靠近听海关的罗浮酒都藏起来，让前面的青州仙士们去送死，最后却什么好处都没捞着。这些对你们祝家来说，确实是烦心事。"

沙棠是第一次听说这些，虽然闻今瑶在笑，但看她的眼里有毫不掩饰的讥讽和傲慢，目光中的审判之意让沙棠难以抵挡。

瞬间让她回到与祝星对视的时候。

自从十岁之后，祝星看沙棠的每一眼，都带着对她的审判之意。

这会让沙棠打从心底里认为自己有问题，是自己的错，因此放弃抵抗，任由他人审判定罪。

顺着闻今瑶的话，沙棠想起之前听祝廷维和宋长静的对话，涉及飞玄州、洲王、听海关、温家等，这才明白过来。

温家和祝家之间有仇怨，无法和解，都想要对方生不如死。

祝家在听海关虽然什么都没有得到，温家却死了不少亲信。

温家虽然拿捏了祝廷维的女儿，却并非他捧在掌心里宠着的那一个。

沙棠低着头想：目前来看，赢的人似乎是父亲。

去往妖海的路途有些遥远，要到翌日下午才能到达。

闻今瑶后来觉得无聊，便教沙棠术法。沙棠若是不愿意，她就生气甩脸色，话也说得咄咄逼人，让沙棠没办法。

等温家的队伍到达妖海时，沙棠的灵力也耗尽了，整个人十分虚弱，起身都困难。

闻今瑶听说到妖海了，兴冲冲地下了天马车。温雁风问她："祝小姐呢？"

"二嫂嫂的灵力耗尽，一时半会儿下不来，让她在里面缓一缓。"闻今瑶望向温聿怀，"二哥要进去看看二嫂嫂吗？"

温聿怀说："不用。"

闻今瑶便抓着两兄弟的手朝前方的海域跑去："那我们先去玩！"

沙棠缩着身子靠在马车角落，额上冷汗涟涟，外面的吵闹声逐渐远去，天马安静地伏在地面闭眼休息。

沙棠几乎一天没合眼，这会儿身体状态很差，意识知道自己到了妖海，应该想办法看看云崇师兄，身体却不配合，浑浑噩噩地在马车内昏睡过去。

没有人来打扰她。

闻今瑶这会儿正玩得开心，早把沙棠的存在抛去脑后。其他人来妖海是有正经事，巡查四周、布置结界等。

入夜后，沙棠才悠悠醒转。

她隐约听见外面传来少女的笑闹声，还有凤鸟的鸣叫。

沙棠睁开眼，喉咙干涩，坐直身子，犹豫了下，伸手掀开窗帘，透出一条缝隙观察外面。

天马群停靠在岸边，前方是一望无际的深蓝海域。夜幕星星点点，两艘黑色的巨船停在海上，画着青州温家标志的船帆迎风缓缓飘动，霸气十足。

这一片虽然也算是妖海，却已经被十二天州收复净化，到处都是结界，没有妖魔能来到这里。

沙棠看见在海边踩水玩的闻今瑶，温雁风等人正陪着她玩闹。沙棠扫视着人群，却没有在闻今瑶那边见到温聿怀的身影，正有几分疑惑时，车门忽然被人从外打开。

温聿怀看见沙棠急忙放下车帘的一幕，她像是被吓到了，呆呆地望着自己。

"下来。"温聿怀说。

沙棠便随着他下车去。

夜风冰凉，像是迎面泼来的海水，沙棠不由得侧首避了避，乌黑眼眸中映着身旁青年挺拔的背影。在她因夜风而动摇不已的眼眸中，这道身影却如定海神针般坚定不移。

青年淡声说："走。"

沙棠亦步亦趋地跟着他。

两人朝着靠后的那艘船前进。

闻今瑶注意到这边的动静，招着手高声喊道："二哥！你带二嫂嫂去哪儿？不过来吗？"

温聿怀没有停步，却朝闻今瑶那边看去，柔声道："我先带人去开路，你和少主稍后再来。"

闻今瑶有点不开心："那你自己去，让二嫂嫂留下陪我玩啊！"

温聿怀只笑了下，没说话，余光却扫了瞬沙棠。

沙棠意外地与他目光相撞，这瞬间感觉有什么被点明一般，不知是看懂了温聿怀的意思，还是实在不想和闻今瑶打交道，竟快步越过温聿怀，抢先上船去了。

温聿怀这才停下脚步，对不远处的闻今瑶说："她的嗓子没有好全，说不了几句话，陪你也是无趣，等我开完路回来陪你。"

"好吧。"闻今瑶这才放弃，转头和温雁风说起话来。

温雁风瞥了眼快步上船的沙棠，她上船后，似乎有些犹豫，又转过身来，目不转睛地盯着还在下边的温聿怀。

这种细节实在是令人不快。

温雁风不动声色地收回视线，收敛所有思绪，陪闻今瑶走远。

沙棠在船上等着温聿怀，心中有些忐忑，不太自信刚才的举动是否会受到对方的指责。

温聿怀上来后，却什么都没说，径直越过她往前走。沙棠也沉默地跟上，如果不跟着温聿怀，她就不知道自己该去何处。

巨船的甲板上没什么人，一路走去只有夜风相迎。

温聿怀走在前面说:"你可以待在船上哪儿也不去,等着闻今瑶来折磨你,但死不了。"

沙棠抬头朝前面的人看去,听他漫不经心地道:"我得到的命令就是带你去危险的地方,让你自生自灭。"

选哪一个?

沙棠几乎没有过多思考就道:"我跟你走。"

温聿怀得到意料之外的回答,停下脚步,回头看去。他神色漠然,清浅明亮的眼眸中满是疏离。

"祝小姐,"温聿怀平静的话语中带着点讥讽,"不要认为我会对你心软,会向你施舍怜悯,也不要指望我会救你。"

沙棠低着头,没有看他,听完这话,也有些茫然。

她从未有过这样的想法,却又在二选一的选择中,不假思索地选择了温聿怀。

这也许源自她的本能,感受着灾星命格带来的恶意时,也就对能够给她带来安全感的人和事物越发敏感。

沙棠迟疑着抬起头,看回温聿怀,乌黑的眼眸怯生生地望着他,轻声说:"如果你不让我跟你走,我就不去。"

她从来不是做决定的那个人。

她只会听从别人的决定。

温聿怀也面临着同样的问题。

他的人生总是由别人来决定该如何,直到近两年,温聿怀才开始反击。

沙棠望着他的目光太过纯善,不带一点祈求或者说服之意,只是把决定权交给了他。

温聿怀静立不动,直到沙棠有些害怕地低垂目光,这才道:"要走就走。"

他转身继续往前。

巨船正在前行,沙棠察觉后,往回看去。她离岸边的闻今瑶等人越来越远,再看向前面,海上迷雾遮掩前路,不知将去往何方。

沙棠想问他们要去哪儿,可到嘴边的话总是很难说出,她几次三番地抬眼看温聿怀,却始终犹豫,差一点勇气。

温聿怀静立在船头,看前方的迷雾,直到巨船放缓速度,有人过来恭敬地道:"二少爷,我们已经到交界点,再往前就是妖兽潜伏的范围。"

"放船。"温聿怀说。

对方低声应是,下放数十条小船,陆陆续续有仙士上船。

沙棠发现这些仙士一部分对温聿怀的态度很是不屑,或者完全无视他,有几人却对他毕恭毕敬,着实奇怪。

温聿怀一只脚刚踏上船只,就察觉后面有人跟上来。他看都没看就知道是沙棠,开口道:"你去另一条船。"

沙棠没吭声,却照做,一个人站在另一条小船上望着他。

船只在动,他们的距离越来越远,温聿怀始终望着前方,没有看沙棠。沙棠这次终于忍不住了,出声问道:"我、我们要去哪儿?"

"是你要去哪儿,"温聿怀侧目看她,"我不会和你走一起。"

沙棠问:"我要去哪儿?"

温聿怀没答。

沙棠哑着嗓音问:"我可以去找云祟吗?"

温聿怀收回视线:"你已经有机会了。"

船只分离四散,迷雾遮掩视线,沙棠逐渐看不清温聿怀的身影,也看不到巨船的灯光。

沙棠循着船只提灯的光芒来到前面坐下,因为迷雾环绕,漆黑的海面连星光都无法窥见半分,她一个人在孤寂阴冷的海上航行。

这是沙棠未曾有过的经历。

妖海一望无际,她终日被困在小小的竹楼,如今得见这般辽阔的景象,倒是不见半分恐惧,只觉得新奇无比,目光小心翼翼又忍不住好奇地打量。

她听巨船上的人说这一片会有妖兽出没,也隐约猜到乘坐小船的仙士,是先去前面查看是否有妖兽的动静。

沙棠也在注意四周,看是否会遇见海中的妖兽,可她什么也没见到。

船只自己在动,沙棠也没法控制。她不知行驶了多久、多远,只知道她从迷雾中出去,又进入迷雾中。

沙棠甚至不知道小船正在向巨船的方向靠拢。

她在寂静之中,瞥见水下一闪而过的光亮,似瑰丽的红,又似幽深的蓝,深海里的细长游鱼来到海面放风。

它们缓缓摆动的尾鳍,在黑沉的海中闪现不同的光芒。

沙棠双手撑在船沿,好奇地往外探出半边身子,游鱼追随着她的小船,往她身前凑。

游鱼细长,浑身几乎透明,哪怕它沾染了海水的黑沉,却在自身的光芒下褪去黑色,变得明亮透彻。

沙棠被其吸引,见它们始终跟着自己,便一手抓着衣袖,伸出手没入冰凉的海水中。

海上迷雾缭绕,温聿怀立在静止不动的船头,看见不远处亮着昏黄灯光的船只上,少女侧坐在船边,朝水中伸出手。

少女是如此专注,不见半分恐慌。

温聿怀目不转睛地盯着她。

船只慢悠悠地返航,沙棠感受着海水的冰凉。游鱼划过指尖的滑腻触感让她微微睁大眼,另一条靠近的游鱼忽然张嘴含住了她的手指,游鱼的吸力让本就靠近船边的沙棠忽地落入水中。

落水声打破了这一片海域的寂静。

变故发生得太快,连沙棠本人都没有反应过来。

温聿怀看见海面溅起的水花和晃动的船只,眉头微蹙,没有动作。

只是普通的深海游鱼而已,不吃人,咬人也不疼。

没一会儿,沙棠就从水中冒头。她显然被吓到了,一双眼睛湿漉漉的，瞧见往前行驶的船只满脸懊恼，忙游水追上去。

温聿怀听着游水声，听着听着，海面归于平静，却没有人回到船上。

这次他没有犹豫。

沙棠就快要追上小船时，水下却有东西缠住她的脚踝，忽地用力将她往下拽去。

不知名的妖兽胡须冰凉滑腻，在沙棠的脚踝打了个死结。

沙棠能感觉到有不好的事情即将发生。

妖兽的力量在水中散开，将试图靠近她的那些游鱼吓退，深海之下只有伸手不见五指的黑暗，令人感到无比压抑。

沙棠弓起背转过身，手中散发着微弱的灵力，在深水中自然地弯腰，试图将缠绕脚踝的妖兽胡须解开。

她的手指刚触碰到脚踝的胡须，就被另一条黑色的长须缠住了双手，下坠的速度立刻变快。

沙棠看见若有似无的红光由远及近，那是来自深海妖兽的注视，从四面八方赶来的妖兽们等着将这个人类撕扯成碎片。

妖气弥漫，红色的妖瞳充满邪恶与妄意，沙棠看不清它们的模样，只能看见一双双闪烁的妖瞳。

她能听见自己的心跳声。

妖兽们离沙棠越来越近。

耳畔是怪异的声响，有的尖锐，有的低沉，在妖兽的窃窃私语中，隐约能听见令她惧怕的词：

"灾星。"

"真倒霉。"

"快赶走。"

"麻烦。"

"别碰她。"

原本朝沙棠聚拢而来、密密麻麻的红眼妖瞳忽然间全部撤走了，缠绕在她脚踝和双手的长须撤得慢了，被无形的剑气割断。

第四章

倒影

沙棠听见妖兽的惨叫声，还没能分辨这惨叫来自何处，就在妖瞳照耀出的光芒下，看见一只长臂突然伸到她身前，环着她的胸口，五指扣在她的肩上，将她牢牢地锁在臂弯中。

温聿怀将她翻了个身，把人扣在怀里，带着她往海面浮去。

沙棠第二次靠近青年的胸膛，仍旧没能听见血肉之下的心跳声。

出水声"哗啦"响起。

返航的小船停在海面，静止不动，温聿怀以灵力将其固定，将怀里浑身湿透的人抱坐在船沿上，让她自己翻进去。

船只本就矮小，沙棠坐在边缘，双手抓着船沿，双脚还在冰凉的海水中。她脸上满是水痕，黑长的睫毛挂着晶莹的水珠，随着她眨眼的动作而坠落。

沙棠望着要离开的温聿怀，比起担心妖兽们的窃窃私语被温聿怀听见，她更压不住心中翻滚的好奇，出声问道："那天晚上也是你吗？"

温聿怀一只手已经搭在自己的船只上，从发梢滴落的水珠坠在海面，点出阵阵涟漪。

他回首朝沙棠看去，眉目沉静，低声问："什么时候？"

沙棠老老实实地回他："我刚来青州，被蠃鱼带进水里那天晚上。"

温聿怀抓着船边的手加重几分力道，浅色明亮的眼瞳也变得晦暗。他瞧着十分冷静："你为何以为是我？"

沙棠也不知该如何解释。

她看见了。

在水里的时候，透过那张鬼面看见了温聿怀的脸，并非温雁风。

无论是气息，还是眼眸，都不是温雁风。

可她的勇气已经耗尽，低垂目光避开对视。在沙棠自我为难又懊悔时，温聿怀翻身上船，驱使小船靠近她，并排停靠。

沙棠注意到船只靠近，这才收起还在水中的双脚，跪坐在船中。

温聿怀在沙棠对面，蹲下身，伸手掐着她的下巴，强迫她抬头望着自己。

那双明亮又锐利的眼睛此刻离沙棠如此近，仿佛锋利的雪刃，让沙棠再次回忆起剑气划过脸颊的瞬间。

温聿怀盯着她，哑声道："说。"

"我在水里看见你了。"沙棠颤声答。

不可能。

温聿怀否认了这个回答。

可他从沙棠眼中看不出撒谎的痕迹。

眼前的人好不容易鼓起勇气，毫无保留，甚至有几分认真。

温聿怀有时候会觉得这位祝小姐的心思太好猜了，有时候又觉得她像是笼罩在海面的迷雾一般难以捉摸。

巨船的影子在迷雾中若隐若现，朝着两人靠近。

站在船头的人都注意着前方紧挨着的两艘船只，闻今瑶正高声呼喊着二人。

温聿怀松开手，站起身，高大的身影挡住了后方的巨船影子，却引着沙棠的目光追随着他，保持抬头的动作。

"你看错了。"

温聿怀盯着她的眼眸,淡声说:"那天晚上救你的人是温家少主,不是我。"

沙棠不觉得是自己看错了,可她也不会反驳温聿怀。在对方的眼神示意下,她沉默地点点头。

温聿怀仍旧在看她。

沙棠眉头微蹙,低着脑袋,不看他,在巨船靠近之前,低声说:"今晚救我的人是你,这次我没看错。"

温聿怀抿唇,似乎不愿给她半分妄想,漠然道:"你活着比死了有用。"

沙棠却疑惑道:"可你不是说,让我缺胳膊断腿也可以吗?"

温聿怀倒是没想到她还会反问这种话,还相当认真,很是不解,甚至忍不住地抬头看自己。

沙棠不怕来妖海会死,或许是她也深信那个预言,认为自己只能活到二十岁。

可她有些怕缺条胳膊或是断条腿。

温聿怀沉默片刻,忽然笑了一声:"下次我会记得,让你先断条胳膊再救你。"

沙棠有点被他唬住。

巨船恰巧靠近,强光照射在两人身上。闻今瑶惊呼出声:"二哥、二嫂嫂,你们怎么回事?怎么都湿淋淋的,身上还有妖气,是遇见深海里的妖兽了吗?"

温聿怀转身朝闻今瑶看去,换上了温顺的一面:"有妖兽群靠近,把船弄翻了,幸好你们及时赶到。"

"这么危险?快先上来!"闻今瑶忙朝他招呼。

沙棠揪着衣袖擦了擦脸上的水,好在小船很稳,她站起身时,也感觉不到船身有半分晃动。

"二嫂嫂,你也掉下去了?你身上还有妖兽的气味,你看见它们了吗？"闻今瑶追着来到甲板上的沙棠好奇发问，还伸手抓住她的手腕，"哎呀，痕迹这么重，是什么妖兽？"

沙棠雪白的手腕上有黑红的印子，是被妖兽的胡须缠绕时留下的。

"我不知道。"沙棠低声说。

"是什么？"

闻今瑶没听清，凑近了些，被温雁风拉过去："祝小姐沾染了妖气，你别靠太近。"

"那我们什么时候可以得到深海妖兽的内丹呀？"闻今瑶有些迫不及待。

温雁风笑她："这么着急做什么。深海妖兽那么多，不是每一个的内丹都漂亮，得仔细找找，海上也有许多其他新鲜玩意。"

在温雁风安抚闻今瑶时，沙棠已经躲得远远的，她抬手搓了搓脸。之前乘坐小船外出的仙士们也回来了，正聚在一起对着地图讨论。

沙棠不敢靠近，往前走也不是，往后退也不是，有些尴尬。

从后面走来的温津怀扫她一眼，径直往前走去，沙棠这才鼓起勇气跟着他走。

有人注意到走过的温津怀，出声喊道："二少爷，你要来看看吗？我们似乎有些偏航了。"

对温津怀不屑一顾的仙士嗤笑一声，不客气道："跟一个废物讨论什么，他看得懂？"

沙棠往那边看了眼，温津怀却连余光都没施舍分毫，他带着沙棠走进甲板下方的船屋中。

屋子靠近船尾，与其他人都离得远，安安静静。

温津怀早已施术让自己的衣物恢复了干燥。

沙棠跟在后面的时候就在努力施术，要以暖身术把身上的水分蒸干，却在心中念了几次咒都不起效，苦恼地皱起眉头。

她抓着衣袖皱巴巴一团，能感觉到沉甸甸的水，沙棠站在门口，不敢进去。

将屋中灯火点亮的温聿怀回头看她，冷淡地道："进来。"

沙棠为难道："会把地上弄湿。"

温聿怀神色漠然道："那就弄湿。"

沙棠小心翼翼地走进屋中，在地面踩出一个又一个湿漉漉的脚印，站在角落继续尝试施术。

可她能聚集的灵力实在是太过微弱，之前在水下又消耗了一部分，这会儿强行动用灵力，只会觉得越来越疲惫。

沙棠想起水下那些妖兽的低语，心脏忽地一颤，意识到那时温聿怀也在水下，全身都变得燥热起来。

他听见了吗？

应该没有吧。

不是谁都能听懂妖兽的低语，可他并非旁人说的那么无用，反而很厉害，也许能听懂呢？

沙棠胡思乱想着，越想越沮丧，还有些害怕，低垂着脑袋，整个人都蔫巴巴的。

温聿怀以为她是因为施术总是失败才如此沮丧。

在屋中陷入寂静时，温聿怀单手掐诀轻挥，沙棠便感到暖流包裹全身，身上沉甸甸的水瞬间消失。

她摸了摸干爽的衣袖，缓缓回头朝后面的温聿怀看去。

"你的术法是谁教的？"温聿怀站在阴影中，淡声问。

沙棠看不清他的脸，又因为问话有些心虚，低着脑袋答："我自己学的，灵根受损后，父亲不让我修炼，怕会伤上加伤。"

这时候的沙棠又很好猜，一眼就能看透她的心思。

是在撒谎。

温聿怀只盯了她一会儿，没有继续逼问，而是一言不发地离开了。

沙棠想问他去哪儿，又不敢。听着屋门关上的声音，又听见温聿怀在外面走远的声响，最后屋里只剩下她一个人。

温聿怀看见等在走道尽头的温雁风。

走道两旁挂着壁灯，温雁风站在尽头处，两旁都是通风的入口，四下无人。他望着温聿怀说："我有个问题一直想问你。"

温聿怀停在道口，壁灯昏黄的光芒洒在他的衣肩上。

温雁风下颌轻抬，漆黑的眼瞳露出傲慢之色，话中带着审判之意："在听海关你是早就算计好，要等在最后关头才出来？"

温聿怀看起来漫不经心，似乎不太在意他的提问。

温雁风却继续说道："你是想向爹证明，你比我更厉害、更有天赋吗？还是说，你想让他看见你，让他对你施舍零星半点的父爱？"

温聿怀神色无趣道："你要是这么想的，那就是。"

他迈步要走，却被温雁风伸手拦下，盯着温聿怀的目光带着点冷意："聿怀，作为一个背叛丈夫的女人偷情生出的孩子，却妄想得到对方的父爱，是不是太不要脸了？"

温聿怀目光冷淡地看着温雁风："你是不是忘了，这个女人也是你的母亲。"

温雁风笑道："我的母亲早就死了，你说的这个女人可不配做我母亲。"

温聿怀静静地盯了温雁风片刻，嘴角微弯，语气讥讽地问他："那我也问你，在妖魔压境破了结界，马上就要踏平听海关时，你有把握击退它们，护住青州吗？"

他的视线下移，轻慢地点了点佩戴在温雁风腰间的苍雷剑。

温雁风眼中的笑意一点点散去。

他沉声道："我当时受伤……"

话还未说完，就因温聿怀看过来的嘲讽目光而顿住，喉咙像是被掐住一般。

"你护不住。"温聿怀说。

温雁风收回手，放他离开，抬头冷眼望着温聿怀离开的身影。

他本该当一辈子的影子，如今却妄想脱离影子的身份，成为自己。

简直是异想天开。

沙棠一个人在屋中，在寂静中感受到疲惫，便爬上床去准备休息。她最开始还想着等一等，万一有人来，但等着等着就睡着了。

不知睡了多久，她从迷蒙中睁开眼，像是感应到什么，抬头看去，看见静立在窗边的身影。

温聿怀侧对着她，双手环胸，薄削的肩背挨着花窗，瞧着有几分懒散，却又很敏锐，沙棠抬头时，便察觉到异样，动了动眼珠往后扫去。

沙棠脑子还有些发蒙，揉着眼睛坐起身，问温聿怀："你要睡床吗？"

若是温聿怀要睡，那她就下去。

温聿怀转过头来，看了她片刻："不睡。"

沙棠抓着被褥往床里面靠了靠，躺下缩成一团。她安安静静地重新入睡，不打扰温聿怀。

温聿怀又转回头去。

两人谁也没有打扰谁。

天亮后，沙棠醒来，没见到温聿怀。昨夜半梦半醒的记忆回归，让她感到有些不真实。不知昨晚立在花窗前的人是真实存在过的，还是她梦里幻想出的？

外面响起脚步声，闻今瑶还未进门，声音已然落进沙棠耳里："二嫂嫂！快起来，我想去海钓，你也跟我一起去吧！"

沙棠耷拉着脑袋下床去。

闻今瑶兴致很高，进来抓着沙棠就跑，边跑边说："二嫂嫂你昨晚睡得如何？昨晚真的是状况百出，一会儿偏航，一会儿雾大得吞噬了光亮，在海上什么都看不清，连凤鸟的火焰都差点驱散不了，还几次撞到奇怪的东西耽误时间。"

沙棠什么都没察觉到，心里却隐约觉得这些倒霉不顺利的事似乎都与自己有关。

"雁风哥哥和二哥他们忙着寻找龙腹剑去了，也没人陪我玩，我只好来找你了。"闻今瑶牵着沙棠往甲板上跑去，"林叔说这一片妖海有珍珠鱼，正巧没事做，我们就乘着凤鸟去钓鱼吧！"

乘着凤鸟？

沙棠站在甲板上，看着金色的凤鸟翱翔于天空，听到闻今瑶的召唤后靠近巨船，向她们伸展羽翼。

"走吧。"闻今瑶踩着金色的羽翼回头，向沙棠伸出手。

沙棠犹豫时，闻今瑶已经不耐烦地催促："二嫂嫂，快呀，再等下去，珍珠鱼都要潜回深海，到时候就钓不到了，你别等啦！"

闻今瑶直接抓着沙棠的手，将她带上凤鸟背上，自己则去了另一只凤鸟背上。

沙棠还没来得及问话，嘴里叼着钓线的凤鸟便已展翅飞走。

凤鸟飞上天空，呼啸而来的风让沙棠颤抖。她跪坐在凤鸟背上不知所措的模样，引得闻今瑶笑道："二嫂嫂，你不用这么害怕，要看着下面，注意钓线！"

看着下面，沙棠感觉头更晕了。她第一次坐在凤鸟身上飞这么高，之前是在天马车上，可比现在安全得多。

似乎是闻今瑶的笑声太过灵动悦耳，巨船上的不少人都被吸引，偶尔抬头看一眼上方动静。

温聿怀见自己不过离开一会儿，闻今瑶就把人给带走了，眉间悄无声息地笼罩一瞬阴郁。

凤鸟飞得跌跌撞撞，叼在嘴中的钓线被用力向下一拽，它便从高空向海面俯冲，这一变故将没稳住身子的沙棠甩了出去。

"哎！二嫂嫂！"闻今瑶惊呼一声。

青色的雷线飞闪，眨眼就已至沙棠身前，御剑而来的温雁风长臂一伸，揽过沙棠细软的腰身。

在巨船上目睹这幕的人不由得发出笑闹声，赞叹少主英雄救美，又问那姑娘是谁。得知是温家二少爷的新婚妻子后，笑闹声纷纷散去，一个个当作什么都没有看见似的走开。

温雁风御剑来到巨船上方,居高临下地望着站在下方的温聿怀。

温雁风揽着沙棠的动作,似乎是要将昨晚在温聿怀那儿受到的恶意与不堪,在此刻全数还给他。

温聿怀不躲不避,清浅明亮的琥珀眼瞳映着二人,却是毫无波澜的冷淡。

"多谢少主。"

沙棠自己站稳,与温雁风拉开距离,低声道谢。

她往后退了一步,意识到自己踩在苍雷剑上,离地面还有很高,也看见了站在下面的温聿怀。

温雁风却没有要御剑落地的意思,出声关切地问:"祝小姐,可有伤着哪儿?"

沙棠摇头,低着脑袋说:"我……没事,是我自己不小心。"

温雁风柔声安抚:"那只凤鸟昨夜一直盘空巡逻,没有停歇,怕是体力不支,这才将你甩下去,怎会是祝小姐的错?"

沙棠觉得这位温家少主说话真好听。

可惜她已经在祝家待了太久。虽然第一次听人说不是她的错,却已经没有任何意义,不会给沙棠带来任何触动。何况这位温家少主心不诚,总掺杂着一些令沙棠感到危险的东西。

沙棠再次道谢,道完谢后就不知该说什么。她想下去,可离地面又太高了,余光数次往下方瞥去。

温雁风却像是完全看不出沙棠要离开的心思,依旧和她说着话,关心她是否有哪里不舒服等。

在沙棠纠结着要不要询问温雁风,是否能放她下去时,却听下面传来温聿怀的声音喊她:"祝小姐。"

沙棠看见温聿怀朝自己伸出手,虽然隔着遥远的距离,却说:"跳下来。"

温聿怀总是在沙棠犹豫不决时,直接做出选择,让她不必再多想,照做就是。

这对沙棠来说恰巧是最轻松的办法。

所以她会听温聿怀的话,只顿了顿,便往下跳去。

温雁风眸光一暗,没想到沙棠会真的跳,阻止都来不及,眼睁睁看着沙棠被下方的温聿怀稳稳接住。

之前看热闹的人都散去,这一片只有温聿怀一个人。在他的灵力指引下,沙棠轻盈地落在他怀中。温聿怀宽厚的手掌扶着她的肩背,帮她稳着身形,让她安全地站在地面。

温聿怀在沙棠站稳后,就收回手。

"雁风哥哥!"

闻今瑶乘着凤鸟回来,急匆匆地落地,朝御剑在天的温雁风说:"还好你及时出手,二嫂嫂没被伤到哪里吧?二哥呢?"

她一回头喊温聿怀,温聿怀便越过沙棠离开。

"你可有伤到哪儿?"温聿怀问闻今瑶。

闻今瑶生气道:"二哥你怎么不看着点二嫂嫂?她都快掉下去了,你也不救她,还要让雁风哥哥出手,你真是气死我了!"

温聿怀低声与她赔罪,耐心地哄着闻今瑶消气。

沙棠在旁呆呆地看了一会儿,觉得有些奇怪,温聿怀像变了个人似的,可若是面对喜欢的人,那确实会区别对待。

闻今瑶气道:"你多看着点二嫂嫂!"

温聿怀说:"好。"

面对闻今瑶时,他根本生不出任何反抗的心思,就连平日的怀疑都没有丝毫反应。

直到闻今瑶和温雁风离开后,温聿怀才皱起眉头,被强势镇压的一丝一缕厌烦之意逐渐回应他的召唤。

温聿怀想起刚才温雁风临走前玩味的眼神,心中有了猜测。

温雁风也许也知道他的不对劲。

等温聿怀回首发现沙棠还在时,目光微顿,视线落在她身上一瞬便转开。

温聿怀等会儿要去的地方不能带着沙棠，便让她回屋子里待着。沙棠也照做了，她发现自己到外面也做不了什么，还不如待在下面的屋子里自在。

闻今瑶也被温雁风带走了，巨船上没人会去找沙棠。

一直到晚上，温聿怀才来叫沙棠去甲板上。

巨船上的其他人正在下放船只，温聿怀被其他人叫走，沙棠便停在原地，远远地看着他。

"二嫂嫂！"闻今瑶手里攥着一张地图，朝沙棠招手跑过来，"你去哪儿了？早上过后，我都没见过你。我刚和二哥他们出海回来，海里的雪妖蝶可漂亮了，它们飞起来的时候，振翅的声音像是仙乐一样。可惜你没去，不然肯定听着不愿走的。"

闻今瑶也不管沙棠听不听得懂，便拉着她说个不停。

沙棠低垂脑袋，静静听着，在闻今瑶不高兴时，应和两声，表示自己还在听，闻今瑶又能高高兴兴地继续说下去。

"雁风哥哥今晚要去找龙腹剑，二嫂嫂，你知道龙腹剑吗？"闻今瑶问沙棠。

沙棠摇摇头。

"你怎么什么都不知道？二嫂嫂，你好歹是飞玄州最大的仙门世家的大小姐，怎么一点见识都没有？"闻今瑶纳闷地望着她，"就算整天待在家不出去，也该知道龙腹剑是用来对付妖魔的神剑啊！

"它可是和苍雷剑齐名的呢！"

沙棠被她说得有些紧张无措，秀气的眉峰微蹙，皱着脸。

闻今瑶顺着这个话题，又夸起温雁风来："雁风哥哥可是十六岁时就从天雷池里拿到了苍雷剑这把神剑，与之齐名的龙腹剑本来是在洲王手里的，洲王把剑借给满花州抵御妖魔，却反被仇虚妖王夺走。

"去年雁风哥哥杀退了听海关的妖兽大军，追杀仇虚妖王时，他为了逃命，将龙腹剑扔进了妖海里，形成结界。如今结界时间快到，我们得把龙腹剑从妖海里找回来。"

闻今瑶望着被众多仙士恭敬对待的温雁风,笑弯了眼:"雁风哥哥本就有苍雷剑,又拿到了龙腹剑,这十二天州里还有谁能是他的对手?"

沙棠抬头朝闻今瑶看去,看见她脸上毫不掩饰的骄傲和爱慕,却无法理解,只能沉默。

闻今瑶觉得跟沙棠聊天确实无趣,但这会儿其他人都在忙,也只能自娱自乐了。瞧见温聿怀得空后,她立马喊道:"二哥!"

不出意料,温聿怀没再理其他人,朝闻今瑶走来。

"我们是不是进入石海范围了?"闻今瑶拿着手里的地图,问温聿怀,"白天不是说石海有火凤兰花吗?我想要!"

被宠爱的人根本不需要拐弯抹角。

温聿怀点着头说:"好,我若是遇见了,就给你摘回来。"

"二哥真好。"闻今瑶抬眸朝他笑了笑。

沙棠已经自觉地朝下边的小船走去,温雁风看着她的背影说:"外出巡查这种事,让祝小姐跟着去是否有些危险?"

不等温聿怀回答,温雁风就对沙棠说:"祝小姐,你回来吧。入了石海迷雾会更重,你身子弱,受不了夜海的寒气。"

温聿怀没出声,只是往下方走去。

沙棠听见他们唤自己,便回过头去,看见下来的温聿怀,刚要张嘴回答,却被温聿怀抓着手腕带走。

温聿怀头也没回地道:"带祝小姐去是父亲的命令。"

温雁风听得微眯着眼,身旁的闻今瑶倒是没觉得有什么不妥,笑盈盈道:"就让二嫂嫂去啦,她在船上闷了一天,晚上出去放放风也挺好的。"

沙棠被温聿怀带上了小船,两人同乘一艘船离去。

迷雾如同昨夜一样浓重,看不清前路,船头放着的提灯散发着昏黄的光芒,勉强照亮小船附近。

温聿怀站在船头,背对着沙棠。

沙棠在后面坐得规规矩矩,不敢乱动乱看,怕像昨晚一样被游鱼带进水里,又被妖兽拉去深海中。

离开巨船老远后,温聿怀才平息躁动的情绪。他没有回头,却能察觉到后面还有一人的存在。

温鸿要他这次寻剑带上沙棠,就是想要沙棠来受苦受难受伤。

回去的时候最好遍体鳞伤,面目全非。

这太容易了。

根本不必费心找借口,就算毫无理由地将这位祝小姐暴打一顿,她也不知道反抗,没能力反抗。

可自从那天在偏殿院中,沙棠直直地望着他说了那声"谢谢"后,温聿怀总是会做出些奇怪的事来。

他竟然一直把她带在身边,放在眼前。

温聿怀低头轻揉自己冰凉的手腕,梳理着近日的情绪,在心中冷笑,被闻今瑶和温家困住还不够,还要再添一人不成?

——可她实在是太软弱了。

——这种懦弱胆小的人,难道要救她一辈子?

——自身难保,还想管别人?

温聿怀忽然转过身去,眸中的冷意没有收敛。后面的沙棠本就在看他,见温聿怀忽然转过身来后,下意识地躲开目光,低下头去。

"抬头。"温聿怀说。

沙棠眉峰微蹙着抬起头来,重新看回去。

杏眸湿润明亮,看不出一丝杂念。

沙棠觉得此刻的温聿怀像是被妖海的夜雾沾染,变得湿冷,连目光都有阵阵寒意。

温聿怀盯着她说:"祝家没有教过你,被人欺负了就要欺负回去吗?"

祝家确实没有这么教过她。

沙棠微仰着头,睫毛颤了颤,除了有被温聿怀问话的紧张,还有不能理解的茫然。

她张了张嘴,轻声发问:"怎么样才算是被欺负?"

温聿怀没想到她会问出这种愚蠢的问题。

愚蠢得令人想笑,心中却无法生出半分笑意。

沙棠十岁以前的日子和以后也没什么区别,她总是被身边的人严加看守,不同的是祝廷维几乎天天来看这个小女儿,身边的人惧她,没人敢欺辱她,也没人敢亲近她。

看守沙棠的人几乎每个月就要换一批。

他们总是会出现各种各样的意外,也会有人因此心生怨恨,无法释怀,会向沙棠大声咒骂,最终被祝廷维带走,沙棠便再也没见过这人。

祝廷维最初以为沙棠的灾星命格只会影响旁人,直到祝星出事后,他才幡然醒悟,剥夺了小女儿的名字,将沙棠关进竹楼。

在沙棠的认知里,没有"欺负",只有报应、灾难,而她就是罪魁祸首。要论起来,也是她在"欺负"别人。

温聿怀不知道她是荧惑之命,所以才会说这些话吧。

沙棠如此想着,又不自觉地低下头去。

温聿怀盯着垂着头的沙棠,心道算了,跟一个傻子计较什么。

如果她是祝星,那就是祝廷维养了个傻子。

如果她不是祝星,那就算她倒霉。

温聿怀刚要放弃,沙棠却抬起头来。她似乎是记得温聿怀之前说的话,要她抬头,意识到自己低下头后,又鼓起勇气重新看回去。

沙棠的双手缩在宽大的衣袖中,五指弯曲,抵着柔软的衣料。在一次又一次与温聿怀的对视中,她的眼神终于不再像最初那般紧张与害怕了。

这样的目光让温聿怀觉得熟悉。

温聿怀在此刻想起许多年前的一幕,他从别人的眼中,看见自己曾露出同样的眼神。

在许多年前,少年曾想,如果此刻有人带他走,那么今后要他做什么都可以,他可以付出自己的一切。

可惜在温家,没有人愿意带他离开,也没有人会来救他。

少年一个人承受来自温鸿反复无常的厌恶,面对发疯的云琼对他时不时的伤害,接受温雁风笑里藏刀地针对,以及忘却自我,为闻今瑶牺牲一切的奴役。

他撑到现在,总算窥见了自由的曙光。

若是当年有人带他离开——

不会有的。

温聿怀迎着沙棠的目光,渐渐耐下心来,走到沙棠身前蹲下,伸出一只手搭在她肩膀上,按在她锁骨上的拇指往下用力一按。

沙棠闷哼一声,眼里瞬间起了一层水雾。

"痛不痛?"温聿怀问。

沙棠吸了吸鼻子,水盈盈的眼眸望着他,又把眼泪给逼回去:"痛。"

温聿怀松了力道:"让你感觉到痛的就是在欺负你。"

沙棠的眼睛雾蒙蒙的。

温聿怀又问她:"想不想喝罗浮酒?"

沙棠摇摇头。

"青檀让你喝你不想喝的罗浮酒,也是欺负你。"温聿怀的声音冷淡,语气凉得像昨夜没过她的海水,"喜不喜欢和闻今瑶聊天?"

沙棠有点不敢回答,在温聿怀的目光逼迫下,迟疑地道:"不喜欢。"

"让你做不喜欢的事也是在欺负你。"温聿怀收回放在她肩上的手,站起身,居高临下地望着她,"愿不愿意嫁到青州来?"

沙棠的心随着温聿怀的提问,已经在第一时间给出了反应,却不能如此回答。于是在眨眼过后,她摒弃真实的想法,轻声说:"愿意。"

"你不愿意。"温聿怀却道,"所以让你嫁到青州来的人,都是在欺负你。"

沙棠也不知为何,鼻子忽地一酸。

海上传来馥郁的兰花香,远处燃烧星火的石柱从水中冒头,直抵天幕。

沙棠红了眼眶的这瞬间,一直垂眸注视她的人却转身离去。

温聿怀渡海飞向那燃烧的石柱,只身没入烈焰中,为另一人赴汤蹈火,去取一朵她要的兰花。

沙棠循着他的身影看去,眼中湿润的水雾被烈焰驱散。

石海为柱,从深海中冲天而起,出水时在海上掀起星火烈焰飞坠,而闻今瑶想要的那朵火凤兰花,就长在石海柱顶上。

在温聿怀这儿,任何事都没有闻今瑶的事重要。

温聿怀牢记闻今瑶的要求,记得她想要的东西,于是在火凤兰花出现时,便不受控制地要去完成闻今瑶的"命令"。

他专注地完成自己的使命,分不出任何心思去关注别的东西。

沙棠望着温聿怀随着石海柱攀高,烈焰灼烧他的手掌,鲜血淋漓。生长在石海柱上的细长火蛇扬起脑袋,吐着信子警告地望着温聿怀,要将这不知天高地厚的凡人一口咬死。

温聿怀被烈焰与火蛇缠绕,让沙棠看得心脏颤了一瞬。

在沙棠眼中,此刻的青年是那么勇猛无畏。

在沙棠看来,石海柱太高了,光是抬头瞧着都令人胆寒,是她永远无法攀登上去的高度。

火蛇只一个猛冲加嘶吼,就能吓得她一动不动,放弃抵抗,任由火蛇将她吞噬殆尽。

于是,温聿怀与她所惧怕的一切战斗的一幕,被沙棠牢牢记在心里。青年对火凤兰花坚定不移,隐隐让她心生羡慕。

恍惚间,沙棠懵懵懂懂地察觉到,也许她一辈子都无法成为像温聿怀这样的人。

火蛇发出痛苦的惨叫，从高处坠落，将这一片海域点燃。耀眼的火光冲天而起，将夜幕点亮，驱散海上的大雾。

这火光太过耀眼，让沙棠忍不住抬手遮掩。

火凤兰花被摘走，石海柱断裂成无数小截，"扑通扑通"地坠落海水中，掀起巨大的水花，引起海水飞溅，落了几滴在沙棠的脸上。

她似有所感，拿开遮掩视线的手。

在烈火与海浪中，沙棠看见海面上那个神色阴鸷的青年。他朝自己走来，手中攥着一朵红艳的兰花。它细长的根茎上不见叶子，光秃秃的，只有顶端璀璨的花，坠着令人心动的莹光。

温聿怀双手被灼烧，破皮露肉，隐约可见森森白骨，随着他的走动，血水顺着手掌坠落海中。

沙棠目不转睛地望着他。

温聿怀从沙棠乌黑明亮的眼中看见自己此刻的模样，令他心生厌恶、不甘、暴怒，身体传来的疼痛远不及心理上的痛苦。

哪怕五指皆伤，他依然发狠地攥紧手中的火凤兰花，踩在海水上一步步走回小船。

沙棠还未开口说点什么，就听见温聿怀冷声说："把眼睛闭上。"

这位祝小姐一直都很听他的话。

可此时沙棠明显犹豫着，没有立马闭上眼，乌黑水润的眼眸动了动，视线从青年的脸上，转到他鲜血淋漓的双手。

看见被温聿怀攥紧的火凤兰花时，沙棠才想起之前听到的对话。

闻今瑶说她想要长在石海上的火凤兰花，要温聿怀替她去摘，温聿怀答应了。

沙棠轻轻闭上眼。

她想到云崇师兄说过的话，喜欢就是只对你一个人好，很好很好。

比如愿意为阿姐去妖海寻药的云崇，总是陪在阿姐身边满足她一切要求的宋长静。

温聿怀对闻今瑶这么好，那些侍女说得没错，温聿怀确实喜欢闻小姐。

被他人喜欢的感觉会是什么样？

沙棠闭上眼，视野中一片黑暗，呼吸中馥郁的兰花香十分明显。周遭暴动的灵力像是在撞击发泄着，欲要毁灭掉什么，但很快又冷静下来，归于平静。

小船静悄悄地返航。

回去的路上，谁也没有说话。

沙棠有些在意温聿怀的手，闭着眼睛时，那双手的惨状总是浮现在眼前，她却不知该如何开口，又怕自己不该开口。

温聿怀恨不得将手中的火凤兰花捏碎，可无论他收紧五指的力道有多大，却稳稳地卡着死线，没能伤着火凤兰花分毫。

巨船出现在他的视野中。

温聿怀在他还能想起沙棠这个人时，开口道："等上船后，你就直接回屋子里去。"

沙棠这才睁开眼，只能看见温聿怀的背影。

温聿怀从前什么也不知道，他以为自己是喜欢闻今瑶的，不然为何会对她如此纵容，会认为她与众不同，还有十足的耐心陪她去做那些蠢事。

闻今瑶说什么就是什么，他总是拒绝不了她，哪怕违背自己的心愿、原则。

直到这两年，温聿怀才会偶尔反问自己——到底喜欢闻今瑶什么？

她身上全是自己讨厌的点，他却为何会对她如此着迷，说一不二？

温聿怀在静思堂跪思的那天晚上，听到那奇怪的铃声后，才终于明白。

这么多年，其他人就看着自己像条狗一样对闻今瑶言听计从、嘘寒问暖，而闻今瑶本人也是知道的，否则不会在他拒绝见面的第二天，就开始确认他体内的封印。

对他人的"爱意"如此在乎且敏感的，也只有闻今瑶。

温肂怀虽然不喜欢闻今瑶，但十分了解她。

在他的父亲、兄长，也许还有母亲的眼中，他就是闻今瑶听话的狗，温肂怀最初并不在意，他可以忍，忍到将所有困住他的东西全部撕碎的那天。

可他拿着火凤兰花、狼狈不堪地渡水回来时，在沙棠眼中看见自己的模样，被镇压在心底深处的难堪突然爆发。

温肂怀目光盯着前方，没有去看后面的沙棠。他柔软的舌尖轻轻舔舐尖牙，思考着等会儿该怎么做。

"二哥！"

他还在老远，就能听见闻今瑶惊喜的呼声："你真拿到火凤兰花了？不愧是二哥，我就知道你最好啦！"

闻今瑶先是欢呼自己要的东西拿到了，等船只靠近后，才又惊呼道："二哥你怎么伤成了这个样子！"

因为去取火凤兰花耽误了时间，其他仙士已经早早回去，而温肂怀和沙棠是最后回来的。

温肂怀上船后，将手中沾血的火凤兰花递给闻今瑶，哑声道："别看，小心吓到。"

"是被石海上的火蛇伤到的吗？快拿灵水洗一洗。"闻今瑶接过火凤兰花后，焦急道，忙叫随行的人去拿药，带着温肂怀过去。

在所有人的注意力都在温肂怀身上时，沙棠很听话地上船就往下边的船屋跑，跑了一段路后，还是没忍住，慢慢停下来，回头看去。

温肂怀和闻今瑶走远，身边跟着侍女和仙士们，他们像是走向了另一个世界，与自己离得越来越远。

沙棠一个人回到船屋内，安静地坐在床边，虽然有些困倦，却还是强撑着不敢睡。她低头伸手揉了揉眼睛，目光望着紧闭的屋门。

不知过了多久，在沙棠闭着眼快睡着时，屋门被人打开。

沙棠睁开眼看去，见到温肂怀双手缠着白色的药布推门进来，眉目沉静，浅色的眸子中没有丝毫波澜，不见半分在海上时的暴戾。

温聿怀反手关门，目光平静地望着还没休息的沙棠。

见温聿怀似乎没什么事，伤口也处理过了，沙棠才卸了一股劲，抓着衣袖，问他："你要睡床吗？"

温聿怀站在屋前没动，盯着她，淡声答道："我若是要睡，你要如何？"

沙棠便站起身，退开几步，老实地答道："让给你。"

"不睡。"温聿怀说完，径直朝后方的屏风走去，在烛光的映照下，能在绣着金纹的蚕丝屏上看见青年宽衣解带的动作。

沙棠已是十分困倦，见温聿怀还是不睡床，心里有点开心，便重新回到床上，钻进被窝里，把自己埋起来。

她没一会儿就睡着了，似乎要等的人终于等到，便毫无顾忌。

温聿怀换了身干净衣裳，出来后，瞥了眼床上的人。她钻进被窝，把自己遮得严严实实，还抵着最里面的墙壁，看起来就像是没有安全感的小猫小狗，喜欢找阴暗狭窄的角落把自己圈起来。

这种状态让温聿怀想起小时候某段时间，他常常被关在柜子里，阴暗狭窄的空间令人窒息。

温聿怀收回视线，走去窗边站着闭目静思。

屋中的烛光悄无声息地熄灭。

沙棠仍旧在做重复的梦。

之前她在水中，看不清岸上的人，最近却能看清了。

站在岸边的人是温聿怀，他低着头，注视着在水中下沉的沙棠，残花与青叶随着水波晃动，偶尔会遮掩他的视线。

沙棠有时候会想，为何是他？

翌日，沙棠迷迷糊糊间，似听见了闻今瑶的声音，不是做梦，而是真实存在的，她瞬间清醒，掀开被子，冒出脑袋。

温聿怀站在门口，闻今瑶站在外面说："二哥，你受伤就不要去了,那些妖兽哪能奈何得了雁风哥哥,他那么厉害。"

巨船遇见了拦路的妖兽,上面的仙士们正在想办法解决。

"好,我不去。"温聿怀笑道。

温雁风可不一定这么想,当初追着仇虚妖王来到妖海的是温聿怀,也只有他知道龙腹剑具体落在妖海的哪个位置。

"二嫂嫂还没醒吗?"闻今瑶探头要去看里面,被温聿怀挡在门口,"你是来看我的,还是来看她的?"

闻今瑶笑盈盈地道:"当然是来看二哥你的呀!只是奇怪二嫂嫂又没有受伤,怎么醒这么迟?二哥,你和二嫂嫂成婚这么久,就没有碰过她吗?"

她说到后来,半是好奇,半是质问。少女甜软的嗓音不轻不重地砸到人心上,却如钉子敲击软肉。

沙棠动作轻轻地把自己埋回被子里,假装自己没睡醒,什么都没有看见,什么都没有听见。

可不知是不是紧张,沙棠把自己埋进被子里后,在昏暗之中,却能清楚地听到心脏"咚咚"跳动的声响。

"你希望我碰她?"

温聿怀不冷不热的回话声,隔着被褥落入沙棠耳里。

"这哪是我能决定的?二嫂嫂长得这么漂亮,二哥你想碰就碰啊。"闻今瑶气鼓鼓地瞪着他,"我只是好奇你是不是太折腾二嫂嫂,才让她睡这么久。"

"我没兴趣。"温聿怀说,"她身子弱,每晚被海上的寒雾浸染,昨天又被凤鸟惊吓,还没回过神来。"

"原来是这样。"闻今瑶恍然大悟,挠着头道,"那我晚点再来找她,我先去看看雁风哥哥。"

她跟温聿怀挥挥手便离开。

温聿怀望着她走远消失在视野中,随后才重新关上门,目光往后瞥去。从沙棠想要起来时,他就察觉到动静,好在她没那么傻,知道闻今瑶在后,又缩回被窝里装死了。

沙棠察觉到闻今瑶走了,屋中陷入寂静,但她还是不敢掀开被子露头。

温聿怀也没有要叫醒她的意思。

在沙棠犹豫时,巨船忽然晃动,在床上躺着的她感觉像是地动山摇般,令人胆战心惊,失去重心支撑,吓得慌忙掀开被子。

海里的妖兽在撞击巨船。

温聿怀看见沙棠忙不迭地从被窝里探出头来。晃动只持续了几个瞬息就消失了,沙棠抓着被褥,目光犹豫地望进温聿怀眼里。

沙棠怯生生地开口:"外面……"

"打起来了。"温聿怀不以为意道。

"那这船……"

沙棠还未说完,温聿怀又道:"翻不了。"

听完他的话,沙棠莫名安心了。

沙棠记着闻今瑶离开时的话,苦恼地皱起眉头,想着该怎么应对,最后对温聿怀说:"等会儿闻小姐过来时,你可以告诉闻小姐我睡着了吗?"

温聿怀看她兀自思考,还以为她能想出什么奇妙的点子,没想到就是这个,微眯了下眼道:"你猜她会不会直接把你从床上拽下来?"

会……会吧。

沙棠放弃了,她也想不出别的办法。

躲也躲不过的,也许今天闻小姐不会对她怎么样。

温聿怀聆听着巨船外面的动静,在闻今瑶来之前,起身朝外走去:"你在屋里待着,别出去。"

沙棠望着温聿怀离开,伸手摸了摸咽喉,已经完全不痛了,说话的声音也比前两日清亮不少。

她屈着双腿,挨着墙壁坐着,掩面打了个哈欠,缓慢地转动着眼珠,重新打量四周。

对走出竹楼的沙棠来说,来到青州,带给她最多的是新鲜感,甚至压过了人们带来的痛苦。

她其实不讨厌每天晚上乘坐小船去巡逻开路。

因为能见到辽阔的大海,看见许多不曾见到的东西,让她感到恐惧的同时,也让她感受到了自由。

此刻沙棠在屋中安静地待着,听不见外面人们与妖兽作战的声响,除了第一次的晃动,后面什么也没有。

冥冥之中,沙棠却能感应到,有不好的事情要发生了。

巨船上的人们遇见一条发疯的妖兽赤蛇。

它循着火凤兰花的气味而来。这种香味会引诱它发狂,引发力量狂暴,在海上掀起巨浪,引来轰隆雷鸣。

赤蛇巨大的尾巴拍打在巨船上,造成了第一次的晃动,很快就被仙士们的结界护住。

巨船两侧冲天而起的海浪不断撞击着结界,赤蛇围绕着巨船转动,盘出巨大的海上旋涡,将巨船往旋涡中心引去。

红色的迷雾围绕着这片海域,赤蛇隐入其中,人们焦急地寻找它的身影。

直到它看见出现在船上的闻今瑶时,才从暗处出击,将闻今瑶卷入水中。

温雁风立马追上去,手中的苍雷剑斩出数道雷霆之刃。众人听见赤蛇的哀鸣,它在匆忙之中,叼走了闻今瑶身上的火凤兰花,遁入深海之中。

巨浪随着赤蛇的隐遁而消失。

温雁风入水,将闻今瑶抱起飞回船上,柔声安抚,却听少女哭喊着,一手捂着自己的脸道:"雁风哥哥,这畜生竟然敢刮伤我的脸!我要它碎尸万段!"

闻今瑶猝不及防被赤蛇卷入海中,落在赤蛇身上,被尖锐的蛇鳞刮花了脸,鲜血淋漓,正埋首在温雁风怀中哭得不依不饶。

温雁风护着她，冷眼朝其他人看去。人们便自觉地低着头，不敢去看闻今瑶的模样。

温聿怀在通道口站着，没有出去。他听着外面的声音，得知闻今瑶受了伤，虽然为此皱紧了眉头，可只要闻今瑶没出现在他眼前，还是能克制住心中的情绪。

这一天沙棠没能等来闻今瑶。

一直到晚上，温聿怀才回到船屋，带沙棠外出夜巡。

沙棠从床边起身，许是白天心中不祥的预感，她低声道："闻小姐没有来。"

"她不会来的。"温聿怀淡声说，"白天她被赤蛇伤了脸，谁也不肯见。"

温聿怀还是去见了闻今瑶。

闻今瑶一边哭，一边骂赤蛇，落了一身伤拿回火凤兰花的温聿怀，也成了她主要谩骂怪罪的对象。

温聿怀在闻今瑶那儿被骂了一天，入夜后终于被赶去夜巡，可以离她远点。

沙棠跟在温聿怀身后走着，抬头看着前方的背影。不知是不是她的错觉，总觉得他的心情似乎不错。

温聿怀今晚也没有让沙棠单独坐船，而是与他同乘，穿过夜雾在海上航行。

巨船被甩在身后消失不见，四周浓雾弥漫，在这些限制下，天地间仿佛只剩下他们两人。

沙棠却能在这样的环境中放松下来，甚至能鼓起勇气问温聿怀："我可以去找云祟吗？"

温聿怀说："你想去就去，只要你能找到。"

沙棠又问："你可以告诉我他被关在哪儿吗？"

温聿怀淡声答："不可以。"

沙棠被拒绝得彻底。她歪头朝迷雾深处看去，目光透着点点担忧和遗憾。

温聿怀瞥见她眼中的神色，静默片刻后，转身面向沙棠，盯着她问："救完人后，你要如何？"

沙棠神色茫然地看着温聿怀，花了点时间才明白他的意思。

"救完云崇后，我……"她的声音顿住，不自觉地垂眸避开对视。

对了。

把云崇师兄从妖海救出，让他回飞玄州——然后呢？

她回不去飞玄州，也回不去祝家。

沙棠发现她只能待在青州，因为她已经嫁给温聿怀了。

在青州也要像在竹楼时一样，整日被看守着，哪儿也去不了吗？

明明外面的世界这么大，有许多她未曾见过的、令她心生向往的存在。

沙棠缓缓转头，没有看温聿怀，而是朝海上的夜雾看去。

沙棠白天不出船屋，晚上和温聿怀一起外出巡逻。

这两天闻今瑶因为脸上受伤的事，缠着温雁风不出来，也没有来找沙棠。沙棠白天在征得温聿怀的同意下，也能去甲板上放放风，看看白天的海域。

温聿怀没让她离自己太远，跟人谈事时，也会看上两眼，怕这个倒霉的女人一放松就出事。

晚上沙棠依旧睡床，温聿怀则靠墙站着睡。

闻今瑶跟那条赤蛇不死不休，温雁风便暂停寻找龙腹剑，让人先把伤她的赤蛇找到。

等到第七天，赤蛇的踪迹被温家仙士发现，温雁风亲自将其斩杀，拿着赤蛇的内丹回去给闻今瑶，这才让她消气。

如此一来耽误的时间就有些久。

温雁风为此找到温聿怀，他眉头微蹙，看见开门的温聿怀后，不动声色地将眼中的忧虑收敛。

沙棠刚把自己埋进被窝里没一会儿，就听到温聿怀到来，她缩在被窝里没动。

温聿怀没让人进屋，他出去后反手就把门关上，站在过道中，看着温雁风："什么事？"

温雁风皱眉问："你要我在这里说？"

"有什么不能说的？"温聿怀微微笑道，"附近也没有人。"

"屋里的祝星不是？"温雁风反问。

温聿怀答："她睡着了。"

温雁风道："如果她听到了，那她非死不可。"

屋里的沙棠忍不住伸手捂嘴，连呼吸都变轻。

温聿怀却低笑道："你就这么害怕？"

温雁风似乎有几分烦躁，平日风度翩翩的从容姿态这会儿淡了不少。

他嗤笑一声，黑瞳冷淡地望着温聿怀，眉眼倨傲："仇虚妖王在龙腹剑的结界处派了妖兽看守，不愿让我们顺利取剑。再拖下去，等仇虚妖王的伤一好，就会立马来妖海取剑。"

温雁风盯着温聿怀，一字一顿地道："你要抓紧时间想办法。"

温聿怀轻扯嘴角，彬彬有礼道："少主，你比以前诚实许多，还没开打，就承认自己不敌妖兽。"

温雁风眼中冷光一闪："你以为你就行？那可是深海蛟龙，几千年的老妖兽，生了灵智，可不是那些没脑子的赤蛇之流能比，我只是让你先去消耗它的力量。"

温聿怀压着眉头，隐隐不耐烦："你与我夸这妖兽有多厉害又有何用，神器苍雷剑就在你手里，还敌不过一条深海蛟龙？"

"温聿怀，"温雁风压着怒意，"取剑事关温家的威望名声，你若是坏事……"

"少主，"温聿怀冷淡地打断他，"不要大晚上扰人清梦。"

温雁风气得额角一抽，冷静片刻后，恢复从容，只目光冰冰冷冷，声量变得平稳："没有爹看着，你就无法无天了是吗？"

"我是想看看，"温聿怀没有被他话里的警告吓到，"若是没有我，你能做到何种地步。"

温雁风深吸一口气："你当真不愿出手？"

"你这不像是求人出手的态度。"对比越来越暴躁的温雁风，温聿怀从头到尾都保持着冷淡的神态，即使话里有了几分笑意，也充满讥讽。

"求你出手？"温雁风听得笑了，"最想在众人面前大放光彩证明自己的是你吧？从前是谁跪着求我给个出手的机会？费尽心机，趁我受伤时，以我的名义出手，让爹不得不带你出征的人是谁？是你吧。"

温聿怀面不改色道："是我。"

他从容不迫，清浅明亮的眼眸盈着笑意时，让他整个人都变得更加尖锐锋利："可那又如何？"

费尽心机，这才得到他想要的。

只要结果是他想要的，过程如何，温聿怀并不在乎。

若他不想办法，没人会管他的死活。

他可能一辈子都被关在柜子里，又或者在被关进柜子里后，因为没人理会而早早死去。

更不会有现在的他。

温聿怀不想死。

凭什么因为温鸿猜忌、云琼发疯、人们觉得他碍眼，他就非得去死，早早消失让这些人顺心？

温雁风盯着眼前的人，心里隐隐生出一丝杀意。他觉得温聿怀已经不受控制了，若是任温聿怀放肆下去，会毁了自己的。

他不允许自己被温聿怀这个低贱的影子毁掉。

温雁风深吸一口气，问："你想如何？"

温聿怀却反手扣上屋门，淡声道："若是少主没事，我就回去休息了。"

"温聿怀，"温雁风控制着情绪，近乎咬牙切齿地从齿缝中吐出几个字，"我邀请你这次出手，帮我一起拿下深海蛟龙，夺回龙腹剑。"

温聿怀侧过身子，神色淡漠道："少主的邀请恕我婉拒，我认为少主一个人也能做到。"

他就是认定温雁风做不到，又不能在这么多仙士面前丢面子，露出破绽，受到质疑，丢了那些风光的名声，对温雁风来说，比让他死了还难受。

温雁风的从容已经被温聿怀逼得一点不剩，毫不掩饰的冰冷目光中，夹杂着滔天怒意。

眼前的人不再是小时候，被他踩在脚下肆意侮辱也只会闷声不吭，毫无反抗之力的小孩了。

当年那个弱小的孩子想尽办法，偷学苦练，又逼得温鸿不得不带着他，让温鸿看到他的价值，继而让他能够学习更多，也让他变得更厉害。

这才成长为如今敢与他反抗的温家二少爷。

如今还想对他取而代之。

温雁风按捺住心头的杀意，忍了又忍，心中已有了计划。他压下怒意，强迫自己向眼前的人低头道："算我求你，帮我解决深海蛟龙，夺回龙腹剑。"

正要进屋的温聿怀听到这话，这才回头，看着温家少主在他面前低下高傲的头颅。

第五章
面具

屋里的沙棠静悄悄地听完两人的所有对话,已经改为双手捂嘴,眼睛都不敢眨一下。虽然沙棠什么都没有看见,却感觉到两人之间针锋相对的气息,已经透过门窗缝隙钻进屋中,连带着她也被压迫感波及。

屋门关上的声音让沙棠不自觉地松了口气。

这代表温雁风走了,回来的是温聿怀。

沙棠还是不敢暴露自己醒着的事,她没忘记温雁风之前说的话,若是她听到了,那就非死不可。

于是沙棠闭上眼睛,暗示自己已经睡着了。

可闭上眼后,耳朵却变得敏锐,能听见温聿怀迈步行走的声音,也不知他是不是故意暴露出声音。

沙棠能听见这声音离自己越来越近,以前他是往窗边走的,如今却像是往床边走来。

温聿怀本想叫她起来问话,可走到床边后发现,刚才还有轻微呼吸的人,这会儿安静得看不到丝毫起伏,估计是怕得连呼吸都忘记了。

她太胆小了。

温聿怀怕真的把人吓死了,这才走开,没管她。

沙棠感觉到人走远了，又静了静，最后实在撑不住，迷迷糊糊睡去。

第二天一早，沙棠因为昨晚的事还有些顾虑，掀开被子时都有些犹豫，结果起来一看，温聿怀不在屋中。

沙棠反而皱起眉头，有些苦恼。

她听说闻小姐的伤已经好了，气也消了，又活蹦乱跳的，如今温聿怀不在，闻小姐估计很快就要来找她了。

沙棠对坏事的预感总是准确无比。

没一会儿，闻今瑶就来敲响她的屋门，清甜的嗓音喊道："二嫂嫂！"

她一把推开门，故作生气道："我伤了这么多天，你竟然一次都没有来看过我！"

坐在床边的沙棠缩了缩脖子："他们说你谁也不见。"

"所以你就不来了？"闻今瑶生气地瞪大眼，来到沙棠身前，弯腰盯着她，"还是怕我的脸被划花了吓到你？"

沙棠摇摇头。

她望着闻今瑶，少女的肌肤吹弹可破，娇嫩粉白，一点都看不出受伤的痕迹，仍旧美艳。

闻今瑶从沙棠清澈水亮的眼中看见自己的模样，满意地微眯下眼，伸手摸了摸脸，笑道："算了，反正也没有留疤，否则我就要把这一片海里的所有赤蛇都给找出来碎尸万段。"

"我们已经能看到结界了，你快随我上去看看。"闻今瑶抓过沙棠的手说，"晚上雁风哥哥和二哥他们就要准备击碎结界，将龙腹剑夺回来，只不过有碍事的妖兽在，所以要耽误些时间。"

她好似很激动，硬是要沙棠陪自己一起去。

沙棠被拖拽着往前走，踉跄几步后，才稳住身形，张了张嘴，却什么也没说出来。

今儿船上很热闹，所有人都忙来忙去的，还有不少仙士御剑在天，或是乘着小船在海上到处巡逻,准备结界。

沙棠看见温聿怀在跟其他人谈事,温雁风也在,但两人身边各自簇拥着不同的仙士。

来到巨船前头,就能瞧见前方巨大的金色结界,拦住了人们继续前行的道路。

闻今瑶也没有过去,拉着沙棠在其他地方转悠,带她去吃早膳,又拉着她乘着凤鸟要出去飞一圈。

沙棠摇头表示拒绝,不愿意去。闻今瑶却抓着她道:"二嫂嫂放心啦,这次我和你一起,保证不会让你掉下去的!"

闻今瑶根本不给沙棠拒绝的机会,伸手抓着她,将她带上凤鸟后,立马就飞走了。

船上的温聿怀听见凤鸟鸣叫,循着声音看去,就见到沙棠被闻今瑶带着飞远,他不动声色地收回视线。

闻今瑶吃一堑长一智,被赤蛇伤过后,不敢飞太远了。她知道结界附近有深海蛟龙守着,也不会往那边去作死,就是待不住,想要人陪着她折腾一会儿。

今天闻今瑶虽然闹腾,却比往常收敛许多,不敢太放肆,也没有捉弄沙棠,顶多是言语上刺一刺,但沙棠基本没反应,久了闻今瑶也觉得无趣。

沙棠后来就只是坐在桌边,看闻今瑶与其他女仙士聊天说笑。

直到入夜后,所有人都严阵以待,守在金色的结界前,看着远处的日光一点点沉没,随之亮起的,是温家仙士们点亮的明火符。

一张又一张明火符浮现在空中,宛如一盏盏悬浮的天灯。

一道玄色的身影戴着鬼面走去最前方。

人们为他开路,护他来到最前方,无论是船上的、海里的、天上的,所有仙士都向手持苍雷剑的青年垂首致意。

闻今瑶开心地站起身,朝青年望去。

夜晚的海风吹着悬浮在空中的明火符摇晃着,沙棠也缓缓站起身，一手轻轻扶着船沿，望着前方的人，忽然问道："为什么要戴面具呢？"

闻今瑶骄傲道："那可不是普通的面具，那是温家的山神面，是青州温家的象征。雁风哥哥之所以戴着它，是因为要代表青州温家的名誉而战，让十二天州知道青州温家的厉害！"

是这样吗？

沙棠怔怔地望着前方背对着自己的人。他朝着金色的结界走去，忽然顿住，在上千仙士向他低头的瞬间，回首朝身后看去。

人们看见了黑色鬼面，充满怒意与威严，压迫感十足，不敢与其对视，只剩下臣服与恐慌。

隔着遥远的距离，沙棠却看清了面具之下的人。

夜色中，那双浅色的琥珀眼瞳穿过人群，准确地落在她身上。

沙棠看得微怔，海风温柔地擦过她脸颊，带来的凉意却渗透全身。

两人隔着遥远的距离，却没有任何阻碍地对视着。

戴着鬼面的青年像是在无声发问：

你能看见我吗？

沙棠露出他熟悉的恬静目光，就像那天晚上在水下一样，透过鬼面，迎着他的目光不躲不避地回应：

我看见你了。

霎时，海风呼啸，乌云重叠，深海蛟龙破水而出，引来狂风暴雨，轰隆雷鸣。

深海蛟龙拥有青黑色的鳞，它从海水中只露出半个身子，就已足够俯瞰海上渺小的巨船。

它出现后带来的动静让闻今瑶等人惊呼出声，其他仙士早有准备，纷纷掐诀召唤结界。

天上万剑齐发，令人眼花缭乱。

狂风撼动巨船，让巨船变得摇摇晃晃，沙棠不由得抓紧船沿，却还是被吹得摇摇晃晃,忍不住抬手抵挡。

等她再睁眼朝前方看去时,只能瞧见滔天海浪,乌云中雷声轰隆。蛟龙青黑色的鳞片在颤动,发出的声音仿佛要刺破耳膜,将天上的不少仙士震飞。

海浪汹涌,横冲直撞,不少仙士用尽全力稳住海上小小的船只,保持着手中的结界。

"雁风哥哥!"闻今瑶抓着船沿,在其他仙士的保护下,她是最安全,也是对温雁风最有信心的人。她朝前方与深海蛟龙缠斗的青年喊道,"要这妖兽看看你的厉害!"

人们严阵以待,她却很兴奋,一点都不怕,似乎笃定温雁风能赢,就等着看所有人为他欢呼庆祝的那一幕。

沙棠觉得自己不该待在上面,应该回船屋里待着,刚转身走了没两步,就被闻今瑶叫住:"二嫂嫂,你走什么?"

"别怕啊!"闻今瑶去把她抓回来,要她看着前面,"雁风哥哥肯定会赢的。你也好好看着,看雁风哥哥是如何从妖兽手里夺回龙腹剑的。"

她抓着沙棠的手腕收紧,笑盈盈的眼里略带几分冷意:"你父亲可是肖想这把剑很久了,二嫂嫂,如今你就替你父亲看着它被雁风哥哥得到的一幕吧。"

沙棠避无可避,只得跟在闻今瑶身旁,在摇晃的巨船上观战。

苍雷剑在青年手中发出低吼声,每一招都带着雷霆万钧之势。他与深海蛟龙交战的速度很快,人们根本看不清,随着他偶尔的手势,后方布阵的仙士们就会立马给出反应,配合释放结界。

狂风卷着海浪,水花乱飘,巨船上的结界被海浪撞击,沙棠每次听见撞击的声音,都感觉心脏也随之重重地跳动。

太多人在战斗,做出不同的动作,沙棠一一看去,从最初的恐惧,到此刻的好奇。

深海蛟龙被苍雷剑伤到,发出怒吼,长长的尾巴从深水中甩出,将御剑在天的仙士们卷入水中,张嘴发狠地朝青年咬去,一起沉入深海之中。

雷光在漆黑的深海中闪烁。

闻今瑶跑到前面去,朝巨船下方探出身子,看见大片血水混杂其中,在明火符的亮光下一层层加深扩大。

她大声喊道:"雁风哥哥!"

有仙士沉声命令道:"再攻!"

上前的仙士们各自召唤出自己的法器,双手掐诀,聚拢全身灵力,将力量注入结界之中,张开的结界朝搅动的海水中飞射出无数灵剑利刃。

海面再次传来震动,巨船又摇了摇,沙棠听见人大喊:"它不见了!"

"快找出来!"

"小心!"

妖兽的怒吼近在咫尺,沙棠似有所觉,回头望去,"哗啦"一声巨响,威猛高大的蛟龙身躯从水中蹿出,张开鲜血淋漓的嘴巴,一口将巨船的结界咬碎。

"拦住它!"

沙棠已经听不见仙士们焦急的喊声,她耳边全是海浪倒灌的"哗啦"声响。

这只深海妖兽确实拥有灵智,知道自己不敌拿着苍雷剑的青年,便想从其他人身上下手。

它盯上了站在船边的两个女人。

"闻小姐,快离开!"天上的仙士们纷纷往下赶去,将闻今瑶带离。

人们优先带走闻今瑶,便只剩下沙棠无人照看。深海蛟龙已经张嘴俯下身来,要将沙棠整个吞入腹中。

结界被破,从天上倒灌的海水泼下来,将沙棠整个淋湿。腥风血雨中，她望着朝自己张嘴咬来的深海蛟龙，心中竟生不出半分惧怕。

她已经察觉到不好的事情快要发生了。

可沙棠清楚，这些不祥的预感，并非针对自己。

深海蛟龙在快要将沙棠一口吞下时顿住，那双因为受伤而变得有些混浊的眼眸直勾勾地盯着沙棠，竖瞳紧缩。

"……荧惑之命，灾星。"

妖兽的低语落入沙棠耳中。她还未有动作，就见青色的雷光一闪，破水而出的玄衣青年携着雷光而来，带着深海蛟龙再次沉入海中。

深海蛟龙见了沙棠，不愿再战。有灾星在此，这些人类都得遭殃，不得好死。

它要躲得远远的，离那个女人越远越好。

青年紧追不舍，誓要它将命留下。

深海蛟龙被追得发怒，因为沙棠的存在心中本就焦灼，一怒之下回头，要将青年彻底咬碎。

海水起伏令人胆战心惊，人们看不清水下的情景，只能加强结界攻击。

沙棠抬手抹了把脸上的海水，往后退了退。她心中忐忑，方才的妖兽看出她的荧惑之命，若是……

她不该待在船上的。

沙棠在混乱中要往下边的船屋跑去，但巨船摇摇晃晃，让她路都走不稳。

巨船的结界破了，从海里飞出的尖嘴红色飞鸟乌压压的一大片，朝船上的人们攻击而去。

沙棠运用自己微薄的灵力护体，还是会被海中的飞鸟追得抱头乱窜，失去了方向，跌跌撞撞地来到船尾。

船尾的红色飞鸟更多。

忽然间，她听见众人高声呼喊着"少主"，便回头看去。苟延残喘的深海蛟龙浮出水面，欲要逃生，却被手持苍雷剑的青年一击毙命，同时击碎金色的结界。

黑色的长剑悬浮在空中，剑柄有玄龙缠绕，锋利无比。

御剑在天的青年缓缓摘下脸上的面具，露出温聿风带着笑意的脸。他从容不迫，看向龙腹剑的目光势在必得。

死去的深海蛟龙重重摔回海中，巨船也随之晃了晃。受惊的飞鸟成群结队，"哗啦啦"地往外逃窜，利爪抓住沙棠的腰身，让她险些从船边摔出去，又被一只鲜血淋漓的手抓着衣领带了回去。

悄悄跟在沙棠身后的另一名男仙士却没这么好运，直接摔了出去，一手抓着船沿，浑身都被红色的飞鸟啃食。

这名男仙士看着浑身湿透又独自一人走到船尾的沙棠，一时间鬼迷心窍，想要出手把人抓住的瞬间，却刚巧遇上巨船晃动。

他参与战斗灵力耗尽，这会儿又被飞鸟啄食血肉，疼得"嗷嗷"大叫，喊道："快拉我上去！"

沙棠先回头看身后的人，她被抓着衣领带回去，撞到男人的怀中，看见他一身是血，浑身都沾染暴戾的妖气。

温聿怀神色阴沉如水，目光盯着挂在船外狼狈不堪的男仙士。

"是你！"男仙士也看见了他，更加大声地喊道，"温聿怀，你赶紧把我拉上去，我可是参与了今晚降服深海蛟龙的战斗，是夺回龙腹剑的——"

沙棠这才看回去，这人她倒是有印象。

之前一帮仙士围着地图讨论时，有人问路过的温聿怀要不要加入讨论，这人却嘲笑温聿怀是个废物，看不懂。

温聿怀抬手抓了一只慌乱逃窜的飞鸟，折断它的翅膀，抓着它的利爪朝挂在下边骂骂咧咧的男仙士扔去。

利爪瞬间划破他的咽喉，飞溅的血液吸引来更多的飞鸟，追逐着他落入海中。

温聿怀却在男仙士被割喉的瞬间，将沙棠拉回怀中，没让她看见，又在她耳旁低声道："回屋子里去。"

沙棠闻到他身上浓郁的血腥味，皱着眉头，却应了一声，乖乖跟着他往下方的船屋走去。

在漫天飘浮的明火符中，沙棠看见被众人簇拥恭贺的温雁风，闻今瑶也在旁边。她神色骄傲，望着温雁风的眼里满是少女毫不掩饰的崇拜、爱慕。

而她身前的人，只落得一身伤，走在无人看见的角落。

沙棠收回视线，走在船屋过道中。快到的时候，她才鼓起勇气，对开门的温聿怀说："你很厉害。"

顿了顿，她又道："比外面的人都厉害。"

温聿怀搭着屋门的手微微收紧，背对着沙棠。半晌后，她才听男人淡淡地"嗯"了一声，迈步走进屋中，径直朝着屏风后走去。

方才阴郁的心绪似乎也随着沙棠的话冲淡几分。

温聿怀已经走到屏风后，又想起什么，对沙棠说："过来。"

沙棠不明所以，走了过去。她身上湿漉漉的，在地上走出一个又一个湿脚印。

温聿怀单手掐诀隔空在她身上一点，让沙棠散了水分，恢复干爽，连她身上沾染的妖气也散了。

沙棠抬头望着温聿怀，唯有她乌黑明亮的眼眸还是水润的。

在两人无声对视片刻后，温聿怀伸展一只手臂说："我要换衣。"

沙棠这才回过神来，忙退后离开。

温聿怀隐在屏风后。

这段时间相处下来，沙棠也有了勇气会主动与温聿怀说话。

她手脚冰凉，站在稍远的地方，搓了搓手，问温聿怀："你的伤严重吗？"

沙棠背对着屏风，没有看屏风映出的影子，只能听见偶尔传来的衣料摩擦声。

"不严重。"温聿怀随口答道，抬手擦去嘴角的血迹，压着暴躁翻涌的灵府。

沙棠抓着衣袖的手松了松,这才后知后觉地道:"刚才那个人,是跟着我走的吗?"

温聿怀听她茫然地发问,想起那名男仙士跟在沙棠身后的一幕,浅色的眼眸微暗:"已经死了的人,你不用去多想。"

沙棠低着脑袋想了想,再次迟疑道:"那算是我害死他的吗?"

温聿怀没想到她会这么想。

沙棠没有等到温聿怀的回答,寂静中只有衣料摩擦的声音断断续续。

这似乎是默认了。

沙棠心想自己又害死一个人,不自觉地皱起眉头,在心中焦虑又懊恼,想着是不是不该再去上面,就该在屋里待着。

等到温聿怀换了身干净衣服出来,发现沙棠还背对着自己站在原地。在烛光映照下,显得孤零零的背影,散发着我又做错事、害了人的自责与恐慌。

令人窒息又不快。

沙棠听到动静,回头看了眼,随后侧过身子让路,自己退到床边去。

今晚不知是外面太热闹,还是屋里太安静,在两人谁也没有说话的情况下,隐约能听见断断续续传来的欢呼声。

上面的人们正在高声庆贺,血战一场后,战意还未彻底冷却,仍旧手舞足蹈地彼此分享方才凶险的一幕。

温聿怀朝沙棠走去。

沙棠在床边坐下,感觉到有人靠近,遮掩了烛光,一片阴影覆盖而来。

她抬头看去。

温聿怀盯着沙棠,说:"是他自己找死,被妖海里的飞鸟吞噬,与你有何关系?"

沙棠说:"他跟着我走……"

"那是他心怀不轨。"温聿怀冷淡又不容置喙的语气，像巨钟敲响，"嗡"的一声镇住她的心神。

"自作孽不可活，何况，人是我杀的。"

尽管温聿怀在动手时，将沙棠拉回去，可沙棠还是看见了。

她知道是温聿怀动的手，可她还是止不住去想。

出事后第一时间反思，怪罪自己再揽错在身，已经成了沙棠下意识会做的事。

这个习惯不会因为别人三言两语就轻易改变。

沙棠低下头。

温聿怀觉得不对劲，又往前一步，压迫感更强，让沙棠不自觉打起精神来应对。

"你为什么这么想？"温聿怀问她。

沙棠苦恼怎么回答，答她是灾星就露馅了。

温聿怀伸手轻掐着她的下巴，让她抬头看着自己，不准躲避。

"我、我很倒霉，"沙棠知道自己不能躲，绞尽脑汁地给出这句话，"倒霉会传染给别人。"

温聿怀听她瞎扯，嗤笑一声，强迫想要躲开视线的沙棠看回来，目光冰冷地盯着她："是他们自己倒霉。"

沙棠第一次生出倾诉欲："可他们是因为遇见我才倒霉的。"

温聿怀又道："那就是他们命该如此。"

命该如此吗？

沙棠望着他，仿佛此刻无论自己说什么，都会被温聿怀强势否认。

"你最好记着这点。"温聿怀说。

沙棠的喉结动了动，许多话到了嘴边又吞回去，点点头。

温聿怀盯了她一会儿，确定沙棠目光不躲不避后，才松开手，起身道："我要出去一会儿。"

"好。"

沙棠点点头。

温聿怀站着没动。

沙棠顿了顿,翻身上床,拉开被子把自己埋进去。

温聿怀见她把自己遮得严严实实,这才离开。

温聿怀直到很晚才回来,沙棠已经睡着了。迷迷糊糊中,感觉到有人进屋,她从被窝里探出脑袋,在模糊的光影中,确认是熟悉的人后,又安然睡去。

这天晚上,沙棠仍旧梦到自己在水中看岸上的人。

不同以往的是,她竟然试图往水面游去,明明瞧着不算远的距离,却在她动身的那瞬间,两人便相隔天涯海角。

温雁风成功拿到龙腹剑,第二天一早便开始返程回青州。

闻今瑶一早就来喊沙棠起床,问她昨天有没有受伤,沙棠坐在床边,摇摇头。

她看起来像是一根发丝都没有伤到。

闻今瑶若有所思,随后笑道:"雁风哥哥拿到龙腹剑的一幕,二嫂嫂看见了吗?"

"看见了。"沙棠轻声说。

闻今瑶这才满意地点点头:"看见就好,那么神勇的一幕,你要是没看见就可惜了。走,如今龙腹剑拿到了,回程路上不怕会有妖兽,二嫂嫂也不用再出去夜巡了。"

"如今白天待在上面,也不怕会遇见妖兽,再说整天待在这屋子里算什么事?二嫂嫂你这么没见识,可要多出去走走才行。"

闻今瑶不由分说地拉着沙棠往外走。

沙棠挣扎了一下,随后捂着胸口道:"我、我头晕胸闷,最近夜巡受到寒气侵袭加重,怕去外面吹风会晕过去。"

"哪有这么严重,你要是晕了,我也会接住你的。"闻今瑶不以为然地笑道,"我还会让二嫂嫂你脑袋着地不成?"

她刚把沙棠拉出屋门,就见到过道里朝这边走来的温聿怀。他神色冷淡，望向闻今瑶时，有几分无奈："今瑶，我带你去海钓，你叫上不相干的人做什么？"

闻今瑶说："二哥，昨晚我就没看见二嫂嫂，雁风哥哥拿到龙腹剑，她还没去贺喜呢！"

"你是要带她去跟少主贺喜，还是要跟我去海钓？"温聿怀皱着眉间，看得出他有几分不悦。

闻今瑶却熟悉这种感觉，当温聿怀是在吃温雁风的醋，笑嘻嘻地松开抓着沙棠的手："好啦好啦，我先答应的你，那就先去海钓吧。"

温聿怀带着闻今瑶离开，没看沙棠一眼。

沙棠揉了揉被闻今瑶拽过的手腕，望着两人有说有笑地走远，只怔了怔，便回屋里把自己关起来。

她有时候不理解温聿怀的态度和做法，但又未曾在他身上感觉到恶意。

只是觉得他奇怪，却不危险。

温聿怀不可能一直打断闻今瑶找沙棠，沙棠躲了几天，还是被闻今瑶找到机会，从早上起就将她带出船屋，到处折腾，把沙棠累得够呛。

天还没彻底黑，沙棠就觉得自己快睁不开眼，提不起精神，晚上睡得很沉，连温聿怀何时离开，又何时回来都不知道。

闻今瑶每次带沙棠出去时，温雁风都在。他对沙棠一直和颜悦色、如沐春风，甚至几次在闻今瑶面前为她解围，可沙棠对他始终怯生生的，保持距离。

这却让温雁风对她更加在意。

离开妖海这天，日落时分，闻今瑶被引开后，温聿怀带着被折腾得满脸疲惫的沙棠去了第二层的船尾。

从船屋的窗户翻出去，外面接了一个小平台，站在上面能看见不断远离的大片火红夕阳，燃烧着染红了半个天际。耀眼的烈日变作瑰丽的橘红色，一点点往下沉没。

沙棠被眼前的景色惊艳，双手抓着身前的栅栏，在片刻的沉溺后，又回头看身后站在阴影中的温聿怀。

"你可以在这里待一个时辰,没人会打扰你。"温聿怀淡声说。

沙棠之前一直被关在船屋,只有晚上才出去,不怎么看得见白天的景色。

最近被闻今瑶白天带出来,也是忙前忙后,根本没时间去看去感受。

如今在这个狭窄却无人打扰的地方,沙棠站在栅栏边,便是走进了夕阳余晖中。远处的云海与带着余晖的海面互相交映,让她拥有了奇妙的感觉,被吸引,从而着迷,目不转睛。

海风带着几分暖意,擦着她冰凉的脸颊,带着同样冰凉的发丝飞舞,衣发交缠。

温聿怀抬眼朝沙棠看去。她站在光影中,被夕阳余晖笼罩,橘红色的光芒映照她白皙的脸庞,让她瞧着有几分毛茸茸的,眉头舒展露出笑意的瞬间,明艳动人。

眼前有如此撩人心弦的一幕,温聿怀却想起之前与温雁风的对话。

温雁风说:"祝星如今毫发无损,你打算如何跟爹交代?"

温聿怀淡声道:"她从凤鸟上摔下来那次,至少能折条胳膊,你救人的速度之快,倒是让我没想到。"

温雁风呵笑一声,目光意味深长:"你不也挺护着她的?难得,你竟然对祝家的女儿产生了怜悯之心。爹这会儿对祝家正是恨之入骨时,你却背叛他。"

"我劝你最好让祝星死在妖海,否则你回去后,爹的怒火怕是难以承受。"

温聿怀收回思绪,目光聚焦重新对准前方的沙棠,刚往前走了一步,沙棠却回头朝他看来。

"你是要杀我吗?"沙棠眼里还映照着余晖,却不妨碍她看清青年的脸,顿了顿又轻声道,"或者要卸我一条胳膊、打断我一条腿?"

温聿怀瞧着她似鼓足了勇气才问出这话,眉头微蹙,正要问她怎么知道，沙棠第一次抢在温聿怀之前，开口答道："闻小姐告诉我的。"

沙棠仍旧坚信预言，她不会死，但搞不好真的会被断手断脚。她犹豫着，心中还是有几分害怕。

在她犹豫着该怎么做时，温聿怀却说："我不会杀你。"

他神色淡漠，话也说得不咸不淡。

沙棠顿了顿问："真的吗？"

温聿怀盯着她，走到夕阳余晖中，浅色的琥珀眼瞳明亮又疏离。他说："因为你很幸运。"

沙棠的世界瞬间陷入耳鸣，这句话说得很短暂，却又真切地存在于她的脑海中。

一个时辰过去，夕阳沉没，巨船靠岸。

温雁风站在岸边，微眯着眼看走在温聿怀身后的沙棠。别说要她死了，这人身上一点伤都看不到。

温聿怀竟然什么也没做，这让温雁风很是怀疑。

他不会认为是温聿怀对祝星动心，喜欢她，有玄女咒在，这不可能的。

这个狡猾、心机深沉的影子，宁愿引得温鸿发怒，也不对祝星出手，肯定又在计划着什么。

"二嫂嫂！"闻今瑶招呼着下船的沙棠，"你和我同乘一辆天马车回去吧！"

沙棠捂着嘴低声咳嗽，瞧着弱不禁风，怯生生道："我身上的寒气过重，怕传给闻小姐。"

"二嫂嫂有哪里不舒服吗？"闻今瑶想要凑近看看，被温聿怀拦住："别靠近她，她身上的寒意会吞噬灵力，让灵根受损。"

闻今瑶一听，往后退了两步。之前就对祝家大小姐的伤有所耳闻，得知是寒气才让灵根受损，让她变作灵力低微的废人。

"那好吧。"闻今瑶转了转眼珠，她可不想让自己的灵根受损。

旁边的温雁风也不知道这话是真的还是假的,但事关自己的灵根力量,也不会轻易尝试,只关心了沙棠几句,便带着闻今瑶离开。

闻今瑶一步三回头,还有几分恋恋不舍。

沙棠捂着嘴,尽量让自己显得柔弱些。

回去的路上,沙棠独自乘坐一辆天马车。

温家少主带着龙腹剑回来的消息传遍整个青州,路上天马队伍飞过某些地方时,都会被御剑在天特意前来祝贺的人拦下,因此走走停停,几天后才到温家,到时已是晚上。

温聿怀要沙棠回偏殿屋里待着,他则和温雁风等人一起去见温鸿。

沙棠回到小青峰的偏殿,恍然间竟有些熟悉又陌生。

她没有回屋,而是坐在露天小院的石桌边发呆等候。

沙棠会控制不住地去想,温聿怀没有伤她杀她,那要怎么跟温家交代?

青州与飞玄州的恩怨,沙棠从闻今瑶那里听得七七八八,知道了不少事,也知道两家没有和解的可能。

祝廷维这会儿在飞玄州,也在想着该怎么彻底搞死温家。

等师尊宋长静的伤好,师兄云崇也回去后,会怎么样呢?

他们会带她离开青州吗?

离开青州回去后,也是被关在竹楼里。

沙棠知道自己这么想有些卑鄙,可她见过辽阔的大海后,心里隐约不愿再回到那小小的竹楼。

沙棠双手交叠着趴在石桌上,把脸埋进自己的臂弯里。

她想起温聿怀说的话。

——"是他们命该如此。"

——"因为你很幸运。"

奇怪。

这个人真的很奇怪。

温雁风将温聿怀在妖海威胁自己的事告诉了温鸿。

温鸿的脸色瞬间冷了下来，得知温聿怀没有伤祝星后，变得怒不可遏。

"你就是这么做事的？"温鸿抓起一个茶杯狠狠摔在地上。

温聿怀神色不变地道："祝星每日海上夜巡，已经让她体内的寒毒加重，灵根损耗比从前严重，从今以后就是灵力尽失的废人，再无法医治。

"就算祝廷维上天入地，也找不到挽救的办法，我不觉得这算什么事都没有。"

温鸿听后，沉怒的气息才散了几分。

"我看她除了脸色惨白点，倒是没有别的不适，你说的是真的吗？"温雁风神色狐疑地问道。

如果是真的祝星，那自然是真的。

温聿怀眼里带有浅浅的笑意看回去，道："那日祝星在海上被凤鸟摔下去，不是你救的吗？你当着那么多人的面，把她抱进怀里，竟然没察觉她的寒毒，还御剑在天聊了许久不下，怕是被美人迷惑，只看脸去了。"

温雁风额角一抽，没想到他会提这事，刚要冷声呵斥，又听温聿怀道："在外人看来，祝星是我的新婚妻子，少主当着那么多人的面做出这种事，是否有些不妥？"

"温聿怀——"

温雁风刚开口，就被温鸿目光阴寒地扫了眼："都闭嘴。"

此时，两人都看得出来，温鸿已经在暴怒的边缘，额角的青筋若隐若现。

两兄弟都知道温鸿与云琼那些破事，自己的妻子与亲弟弟苟且，温聿怀刚才那番话，无疑是让温鸿想起这些难堪的往事。

有玄女咒在，温鸿也不会认为温聿怀喜欢祝星，所以他怀疑的对象只会是温雁风。

"滚去静思堂。"温鸿这话是对温聿怀说的,神色莫测又阴寒的目光却看着温雁风,"雁风,你如今是温家少主,名震十二天州,有无数双眼睛在盯着你,找你的错处,你可不能自己给他们送上把柄,凡事要多多考虑再行动。"

温雁风的脸色僵硬一瞬,心里憋着一口气,低垂着头,恭敬地道:"爹说的是,孩儿谨记。"

他的余光朝离开的温聿怀扫去,捕捉到对方眼里的嘲弄之意,温雁风心头狠狠抽搐一下。

此刻温鸿看着温雁风,仿佛是在看着他的亲弟弟,眼神一点一点地暗下去,烦躁之意涌上心头。

温雁风说:"聿怀已经不再是从前听话的人了,他心中有了自己的打算。如果某天他连爹的命令都反抗违逆,那会给整个温家带来灾难。"

温鸿此刻只觉得站在下方的人十分碍眼,他五指抓着椅子扶手暗暗用力,神色沉冷道:"我知道了,你下去吧。"

温雁风见温鸿因为温聿怀的挑拨离间,陷入自我情绪中,将他当作弟弟温浔来仇视,心中又沉了几分,没再多话,起身告退。

离开大殿后,温雁风咽不下这口气,脑子里总是浮现温聿怀离开时那嘲讽的一眼,心中杀意坚决,迈步朝云琼居住的梧桐小院走去。

如今龙腹剑和苍雷剑两大神器都在他手里,还有什么妖魔是他不能解决的?

他根本不需要温聿怀这个影子。

再留着温聿怀,只会碍眼又坏事。

反正温聿怀也没法使用闇雷镜的力量,无用之人,就该去死。

温雁风难得来到梧桐小院。坐在院中树下正无聊品茶的云琼见到他,满脸欣喜地起身:"风儿,听说你外出寻龙腹剑,可有寻到?"

侍女们退到远处,给两人留下空间,不敢上前打扰。

温雁风冷冷地盯着眼前装疯卖傻的女人,淡声道:"你想不想恢复自由,重新变回家主夫人,而不是二夫人?"

云琼听得神色微妙,语气幽幽:"你说呢?你终于肯承认我这个阿娘了吗?"

温雁风却笑得温柔,盯着云琼怜爱又贪婪的目光说:"你去把温聿怀杀了,我就承认你,让你恢复自由。"

这天晚上沙棠没能等到温聿怀回来。

侍女说二少爷又去静思堂了,一时半会儿是回不来的。

温聿怀跪在屋中,手里摩挲着一颗发着微弱红光的妖兽内丹。

是那只开了灵智的深海蛟龙的内丹,与它战斗时,温聿怀发现深海蛟龙是双内丹,便拿走一颗,碎了另一颗。

蛟龙丹可御水避音,温聿怀就等到自己待在静思堂的日子里,等那奇怪的铃声响起时,使用蛟龙丹,看能否将铃音隔断。

温聿怀常来静思堂,一般这时候只能跪着什么都不做。他想,也就是这样的状态,才能让温鸿等人有机会对自己施展铃音控制他吧。

他耐心地等着。

一直到后半夜,万籁俱寂,天地都陷入疲惫的安睡中时,古老的铃声突然降临。

温聿怀一直保持戒备。清凉的水波从内里笼罩着他,隔断外界的一切声音,温聿怀感觉自己沉入了水中,铃音的穿透力被无尽之海抵挡。

他闭着眼,能看见包裹着他灵府的海水,随着铃声响起,波纹一圈接着一圈散开,由远及近,每次都在快要靠近灵府的位置时停住。

温聿怀什么也听不见。

直到海水归于平静,他才收起蛟龙丹,重新睁开眼。

温聿怀低垂着头,看着漆黑的地面,暗色的眼眸中无悲无喜。

至少从现在开始,他们无法再瞒着自己,也无法再继续加深控制。

这些年温聿怀想方设法让温鸿迫不得已带着他,让他有机会学习术法,悄悄成长,拥有了反抗的力量。

所以温聿怀说沙棠运气好，正巧出现在他想要反抗、又有能力反抗的时候。

温聿怀第一次顺着自己的心意做事，不伤她、不杀她。

能够顺己心意、掌控自由的感觉，令人着迷又沉溺。

第二天，沙棠刚醒来还有些迷糊时，就听见侍女说二夫人来了。

她刚掀开被子，云琼已经推开门进来，十分热情地招呼："听说你的病情加重了，我这才又可以出来看看你。"

云琼自来熟地在床边坐下，端着一碗药递给沙棠。侍女们这次没有进屋，而是替两人将屋门关上，守在外面。

沙棠默默地把被子盖了回去。

"这是什么药？"她轻声问。

"驱除寒气的药。"对比前几次，今儿的云琼耐心极了，她捧着碗往前递了递，像是哄小孩子似的，"我让人特意去了苦味，不难喝的，还有点甜呢。"

云琼温柔的时候，很容易戳人心窝子，让人对她放松警惕。

沙棠也没感觉到恶意，伸手接过药碗，喝了口药，确实一点苦味都没有。

云琼目光含笑地望着她，伸手轻抚沙棠的头发，柔声说："那个叫云崇的孩子，你很在意他吧？"

沙棠身子僵住，从药碗中抬头看过去。

"你能够为了他妥协，嫁给自己不喜欢的男人，可见他在你心里十分重要。"云琼轻声叹气，目光怜爱地打量沙棠，"你也是个可怜孩子，你这样的年纪，本该与自己的心上人快乐地在一起，却要承受这些不该承受的痛苦。"

"你知道吗？"云琼语气幽幽，"嫁给不喜欢的人与其一起过日子，是件很悲哀的事。你如今瞧着像花儿一样灿烂耀眼，等时间久了，你就是一具不知喜怒哀乐的行尸走肉而已。"

沙棠听得懵懵懂懂，也不知二夫人为何会说这些话。

但她确实担心云崇师兄，便问："夫人知道云崇在哪儿吗？"

云琼牵过沙棠的手放在自己掌心，再次叹息一声："你要如何救他？你都自身难保，只要聿怀在一天，你就没法去救人。"

温聿怀确实不曾向她透露过任何有关云崇的消息。

沙棠这才陷入苦恼，她要怎么做才能救出云崇师兄？

云琼观察着沙棠的神色，猜测她的心思，轻声说："我可怜你，所以见不得你如此痛苦，想要帮一帮你。"

沙棠再笨也能听懂她的意思："二夫人想如何帮我？"

"你无论如何也要救云崇吗？"云琼却问，"哪怕你会有生命危险？"

沙棠点点头。

云琼叹道："其实他并没有被困在妖海，而是关在小青峰后面的雪谷深处，那里有关押妖兽的地牢，云崇也被关在里面。"

沙棠听得微微睁大眼，师兄被关在有妖兽的地方？

"地牢的钥匙在聿怀身上，只有他才能打开地牢。今晚有温家少主的庆功宴，聿怀也会被放出来参宴。"云琼说，"我会带你去雪谷，到雪谷后，你只需要帮我完成一个法阵，再引聿怀过来，你就能拿到钥匙去救人了。"

"我要如何帮你完成法阵？"沙棠不解地问。

云琼微微笑道："很简单的。"

她不给沙棠提问的机会，反问道："你这是答应我了吗？那地牢里全是凶恶的妖兽，活人在里面可撑不了多长时间。他被关这么久了，也不知道这个可怜的孩子是否还活着。祝星，你就是他最后的希望了。"

云琼这番话说得充满悲悯之意，狠狠戳中沙棠心底最软的地方。她想起云崇师兄曾常来竹楼看她，也是在祝家时，和她说话最多的人。

"我答应你。"沙棠低声说。

云琼一把抱住她，温热的手掌轻轻抚摸着她单薄的背，带着长辈温柔的安抚："好孩子，你要把握住机会，救了人后，就赶紧离开这个地方，回到飞玄州去。"

沙棠乖巧地应了一声。

云琼这才起身道："等到晚上开宴后，我就来找你。"

沙棠应了一声"好"，目送云琼离开。

云琼转身时，眉眼漾着笑意，步伐轻快，任谁都看得出来她高兴极了。

要亲手杀死自己的孩子，云琼心中还是有几分顾忌的，但若动手的是别人，她就没有负担。

当年温鸿一怒之下杀了温浔，也让云琼存了几分恨意，赌气地生下这个孩子。

可后来她发现自己接受不了失去温鸿信任的生活。

云琼知道温鸿爱她爱得要死，不可能杀她。温鸿又是个信守承诺的人，他发过誓，只与她一个人相守一生，就不会再娶别人。

可云琼没想到，温鸿不杀她，也不娶别的女人，却对外宣布她死了，让外界以为温家家主又娶了一个女人，也让她成了永远抬不起头来的"二夫人"。

随着两个儿子长大后，温家在青州乃至十二天州的名声越来越大，家主夫人的荣光本该是她的，她却被困在这小院子里，被人称呼"二夫人"。

云琼才不满足这样的日子。

她知道温鸿等人的野心，是奔着十二天州洲王的位置去的，到时候她就是掌管十二天州的洲王妃。

云琼得想办法让自己回到本该属于她的位置去。

温鸿虽然不再信自己，可他是个情种，舍不得的。

云琼想起温鸿当年杀温浔的一幕，好心情散了几分。

她最初当然是爱温鸿的，也曾发过誓。

可人心易变，誓言也可以被毁去。

哪有永恒不变的爱？云琼才不相信。

爱只是一瞬间的事，刹那的心动，在新鲜感过后就会冷却，直到遇见重新燃起你爱意的人。

除非用术法强迫维系那份永恒。

云琼想到温聿怀体内的玄女咒，便皱起眉头，觉得闻家人可恶又贪心。

"去告诉少主吧，要他务必把二少爷往雪谷引去。"云琼吩咐侍女。

侍女应声退走。

温聿怀在妖海受伤不轻，温雁风要赶在他伤好之前动手。

温雁风不想让杀温聿怀的血溅到自己身上来，便让云琼去做。

云琼也不愿意，便要沙棠动手。

这位祝小姐有充分的理由杀温家的少爷。

祝星若是杀了温聿怀，也给了温家攻打飞玄州的理由。

沙棠觉得今天的日子很难熬，一整天心中都忐忑无比。

小青峰大殿那边，正忙着设宴庆祝少主夺回龙腹剑，来的宾客众多，十分热闹。

闻今瑶忙着与其他女孩玩，也没空来找沙棠。

温雁风还特意叮嘱她今日别去找沙棠的麻烦，闻今瑶虽不知为何，但她被温雁风哄得不知今夕是何夕，也就没有去深究。

天色将暗，云琼亲自来接沙棠，向站在偏殿门口的人伸出手，笑意温柔："走吧。"

沙棠总算找到救云崇的机会，便朝她走去。

只云琼和沙棠两人，乘坐金色的凤鸟朝后山的雪谷飞去。

到雪谷上空时，沙棠就见高山峡谷之中，靠近壁道都是青葱绿地，百花盛放，再往深处就是白雪皑皑，寒气冲天。

峡谷下方的小路曲折蜿蜒，还有怪石林立。

凤鸟俯冲往下降落,沙棠看见冰冷的雪花与自己擦肩而过。

落地后,风雪呜咽的声音像是鬼哭狼嚎,沙棠冷得发抖,被云琼拉着手往前方的山洞走去。

云琼说:"就是这儿了。"

沙棠往山洞里走了没两步,就看到一扇贴满符纸的铁门。

云琼上前撕掉其中一张,铁门发出刺耳的"咯吱"声,开了半扇。

沙棠呆住:"不是说要钥匙才能打开吗?"

"是里面的地牢才需要钥匙。"云琼笑道,又催她,"外面风雪这么大,你也不怕冷,快进来。"

山洞里面亮着光,沙棠跟在云琼身后往里面走,顶高路宽,隔绝了外面的风雪。

往前走了没多久,就是分岔口。云琼带沙棠往左边走去,她不像是第一次来,对周围的一切十分熟悉。

沙棠还在打量四周,忽然听走在前面的云琼幽幽低语:"你喜欢云祟吗?"

突然的询问让沙棠愣住,她下意识地答:"不是。"

云琼却回头看她,目光充满审视。

沙棠便低下头去。

她不知道自己喜不喜欢云祟,但她知道云祟喜欢阿姐祝星,所以……她不可能喜欢云祟师兄的。

寂静片刻后,云琼若有所思道:"傻孩子,人这一辈子,不可能只喜欢一个人到死。你承认了也没关系,总有一天你会爱上另一个人。"

沙棠却听得慌了,连连摇头:"我真的不喜欢师……云祟。"

她怎么敢喜欢属于阿姐的东西。

"你都敢豁出性命来救他,怎么会不喜欢呢?"云琼笑道。

沙棠的喉结动了动,话到嘴边,还是吞回去。

她知道自己的死期不是今日。

岔道尽头是一处供人休息的地方，有床榻、桌椅、柜架，还有雕花的梳妆台，上面放着铜镜与精美的首饰盒。

沙棠抬头一一看去。鲜红的床幔被束起，里面床帐的颜色稍淡些。四个角上挂着小巧的金铃，仔细看会发现铃舌被去掉了，所以怎么摇晃它都不会发出声响。

旁侧的蚕丝屏风绣着大片芙蓉，金纹点缀，隐约能瞧见里面摆放整齐的衣架。

这地方看起来像是专供女子休息的。

云琼对周遭的一切都很熟悉。她走到梳妆台前，打开首饰盒翻找一番，从中拿出一支蓝蝶金钗，笑着招呼沙棠："来，你和聿怀成婚时，我都没能出去看一眼，今天就找机会把这新婚礼物补一补。"

沙棠对成婚那日的事完全没有印象，听别人说起来，都只觉得十分虚无缥缈，没有实感。

她走过去，被云琼按着双肩坐在凳子上。

云琼打量着镜中的少女，轻轻抚摸着她柔顺冰凉的头发，挑选戴这支蓝蝶金钗合适的位置。

"以前，我就住在这里。"云琼漫不经心地道，"生下聿怀的那天，我看着这冰冷的石洞顶，就下定决心，一定要出去才行。"

沙棠从镜子里看身边的云琼，对方似乎在努力回忆从前，一边抓着她的手，拿着金钗在她手腕脉搏上比画，一边说道："谁想一辈子住在这种又冷又暗的地方呢？有时候憋着的一股气散了，就会开始后悔、懊恼，怎么会想到把这个孩子留下来。"

"为、为什么？"沙棠怔怔地问。

"哪有那么多为什么。"云琼扯着嘴角，面色微冷一瞬，又转为笑盈盈的模样，"孩子生下来了就只好养着，只是他命不好，注定活不长的。"

命不好。

活不长的。

这话狠狠地敲打在沙棠心上,让她感觉胸口沉闷,脑子也晕乎乎的,一阵阵耳鸣中,只能看见镜中的人嘴巴一张一合,却听不到任何声音。

云琼说:"如今他也成家立业,可以安心去了。"

"去哪儿?"沙棠懵懂地问。

云琼却用金钗在她手腕上一划,让血水浸染在金钗上。她抓着沙棠的手不让乱动:"虽然你们的婚礼不算隆重,礼数也不到位,更不被人看好,可到底是行完礼的夫妻。这巫山的同心法阵,能让结契的夫妻力量对换,到时候,就换成聿怀变得灵根微弱,而你……轻易就可以杀了他。"

沙棠要把手缩回去,却被云琼强硬地抓着:"事到临头你还犹豫什么?难道你不想救云祟了吗?"

"我没有想杀他。"沙棠皱起眉头,还在挣扎着,"你不是说只要拿到钥匙就可以吗?"

"钥匙?要他死了才能拿到。"云琼冷哼一声,掐诀对沙棠施了术法,让她动弹不得。

沙棠仍旧保持着蹙眉的动作,望着云琼的目光充满不解与祈求,云琼却没有理会。

蓝蝶金钗被沙棠的鲜血浸染,成了红蝶金钗。

云琼寻了个位置,将它插进沙棠的发中固定好,轻捧着沙棠苦恼的脸,微微笑道:"好啦,你别不开心,等会儿拿到钥匙后,就去救你的小情郎吧。"

沙棠动了动眼珠,眼睁睁看着云琼开始施法布阵。

温聿怀被人从静思堂放出来,回偏殿换了身衣服,没看见沙棠,便问侍女去何处了。

像今儿的宴会,温鸿应该不会让人带她过去,因为碍眼。

何况今晚的主角是温雁风,温鸿信了他的话,也就十分在意温雁风与沙棠的接触。

侍女神色迟疑道:"祝小姐被二夫人带走了。"

温聿怀目光盯着侍女,问:"带去哪儿了?"

侍女低着头不敢与之对视,惶惶不安道:"听说是乘坐凤鸟去了雪谷。"

雪谷?

温聿怀静了静,脑子里已经想到沙棠是如何被云琼哄骗的了。

她那么在乎云崇这个人,肯定会答应,傻乎乎被骗过去。

温雁风这是铁了心要祝星遭难不成,甚至还叫上云琼出手。

温聿怀迈步朝外走去:"宴会那边,就说雪谷有妖兽跑出来了,我先去处理。"

"是。"侍女垂首应声。

等消息传到大殿宴场,温雁风得知温聿怀真的去了雪谷,不由得笑了一声。

他果然是想利用祝星做什么事情,否则怎么会如此干脆地前往雪谷。

又或者是怕祝星给他闹出什么麻烦来,引得温鸿责怪谩骂。

不管是什么原因,去了就好,他就在众人拥簇中,等着温聿怀的死讯。

第六章

命 运

温聿怀乘着金色的凤鸟，飞过雪谷上空，进入风雪之中。落地后，凤鸟便展翅离开，不愿在风雪之地多待。

山洞里贴满符纸的铁门还未完全关上。

温聿怀神色冷淡地往里走去。

四岁之前，温聿怀都是住在这里的。

一些记忆已经模糊，但重新回到熟悉又陌生的地方时，模糊的记忆却又逐渐清晰明了起来。

他想起坐在床边的女人，从最初的冷眼旁观，到后来的气急败坏，最终朝站在门口的温鸿声泪俱下诉苦诉怨，才被温鸿接回了小青峰。

温聿怀看见前方亮着光的石屋，他走近后，看见站在空地里的云琼，正拿着蜡烛点亮屋中的其他灯盏。

看见他过来后，云琼表现得十分惊喜："你来啦！"

温聿怀只扫了她一眼，便看向后方，越过重重帷幔，看见坐在床榻边一动不动的身影。

里面的人坐姿端正，却一言不发。

"我带人来看看你以前住的地方，祝星说她累了，我便让她在床边坐坐。"云琼好心情地拨弄着桌上的烛火，笑盈盈地看着温聿怀说，"聿怀，反正你也不喜欢祝星，而她如今想救自己的小情郎，你就将钥匙给她，让她如愿吧。"

温聿怀盯着沙棠的目光这才转回云琼。两人的眼瞳是如此相似，都是浅色明亮的琥珀色，一个是妩媚的桃花眼，另一个却是冷淡疏离的凤眼。

"你想做什么？"温聿怀神色淡漠地问。

"帮祝小姐拿钥匙啊！"云琼颇为无辜地道，"她的心上人被你们关在地牢里受折磨，祝小姐可心疼了。"

沙棠被云琼以术法定住，听云琼胡说八道，心里十分着急，可她微弱的灵力又没法冲破这份束缚。

"她要救人，跟你有什么关系？"温聿怀低声笑道，"莫非你也想起你那早已死去的情郎，觉得后悔？"

云琼脸色微变，握着蜡烛的手收紧，恼怒道："你和你爹一样，只会挑让人讨厌的话说，所以才令人不喜。"

温聿怀轻声嘲讽："你好像也不知道我爹是谁吧？"

"那两兄弟都是一个样，是谁有什么分别。"云琼冷笑一声，"我本想好好跟你谈谈，是你非要揭我伤疤，把我给惹恼才开心。"

温聿怀瞥了她一眼，朝床帐后方的沙棠走去。

云琼总是说着要好好跟他谈谈，对他态度好一些，可每次都是自己忍不住开始生气，反反复复，将从前的心意推翻，变得恶劣。

她也承认了。

她就是没法打从心底里对这个小儿子好。

云琼望着朝沙棠走去的人，语气幽幽道："聿怀，这是你逼我的。"

她将手中的蜡烛倒转，火焰脱离灯芯，落在地上，唤醒早已布下的法阵。一圈圈烈火闪烁，将温聿怀围在其中，让他受烈火灼烧之痛，身形一晃，力量逐渐被抽离。

温聿怀皱眉回头看去,她的力量不是被封印了吗?

云琼将手中的蜡烛扔开,神色倨傲地望着他:"你只学剑术,这些咒术你却学得不勤,又在妖海受了伤,这同心咒,你一时半会儿也挣脱不开。"

听到"同心咒"三个字时,温聿怀便知道沙棠来这儿的作用。他嘴角溢血,咒术将他的力量快速抽离。

温聿怀回身朝云琼走去,在快要靠近她时,被同心咒的力量击退,身子一晃半跪在地上。

那些被抽离的力量都朝沙棠涌去。

"是温雁风放你出来的?"温聿怀眉眼一片阴霾,用如蛇盯着猎物般冰冷的眼神,盯着站在前面的云琼,"他要你杀我?"

"你到底是我的儿子,我怎么会杀你。"云琼朝他走去,神色幽幽,"要杀你的是祝小姐。"

温聿怀压下心头翻涌的气血,被云琼掩耳盗铃的话逗笑了:"你好像从没把我当成是你的儿子,否则也不会说出这么不要脸的话来。"

云琼忍了忍,站在火圈之外,冷着脸色道:"如果可以重来,我当然会选择不生下你,这样对你、对我都好。"

望着温聿怀力量消失,越发虚弱的模样,云琼想起许多事来,忍不住恨声道:"你若是生下来没有什么阎雷镜、玄女咒,不是个灾星,我又怎么会对你不好?可你天生命不好,生下来就是个灾难,与其让你一辈子当别人家的狗,不如早早死了好解脱!"

刚刚挣脱束缚站起身的沙棠听到这话震住。

什么灾星?

什么灾难?

云琼接下来的话又给了沙棠重重一击:"哪个母亲会想生出你这样的孩子?我养你至此已经仁至义尽,若是别的女人,早在你出生的时候就杀了你!谁会想要一个灾星孩子?"

霎时,父亲和阿姐曾说过的话回响在沙棠耳边,接连不断,随着他们的声音浮现在脑海中的,是他们的表情和目光,令她终生难忘。

沙棠从未想过母亲是如何想的,只知道是她的出生害死了母亲。

可如果阿娘和二夫人是一样的想法,对她的存在怨恨不已呢?

云琼越说情绪越激动,她恨恨地瞪着温聿怀说:"要怪就怪你没用,你没法保护自己,也没法保护我,就这么活下去还有什么意思?你死了,我就自由了,你也自由了,这才是对我们都好的办法!"

"祝星!"云琼猛一抬头,朝站在帷幔后的沙棠喊道,"还不快过来动手!你还想不想拿钥匙去救你的情郎了?"

温聿怀本想回头看看,力量却被抽离,他连睁眼的力气都没,回头时倒在地上,只来得及看见翻飞的床幔。

沙棠见温聿怀闭目倒下,以为他死了,这才回过神来,急忙跑进火圈中。她浑身颤抖着,心脏跳动的声音如擂鼓般响彻耳旁。

温聿怀只是没了力气,却没有失去神志,仍旧能听见外界的响动。

他感觉到有人靠近。

温聿怀不确定沙棠会为了云崇做到什么地步,他心中自然是不甘、愤怒,甚至发狠,却又有隐秘的难过。

温聿怀从未想过云琼会杀他。

他们确实互相折磨,只有血脉,没有亲情,可在他短暂又漫长的人生中,陪在他身边最久的人也只有云琼。

他渴望报复那些伤害他、囚禁他的人,却从未想过要杀了云琼。

同心咒在抽离温聿怀体内最后一丝力量。

沙棠跑得急,来到温聿怀身前,便立马握住他冰凉的手,想要将力量还回去,却没用。

"为什么还不回去?"沙棠止不住地颤抖,望着神色惨白、虚弱无比的温聿怀,很害怕他就这么死了。

"你还回去做什么?"云琼站在火圈外,气急败坏地道,"我要你动手杀了他!"

"我不想杀他!"沙棠难得拔高音量回道,却满是颤音。

这声音颤抖,却又清楚地传入温聿怀耳里,化作不知名的力量,盈满他的胸腔。

"不想杀他?你凭什么不杀他?"云琼气得额角抽搐,恨不得抓着沙棠的手去掐温聿怀的脖子,话也说得越发尖锐,"他生下来就该死,他是灾星,他死了是因为他命不好,是他该认命去死,你怕什么!你还想不想救人了?"

沙棠被云琼说得满脸煞白,抓着温聿怀的手抖得厉害,她好像也被这些话刺痛了。

二夫人说的是温聿怀,可落在沙棠耳里,像是在说她。

她是灾星。

她就该认命。

她该去死。

可是——

沙棠想起她站在船尾看海上夕阳的一幕。

若是没有见过就好了。

见过后,她便无法接受自己的命运。

"我不想认命,"沙棠颤抖着声音说,她紧紧地抓着温聿怀的手,"也不要他死。"

云琼眼睁睁望着那个柔弱不堪的姑娘咬着牙,一点点将温聿怀扶起,像是要将他带走。

"你站住!"云琼再难忍下去,冲上前去,狠声道,"我要你杀了他!"

云琼去抓沙棠,被沙棠抬手挥开。温聿怀的力量附在她身上,如此一挥,倒是将云琼轻易击飞,还将石墙也震碎。

沙棠愣了愣。

云琼刚站稳身子,就感觉脚下地动山摇,妖兽的鸣叫声从后方传来,她脸色一变,回头看去,只见一张血盆大口从破碎的石墙中伸出。

这本就是温家关押妖兽的地方。

云琼也没想到沙棠这么一挥,就把石墙震碎了,把下方关押的妖兽石猿给放出来了。

发狂的石猿撞击着石墙,尾巴在石屋内横扫。它先看见的云琼,便发了疯地朝云琼攻击,引来云琼尖声喊叫:"祝星!

"温聿怀!

"你们回来!"

沙棠艰难地带着温聿怀朝外逃去。石猿撞击石墙引来地动山摇,让她走得无比艰难,几次摔倒在地,被掉下来的碎石砸得头破血流。

她不知道怎么把力量还给温聿怀,心还乱着。

看见石猿的出现,沙棠不免想起父亲曾和其他仙士的谈话。

她的灾星命格,就是让可能会发生的坏事,变作一定会发生。

沙棠不敢回头,也不敢停下。她一路跌跌撞撞,带着温聿怀走出铁门没多远就摔倒在地,顺着山坡滚去。

离开法阵的温聿怀恢复了点力气,在翻滚中抓着沙棠按在怀里。

他们从冰冷的雪坡滚到靠近石壁的青草地里。

停下来后,沙棠趴在温聿怀胸前。她焦急地起身,抓着他的手没放,却感觉他身体越发冰冷。望着青年苍白的脸,沙棠忍不住红了眼,颤声道:"温聿怀……你别死。"

温聿怀听出了她话里的哭腔。

沙棠说:"我把力量还给你,你不要死。"

她不想害死他的。

她也很感激他让自己在船尾待了一个时辰。

沙棠只念着不要死,没能发现青年平静的胸膛,似乎传来一点微弱的响动。

那颗刻着"闻今瑶"三个字的心脏,在层层封印的束缚下,拼了命地回应她。

沙棠终于想起那支金钗,她伸手摸索着头发,将头上的金钗拔下来放进温聿怀手里。

两人的双手紧紧交握,金钗上的血色褪去,被同心咒夺去的力量顷刻间回归温聿怀体内。

温聿怀睁开眼,看见一张哭泣的脸。

他想,自己应该一辈子都忘不了这幕。

泪水从眼眶溢出,顺着被风雪冻冷的脸颊滑落,少女双眼微红,却只满心注视着他,无比虔诚地祈祷着他不要死。

温聿怀坐起身,手里还攥着那支金钗。他望着沙棠盈满泪水的眼眸,手指微动,还没能伸出手为她擦拭脸上的泪水,就听见后方的异样。

石猿跑出来了。

它正发疯地朝两人跑来,要报复关押它的人。

温聿怀浅色的眸子中戾气横生,他哑着嗓子说:"你在这儿等着。"

沙棠的目光随着温聿怀起身而移动,微仰着头看他转身朝石猿走去。

石猿庞大的身躯像是一座小山,它朝温聿怀发狂吼叫,怒吼声将四周雪花都震飞。

温聿怀拿着那支金钗,站在几步远的距离停下,等着石猿送上门来。

此刻心脏跳动,血液沸腾。

沙棠见到温聿怀将石猿一击毙命的一幕才回过神来,见鲜血四溅,染红还未坠落消逝的飞雪,她才低下头去,看了看自己还在发颤的双手,上面也沾染了金钗退下的血色。

他没死。

沙棠抬头,神色执着地再次确认。

温聿怀从夜色中走来,浅色的琥珀眼瞳宛如明灯般为他照亮前路,找到去往少女身前的路。

他停在沙棠身前,金钗上的血珠坠落在草叶上,落在白色的小花上。

温聿怀垂眸，将金钗细细擦拭，把上面沾染的石猿血迹全数擦去，重新为沙棠戴上。

温聿怀将沙棠脸上的泪水擦掉，看着她发红的眼眶，久久凝视。

"哭什么？"他哑着声音问，却没了往日的冷淡。

沙棠目光怔怔地回："我怕你死了……怕我把你害死了。"

而且她已经没有哭了。

温聿怀低头看沙棠的手，那双手前不久还用力地抓着他，发着抖也不放。

他在沙棠身前蹲下身，抓过那双手，将掌心的血迹擦去。

沙棠闷声说："对不起，我不知道二夫人要杀你，我没有想杀你。"

她以为温聿怀晕过去了，什么都不知道，此时话里带着满腔歉意。

温聿怀望着她鲜血淋漓的双手，恍惚间，终于等到那个带他离开的人了。

"她要杀我，不是你的错。"温聿怀将她掌心的血色擦去，抬头望着懊恼的沙棠，牵着她站起身。

沙棠还有些腿软，随着他的牵引站起身，却也神奇地从中获得力量，逐渐平静下来。

她看着眼前的人，发现似乎有什么不一样了。

温聿怀望着她身上被碎石子砸出的伤痕和血迹，以灵力将其拭去，同时听见天上传来凤鸟啼鸣的声响。

本就黑沉的夜晚，因为众多凤鸟的到来，倒显得天上金闪闪一片。

因为石猿闹出的动静，以及温鸿感应到云琼的力量，众人急匆匆地从宴会场赶来。

温聿怀收回视线，压下所有情绪恢复冷静，低声对沙棠说："等会儿有人问你为什么在这儿，你就说是二夫人带你来的。"

沙棠看见越来越多的人来到雪谷，目光颤了颤，抬头望向温聿怀时，那瞬间的犹豫，又在他平静冷淡的眼神中被清除。

"好。"她鼓起勇气，点了点头。

温聿怀告诉沙棠等会儿该怎么应对其他人的询问，确认她能够应付后，才带着她往上面走去。

凤鸟飞落地面，从上面下来的温鸿神色阴沉地看了眼死去的石猿，大步朝山洞里走去。

身后跟着温家仙士们和伺候云琼的侍女们。

温雁风走在最后面，他看见死在外面的石猿时，挑了下眉，心中有几分不安，似乎今晚的事情没他想象的那么顺利。

他正要往山洞里走去，忽然瞧见夜色中，有两道身影从下方走了上来。

看清来人后，温雁风心中一沉。

温聿怀没死。

那云琼呢？

"二少爷！"跟来的仙士和侍女们也看见了从山坡下方走来的人，急忙招呼道，"祝小姐，可有看到二夫人？"

温聿怀上前一步，拦在沙棠身前，沉冷的目光扫过温雁风。

"聿怀，我听人说雪谷跑出妖兽，你来解决，怎么祝小姐和二夫人都在这边？"温雁风皱着眉头，目光审视地望着温聿怀，仿佛自己什么都不知道。

温聿怀嗤笑道："她被关在梧桐小院，我怎么知道是谁把她放出来的？"

温雁风又道："祝小姐从妖海回来受了伤，她这个做母亲的自然可以出来看望。"

温聿怀只冷淡又讥讽地看着他。

温雁风还想继续试探，余光瞥见从山洞里出来的温鸿。

温鸿抱着被石猿伤得浑身是血的云琼，她在温鸿怀里奄奄一息，似乎晕死过去了。

温鸿脸色奇差,像是暴怒,又极力隐忍,还有几分不易察觉的报复之意。他谁也没看,什么也没说,只抱着重伤濒死的云琼乘着凤鸟飞回梧桐小院。

温雁风脸色有瞬间的微妙,藏在袖中的手悄然握紧。

云琼没有如约将温聿怀解决,自己反倒快死了。

"把雪谷看住,不准再放任何一只妖兽出来。"温雁风冷声吩咐着,也乘着凤鸟追上去。

云琼若是死了,父亲说不定会疯。

温雁风蹙着眉头,余光朝后方的温聿怀和沙棠二人看去,心中有些后悔,早知云琼如此不靠谱,就该自己动手。

大殿宴场的宾客们还未散去,主人家却已离席。听说是后山有妖兽异动,宾客们也就并未多问,仍旧气氛融洽地推杯换盏谈天说地。

温鸿把人带回梧桐小院。这地方他已有多年没来,却无比熟悉,轻车熟路地将奄奄一息的云琼放回她的寝屋。

这一路温鸿都在向濒死的云琼输送灵力。她心脉被震碎,灵府也已破碎,已是必死的结局。

哪怕温鸿源源不断地给她输送灵力,也只起到回光返照的作用。

温鸿内心翻涌着复杂的情绪,连他自己都难以解释,到底是对这个女人仇恨的快意,还是心爱之人将死的痛意。

他坐在床边,紧紧抓着云琼的手,看她悠悠醒转,缓缓睁开眼,却是目光混浊。

云琼大抵也知道自己的状态不好,将死之人,原本明媚柔软的琥珀眼瞳,此刻盈满泪水,满是求生不舍之意。

她艰难地抬起手指,抓住了温鸿。

温鸿目光死死地盯着她,眼中生了血丝。

云琼快死了。

此刻温鸿并不想知道她为何去雪谷,又为什么放出了妖兽,是谁放她出的梧桐小院,又是谁解开她力量的封印。

温鸿发现自己只想问一个问题。

"聿怀……到底是谁的孩子?"

温鸿反手抓住云琼的手,力道之大,手背青筋鼓起,望着云琼的目光一瞬不移,生怕自己错过一丝一毫有用的信息。

云琼的泪水滑过眼角。她不敢相信,自己将死之际,眼前的男人关心的竟然是这个早已没有意义的问题!

温聿怀是谁的孩子重要吗?

反正是我的!

云琼心头憋着一口气,因回光返照显得清明的眼眸,露出怨恨和责怪的目光。

"告诉我,"温鸿近乎暴怒地低声质问,"他到底是谁的?"

云琼双唇颤抖,轻轻地张了张嘴,在温鸿暴怒又隐约期待的目光中,却只是轻扯嘴角露出一抹嘲讽的笑。

温鸿恨声道:"云琼!"

她怎么敢到死都不肯告诉他真相!

云琼却失去了所有力量,缓缓闭上眼。

她曾是青州神山的守山巫女,可以聆听来自神界的预言。

她在一次次预言中,预见自己会爱上温鸿,也预见自己会爱上温浔。

云琼是信命的。

可离开神山后,她就失去预言的能力了。

此刻,在神识消散天地间时,云琼最后一次预见了未来——

在阴森恐怖的弑仙台上,十二天州的仙士们畏惧着什么不敢靠近,却又将弑仙台团团围住,她认识的温家人、闻家人都在。

有人在弑仙台死去,引得天雷降临,那景象宛如灭世之景,让人们四散奔逃。

云琼的视线追逐人群,看到熟悉的身影。

看见那道孤身而立的人影,她竟忍不住想笑。

原来最后死的人还是你。

踏着夜色将沙棠送回偏殿的温聿怀，突然停住脚步，似有所感，回头看去。

侍女急匆匆地赶来，额上满是汗水，在他身前停下道："二夫人她……伤重去世了。"

温聿怀听见云琼的死讯，胸腔内却一片平静，没有像在雪谷时一样产生微弱的反应，这让他陷入沉默。

他微微低垂着头，没有看任何人，也没有说任何话，站在他身旁的沙棠甚至察觉不到他的呼吸，有那么一瞬间，青年似乎也陷入了死亡。

半晌后，侍女才听见温聿怀疏离冷淡的声音："知道了。"

侍女硬着头皮道："家主要您过去一趟。"

温聿怀侧目看身旁的沙棠。

她低垂着头，无比沮丧。不用问就知道，她又把今晚发生的事情算在自己头上。

温聿怀一把抓过沙棠的手，牵着她往前走。

沙棠愣了下，被力量牵扯着往前，此刻满脑子都是她害死了温聿怀的母亲。

"这事跟你没关系。"温聿怀冷淡的声音钻入她耳里，"她要杀我，是她自己害死了自己。"

沙棠："我……"

温聿怀忽然转身，她踉跄着要往后退，被温聿怀抓住。

"不是你的错。"温聿怀盯着她脆弱的眼眸，"如果你不能理解，我会一直重复这句话，直到你能听懂为止。"

沙棠听懂了他的意思，想到今晚云琼说的那些话，于是闭嘴，点点头，表示自己明白了。

温聿怀看见她进屋后才离开。

沙棠伸手抓着门框，朝离开的温聿怀说："你……你不要死。"

她的心还是七上八下。

连身为母亲的云琼都要杀他，那其他人呢？

云琼在雪谷的山洞里说的话，此刻一一回响在沙棠的脑海中，剔除代入自己的感受后，剩下的都是在说温聿怀。

温聿怀停下脚步，虽没有回头，却道："我不会死。"

沙棠目送他走远，伸手轻抚胸口，像是要让"咚咚"直跳的心脏安静片刻。

梧桐小院里跪了一地的人，他们不敢贸然进去打扰温鸿，将大殿那边的催促全部压下。

这时候谁敢去请温鸿回大殿享乐？

温雁风站在寝屋门前，没有进去。床幔因为之前温鸿的灵力震动而放下，隔绝了外面的世界。

温鸿侧坐在床边，双眼仍旧紧盯着已经死去的云琼，他再也无法从那双琥珀眼瞳中看见自己。

往事一幕幕浮现眼前，令他心绪起伏，爱与恨交织着盈满胸腔，想要寻找唯一的发泄口，却发现对方再也无法听见他的声音。

最后只剩下悲哀。

温雁风则感受不到任何悲哀。

他本就不喜云琼，认为云琼的存在是他的耻辱，对外一直都说自己的母亲早就死了。

二夫人是温聿怀的母亲，不是他的。

温鸿眼中布满血丝，像是疲惫劳累到了极点。他哑着嗓音说："聿怀为何还不来？"

温雁风刚要回答，就看见温聿怀走来，便道："他来了。"

温聿怀无视温雁风的存在，直接朝屋里走去。

他掀开床幔，来到床边，双眼无悲无喜地望着床上已经死去的人。

此刻的云琼终于不再是他记忆里装疯卖傻、歇斯底里的模样。

她安静的时候，竟是如此温柔美好。

温鸿沉声发问："她为何会去雪谷？"

温聿怀盯着云琼，回答："我到的时候，她已经在了。"

温鸿又问："地下的妖兽又为何会跑出来？"

温聿怀还没回答，外面突然有人急急忙忙跑来喊道："家主，不好了，关在雪谷地牢的人跑了！"

"云祟跑了？"温雁风蹙眉望着传信的人，"什么时候？"

"地牢的通道被破，不少妖兽都跑出来了。我们重新封印妖兽的时候，发现他趁乱离去。"传信的仙士垂首颤声道。

温雁风便回头对温鸿说："爹，看来是云祟在地牢动了手脚，放出妖兽才……"

温聿怀却打断他："是二夫人对我用了同心咒，争执中打破地牢的通道，才把妖兽放出来了。"

温雁风听得眉头一皱，心中冷笑。

"她对你用同心咒？"温鸿猛地抬头看去，近乎咬牙切齿道，"为何？"

温聿怀却道："二夫人情绪起伏不定，心思难猜，我也不知为何。"

温雁风又道："既然是同心咒，那祝星肯定也在。与你调换力量后，祝星便算计着打破地牢的通道，就是为了救人，看来今晚的事是祝星利用了二夫人。"

"少主知道的倒是挺多。"温聿怀话是对着温雁风说的，目光却在看云琼，"同心咒调换力量，我虚弱时，二夫人可是要祝星杀了我。"

温雁风笑道："聿怀，二夫人已经去世，你不该如此诬蔑……"

温聿怀却动了动眼珠，瞥了眼盯着自己的温鸿，轻声嘲道："她恨极了你。"

温鸿抓着云琼的手下意识地收紧。

温聿怀转而盯着温鸿，迎着他充满血丝的眼睛，不躲不避地说：

"恨你不信她，恨你将她关在地牢生活的日子，也恨你剥夺了她家主夫人的位置——"

温雁风不想让温聿怀多话，他已经猜到这心机深沉的影子要耍什么手段了，却在开口前被温鸿打断。

"那都是她应得的！"温鸿怒声道，"她若是不做出那种事来，为何会有今日这些报应！"

"所以她想报复你，于是决定杀了我，因为……我问她，我到底是谁的孩子。"温聿怀这才低垂了头，敛眸，语气也变得轻飘飘的，"她说——"

温鸿忽然发现，眼前的人能给出困扰了他十多年的心结答案。

站在门口的温雁风忽然听不见两人的声音，心道不好，迈步往前。

温聿怀低声说："她要杀了你的孩子，再告诉你，让你后悔。"

温鸿大脑"嗡"的一声，身体颤抖着看回云琼。

这个让他又爱又恨的女人。

云琼确实不会直接说温聿怀是谁的孩子，她的话总是如此模棱两可。

温聿怀的话，因为云琼死前那嘲讽又怨恨的目光，让温鸿信了八分。

"爹——"

温雁风上前，却听温鸿怒声喊道："都下去！"

温鸿死死盯着云琼，恨不得将她掐醒，要她好好跟自己解释，为什么，到底是为什么！

温聿怀倒是走得干脆。

温雁风神色顿了顿，略有不甘，却也知道不能在这时候惹恼温鸿，于是和温聿怀一起离开。

屋门被关上，温鸿盯着云琼，许久没有言语。

温聿怀步伐不停地往外走，温雁风跟在后面，冷声道："温聿怀，你是算准了云琼死无对证，才敢说那些胡话吧。等爹清醒过来，你以为他会相信吗?"

　　温鸿会信的。

　　这个男人,比他自己想象的还要在乎云琼。

　　可惜这位看不起云琼的温家少主还不知道。

　　温聿怀此刻懒得跟温雁风废话,也没心思与对方算账,这会儿他脑子里都在想云崇从地牢逃出来的消息。

　　云崇肯定会去找祝星。

　　祝星若是见到云崇,一定会随云崇离开。

　　也许她根本就不是祝星,却对云崇如此在意,所以她会走的。

　　哪怕她前不久还颤抖地抓着他的手,为他哭泣。

　　温聿怀脚下越走越快,最后直接使用术法瞬影离去。温雁风跟在后面看得一愣,不明白他到底有什么事这么着急。

　　温聿怀一路遇到许多人,都是听闻消息朝梧桐小院赶来的人,他们认出他,正要行礼或者询问,却见一阵风掠过,人已去了很远的地方。

　　闻今瑶喊他:"二哥!"

　　或许是青年离去的速度太快,没能听见。

　　闻今瑶气鼓鼓地道:"今晚这是怎么了?一个个都来了又走,也不告诉我发生了什么事。"

　　直到她靠近梧桐小院,得知云琼死去的消息,惊得捂住嘴。

　　那个疯女人死了?

　　小青峰的偏殿门前无人看守,温聿怀回来时,看着空无一人的大殿,皱了下眉头,继续往里走。

　　越是靠近后方寝屋,温聿怀赶路的速度越发慢。

　　他走过长廊的转角,看见站在檐下抬头打量天色的纤弱身影,这才顿住脚步,紧皱的眉头不自觉地舒展开。

　　心中的浮尘终于落定。

沙棠没有在屋里等着。

她心绪难安,便来到门外的屋檐下,一眼就能看见是否有人回来。

可前不久她看见天上燃起一束熟悉的烟花,是飞玄州独有的信号烟花,云祟师兄没事时常常放给她看。

他说反正这玩意漂亮,没事的时候也能放着玩。

为此还总是被师尊宋长静训斥。

在青州应该没人会放飞玄州的信号烟花。

是云祟师兄吗?

沙棠想起从雪谷里跑出来的妖兽,她因为同心咒获得力量,那一挥手,似乎破坏了地牢,这才放出了关在下面的妖兽。

那同样被关在下边的云祟师兄,是不是也找到机会逃出来了?

沙棠一时陷入迷茫,察觉有异样才回过神来,扭头看去,见到熟悉的身影突然出现在转角。

身披夜色的青年静立原地。

沙棠稍微打起精神来:"你回来了?"

这一句话让温聿怀顿了顿,下意识地回应一声:"嗯。"

沙棠鼓起勇气问道:"二夫人她……"

"死了。"温聿怀说。

沙棠低下头。

见温聿怀往前走,沙棠绞尽脑汁才憋出一句:"你、你节哀。"

她实在是想不出什么安慰人的话来,甚至不知道自己是否想要"安慰"温聿怀,只觉得自己应该说点什么。

说完,她甚至不敢抬头看温聿怀是何神色。

他其实并没有怪罪自己。

明明是她放出了妖兽,害死了二夫人。

也许是因为他们母子关系本就不好。

沙棠止不住地会去想这些,一时半会儿也改不了。

温聿怀也不奢望被人安慰这种事,更不觉得沙棠擅长这种事,这三个字听完就算了。

"为什么站在外面？"他低声问。

"我想等等看你什么时候回来。"沙棠的思绪被问话打断，又想起另一件事，抬起头来，"我刚才看见飞玄州的信号烟花，雪谷的妖兽跑出来了，那……云崇会不会也出来了？"

她望着他的目光如此纯粹，纯粹关心着另一个人的安危。

温聿怀本该嘲笑沙棠的愚蠢，却又沉溺在被她信任的感觉中无法拒绝。

她已经比第一次见到自己的时候要主动许多了，不再因为害怕而躲闪的目光，停留在他身上的时间也越来越久。

这个女人好像……越来越听话了。

"没有，"温聿怀听见自己无比冷静地说，"只是妖兽跑出来了。"

"是吗？"沙棠有些迷茫。

"进去休息。"温聿怀不愿多谈这件事。他第一次主动转开对视，往屋里走去。

沙棠没有多想地跟在他身后。

温聿怀余光瞥见沙棠没有犹豫就跟上来的身影，心中的阴郁似乎也散了几分。

屋中烛火昏黄，平添暖意。

温聿怀一如既往地守在窗边，一偏头就能看见床上的动静。

沙棠坐在床边看着他，目光怔了怔，心中疑惑。

这已经不是在船上了。

偏殿应该还有许多空余的房间，可以供他休息。

沙棠望着青年冷淡疏离的侧脸，却没敢把心中的疑惑说出来，只怯生生地问了句："你要睡床吗？你今日……"

应该很累吧。

温聿怀回头看过来。

他盯着沙棠明显疲惫的脸,"困倦"两个字已经写在她脸上,却强撑着询问,不敢随意决定自己是否应该休息。

"你在祝家也这样?"温聿怀淡声问她,"连是否要休息也需要过问他人?"

沙棠摇摇头,低声解释:"因为这是你的家、你的房间。"

不是我的。

温聿怀听得眉头皱起,却又明白她的意思,便道:"这已经是你的房间,你想如何就如何,不必过问我。"

沙棠一手按在被褥上,手指轻轻摩挲着,低头看了一会儿。

在这突然的安静中,两个人都在犹豫该如何开口。

"为什么救我?"

温聿怀先开口,目光晦涩难明,却牢牢地盯着低头的沙棠。

沙棠五指微弯,惊讶地抬头看去:"……这算救你吗?"

温聿怀蹙眉:"如何不算?"

"我不想杀你,也不想你死……就只是不想。"沙棠有些苦恼地蹙眉,她虽然抬起头,却避开了对视,也避开了最重要的想法,低声说,"我不知道二夫人和其他人为何会对你不好,可我觉得你很好、很厉害,比起青州的其他人……我更喜欢你。"

我更喜欢你。

温聿怀不知为何只记住了这句话。

他望着沙棠昏昏欲睡却强撑精神的脸,在心中判断她说的话是真是假。

沙棠今晚有种劫后余生的感觉,温聿怀的平静和冷淡让她感到熟悉的可靠与安宁,那不可言说的灾星命格,让她忍不住想与这个人变得更亲近些,倾诉欲因此攀升。

人总是会追求归属感。

尤其是像她这种过于特殊的异类。

"我……因为身体的原因,总是待在家里,不能出远门,甚至不能离开祝家，总是在屋里关着，所以很多东西都没听过、没见过。"

沙棠低垂着目光，看被褥上的花纹："来青州时，我不敢掀开车帘看外面的世界，因为很害怕。那天晚上，是我第一次见到赢鱼这样的妖兽，也是第一次见到你戴着奇怪的面具，就好像是……第一次来到了外面的世界，而你就是我来到外面的世界后，见到的第一个人。"

她强调了几个第一次，每一次都像是巨石落地般敲打在温聿怀耳边。

沙棠说："因为我……很倒霉，所以被人讨厌也是理所应当的，被人讨厌以后，被打被骂也是应该的。"

温聿怀声音冷冽道："谁这么教你的？"

"没有人教我。"沙棠摇摇头，努力解释，"……事实就是这样的。"

温聿怀起身朝她走去："我之前跟你说的，你都忘记了？"

青年神色阴沉，突然覆盖而来的阴影让沙棠抬头看去。温聿怀走到床边，看见她水润明亮的眼眸，周身的压迫感才悄无声息地撤去。

沙棠张了张嘴，许多话说得容易，可它们并没有用，说一千遍、一万遍也没有用。

"闻小姐说你会杀了我，或者让我断手断脚时，我也很害怕。"沙棠迎着温聿怀的目光，没有躲避，鼓起勇气说，"可我又总是觉得……你不会这么做的，虽然不知为何，却毫无理由地相信着。"

她很艰难地表达自己的意思。

因为从未与他人如此交谈过，沙棠怕自己没能表达清楚，却没时间思考太久，说得断断续续。

"应该说……比起闻小姐，我更相信你。"沙棠不自觉地蹙着眉头，想要将自己的意思表达得更清楚、贴切。

"所以你说不会杀我，说我运气好，还让我一个人在那儿待一个时辰，能够看见那样的景色……我真的十分感谢，而你也……真的很好。"

在温聿怀目不转睛的紧盯下，沙棠越说越艰难，忍不住抬手比画了一下："你真的很好，我不想你死。"

温聿怀又往前一步，衣衫贴着她屈起的膝盖，垂首盯着她，低着嗓音问："什么样才算作'好'，你说的这些就足够了吗？"

沙棠被问得呆住，懵懵懂懂地点头。

她其实也不知道，只是凭借此时的心和感觉在艰难地描述。

沙棠甚至不清楚，为何能够真心地夸赞、祝福别人，却无法对自己说呢？

温聿怀陷入沉默。

沙棠在等待中陷入困倦，几次差点以头点地，最后一次往前点去时，便磕到温聿怀身上。或许是怕她摔倒，温聿怀立马抬手护着。

眼前的人没有躲闪，仍旧静默地站立着，任由她低头靠着，护在她脑后的手动作轻柔，令人心安。

屋中静悄悄的，谁也没有说话，沙棠便如此睡去。

过了许久，察觉身前的人已经睡着后，温聿怀才将她放倒在床上。

温家的二夫人去世，葬礼举行了好几日。

人们之前以为温家家主不喜这位夫人，可她死后，葬礼的排场规格却全部按照家主夫人的身份来办。

温家刚办喜事，就接丧事，也不知是哪里来的传言，说温家招惹了灾星，这才变得倒霉。

温雁风着手处理这些流言蜚语，不让它们传到温鸿耳里，再招他生气。

温鸿这两天仿佛苍老了几十岁一样，总是盯着云琼的灵位不言不语。

他把人们都赶出去，在殿外祭拜，只留自己一个人在灵堂内守着。

沙棠第二天就在殿外远远地祭拜过，温鸿冷眼扫过她，让她进大殿里，单独谈过一会儿。

无非是询问在雪谷里云琼都说过些什么。

人死后，温鸿反而无比在意云琼都做过什么、说过什么，是何表情，又是何用意。

沙棠按照温聿怀教的回答，温鸿听完后似乎没有多疑，挥挥手让她离开。

温鸿并不喜欢这个看起来柔弱无用的少女，更别谈她还是祝廷维的女儿。

他望着云琼的灵位，偶尔会想起温聿怀，想起温聿怀和云琼一样的浅色琥珀眼瞳。如今每次看见这个小儿子，他就会想起这些年的种种。

心绪难明。

温聿怀最近早出晚归。每次他回小青峰偏殿的时候，沙棠都已经睡下了，但察觉到动静，还是会迷迷糊糊醒来看一看，发现是熟悉的人才又睡下。

等她早上醒来，又不见温聿怀的踪影。

最近所有人都在谈论温家二夫人和温家家主的事，倒是没什么人来找沙棠的麻烦。

沙棠按照规矩，早起后去大殿，在门外祭拜。

这已经是第五天了。

这天她遇见了闻今瑶，闻今瑶恰巧无聊，等沙棠祭拜结束后，便挽着她的胳膊把人拉到一旁。

闻今瑶说："二嫂嫂，听说那位叫云祟的仙士已经从雪谷逃出去了，他没来找你吗？"

沙棠听得呆住。

云祟师兄逃出去了吗？

闻今瑶见沙棠一脸震惊，纳闷道："二哥没告诉你吗？"

沙棠说："我、我不知道。"

"早在雪谷出事的第一天他就逃出去了，这会儿还不知道藏在哪儿，他肯定会来找你的吧？"闻今瑶抓着她的手，笑眯眯地说，"二嫂嫂，他可能对我们有些误会，如今我们已经是一家人了，云祟来了，就是青州温家的客人，我们肯定不会对他怎么样的。再说，温伯伯肯定也想找他问问，当时雪谷究竟是什么情况。"

沙棠轻声说："家主不是已经知道了吗？"

闻今瑶笑道："既然云祟也在，肯定也要问一问啊。"

沙棠听得不解："是不相信温聿怀吗？"

闻今瑶愣了下，有点不悦道："你怎么直呼二哥的名字，还有，温伯伯怎么会不相信二哥！"

沙棠被她凶巴巴的语气一通吼，顿时没了再对话的勇气，低下头去说："我先回去了。"

"哎！"闻今瑶又抓住她，沙棠侧身看回去，听对方又道，"若是云祟来找你，你可一定要告诉二哥，知道了吗？"

沙棠点头，"嗯"了一声。

闻今瑶却有些怀疑道："你可不能骗我。"

沙棠说"不会的"，挣脱她的手，快步离去。

身边跟着温家的侍女，虽然没有必要的时候不会开口，可沙棠去哪儿，侍女也就跟到哪儿，根本不给她独自待着的机会。

沙棠有些疑惑地往回走。

那天晚上，温聿怀不是说云祟没有逃出来吗？

他是不知道吗？

应该是不知道吧，毕竟那天他也很累。

沙棠没有多想温聿怀为何不告诉自己，思绪很快就转移到云祟逃出温家的事上。

不知师兄是否平安。

云祟师兄若是逃出去了，肯定会知道阿姐嫁来青州的消息。他会不会因为这事误会，以为在温家的是阿姐，所以不会回飞玄州，会想办法进温家来找她？

沙棠一想到这点，就心慌，浑身发冷，没法安心。

回到偏殿后，沙棠还是惦记这事，想问侍女温聿怀在哪儿，又怕侍女是温雁风的人。

上次温聿怀杀春尧的一幕让沙棠印象深刻。

闻今瑶认为沙棠是个没什么见识的傻子，性格软弱，没有脾气，脑子也不太好使，所以很多话都敢和她说。

沙棠听她念叨多了，对温家的一些事也有所了解。

这天晚上沙棠强撑着没有睡着，在等温聿怀过来。

夜半时，屋外有人影晃动，似乎是瞧见里面的灯还没熄，有点意外，步伐也加快了些。

温聿怀推开门，看见坐在床边等着自己的沙棠。

沙棠见到他后，眸光微亮，让温聿怀收在衣袖中的手指轻轻一颤。

"你为何还不休息？"温聿怀反手关了门，淡声问道。

沙棠已经很困了，她揉了揉眼，还是打起精神道："今日闻小姐跟我说，云崇在二夫人去世那天晚上，从雪谷逃出去了。"

温聿怀目光盯着她，不躲不避，袖中的手指轻轻摩挲着，刚低垂眼眸，又听沙棠问："你是不是还不知道这件事？"

"我知道，只是没告诉你。"温聿怀冷淡道，重新抬眼看她。

沙棠却只是眨了眨眼。

温聿怀没在她脸上瞧见厌恶、害怕之色，心中不自觉地松了松，同时厌恶闻今瑶这个坏事精。

沙棠从一开始就知道温聿怀不会帮自己救云崇，之前好几次她提起与云崇相关的事，都被温聿怀冷声驳回，他的态度早已明确。

所以她也不会觉得温聿怀不告诉自己有什么不对劲。

可沙棠除了温聿怀，也没有旁的人能问和云崇有关的事，所以此刻她继续说道："你可以告诉我，云崇现在在哪里吗？"

青州是温家的地盘，温家想要在青州抓一个人，很容易。

如果云崇师兄知道阿姐嫁到温家来了，他肯定不会离开青州的，而是藏起来，等着机会来救阿姐。

温聿怀神色淡漠道:"他藏得很好,无人知晓他在哪儿。"

沙棠紧张的神情这才缓和。

温聿怀觉得有几分碍眼,他没等沙棠继续发问,往前走去时,沉声问道:"你想离开?"

"我吗?"沙棠被问得疑惑,"离开去哪儿?"

温聿怀脚步一顿,少女迷茫的神色不像是装出来的。

她也装不出来。

温聿怀放缓了语气:"云祟也许会回来带你走,你不想和他离开吗?"

沙棠摇摇头。

温聿怀紧盯着她:"真的不愿?"

和师兄离开的话,会连累他的。

何况师兄能带她去哪儿呢?

师兄要回飞玄州,要回到阿姐的身边。

阿姐不想见到她,父亲也不想见到她,所以她不该回去。

沙棠低下头去:"哪怕云祟真的来了……我也不会和他走的。"

温聿怀走到她身前,伸手勾着她下巴,让她抬头和自己对视。

"为何?"温聿怀低笑道,"你不是喜欢他吗?"

沙棠在如此近的距离看这双浅色的琥珀眼瞳,却没能从那里看见丝毫笑意,它总是如此冷淡,拒人千里,仿佛谁也走不进这漂亮的眼眸里。

沙棠想起二夫人在雪谷里说的那些话,温聿怀听了肯定是误会了,所以轻轻摇头,解释道:"不是的,我喜欢的人不是他。"

温聿怀冰凉的手指贴着她温热的肌肤,稍稍用力,听了这话,不假思索又问:"那你喜欢的人是谁?"

沙棠被问得愣住,眼中浮现出温聿怀熟悉的迷茫和不解。

喜欢的人?

父亲?

阿姐？

不是，她怕他们。

沙棠在这瞬间忽然明白，原来这世上，没有她喜欢的人。

温聿怀看见她乌黑明亮的眼中映着的自己，这才回过神来，眉头微皱，感觉自己做了蠢事，松开手直起身要走，却被沙棠抓住了衣袖。

他瞥了眼沙棠抓着自己衣袖的手，没动。

"我不会跟云崇走的，若是你抓住了他……可不可以不要杀他，放他离开？"沙棠仰着脸看他，因为不确定温聿怀是否会答应，所以话也说得犹豫。

温聿怀侧过身，居高临下地看她："你也不想云崇死吗？"

沙棠点点头。

她甚至没有去想，温聿怀为什么要问"也"。

温聿怀的想法瞬间变得恶劣。

他想说那你就替云崇祈祷，祈祷他别被我找到，否则必死无疑。

可沙棠若是真的每日为云崇虔诚祈祷，他又会觉得碍眼。

温聿怀的喉结动了动，他伸出另一只手，轻轻将沙棠抓着他衣袖的手托在掌心，又朝坐在床边的沙棠蹲下身，换他仰首望着沙棠："你若是能诚实回答我一个问题，我就答应你。"

沙棠满脸认真地点头："好。"

温聿怀盯着她，那恶劣的笑意在眼眸中一闪而过："你是祝廷维的女儿祝星吗？"

沙棠的手被温聿怀托在掌心，因为突然受惊，她指尖的温度反而攀升了，紧张之下生了汗意。

她低头垂眸，可蹲在身前的温聿怀仍旧能将她的目光和神情看得一清二楚。

温聿怀早就知道她会逃避。

"我是。"沙棠鼓起勇气，重新抬头看着温聿怀说。

温聿怀松开她的手，却轻抚上沙棠冰凉的脸颊，拇指轻轻摩挲着她逐渐褪去血色的肌肤，指腹往上，轻擦过她眼尾的泪痣。

青年望着沙棠紧张的模样，盯着她轻耸鼻尖的小动作，却忽而笑了。

"我不会杀的人是你，"温聿怀起身时说，"也只有你。"

他放下收起的床帐，望着那鲜红的床幔散落，将两人隔开，淡声道："休息吧。"

沙棠仰着头，目光怔怔地望着帐外的人。

温聿怀站在窗边，目光盯着床榻，他的视线透过床帐看见安睡的沙棠。

这两天他忙着找与闇雷镜和玄女咒相关的消息，早出晚归。

好在温雁风和闻今瑶都因为云琼的事，没时间和机会来找她麻烦。

温雁风下令要将云祟找出来，那整个青州都会听话帮忙，这种小事还不至于让他亲自动手。

云祟身上有伤，又是在他不熟悉的地方，躲不了多久就会被抓回来的。

若是云祟被抓到，闻今瑶等人就该来找她麻烦了。

温聿怀低垂视线，闻今瑶对他来说也是个必须解决的麻烦。

温鸿的心绪被温聿怀的话扰乱，云琼死了，对云琼的复杂情绪极有可能转移到他身上。

温鸿耿耿于怀的点，就是温聿怀到底是谁的儿子。

如果温聿怀就是他的儿子呢？

至少温鸿的一时心软，就能给温聿怀争取更多的时间。

温聿怀瞥了眼自己的胸口，又看回床榻，望着早已熟睡的人，陷入沉默。

第七章
天外

在快要天亮时，沙棠做了个不算好的梦。

梦里云崇师兄带着她从小青峰逃走，山道又险又长，师兄看起来又急又怒。

可她不觉得开心，甚至充满迷茫，不知该去往何处。

心里有个声音在问她：你要回飞玄州吗？

要回去吗？

不想回去的吧。

在沙棠想要停下来时，却看见站在山道尽头的身影。

那人的眼眸无悲无喜，朝着云崇师兄抬手，立刻就有数道剑气飞射而来。

沙棠被吓醒了。

她坐起身还心有余悸，一抬头，发现窗外已有亮光，而平日早已离开的人，这会儿竟然还在。

温聿怀眉头微蹙一瞬，打量着明显被吓醒的人，许是一夜未睡，又沉默许久，再开口时，嗓音低沉："梦到什么了？"

沙棠刚醒，脑子还有些蒙，被这声音蛊惑，便呆呆地如实相告：

"我梦到你杀了云崇……"

真是日有所思，夜有所梦。

温聿怀低声浅笑，神情却冷淡无比。

"他对你很重要？"温聿怀问。

沙棠顺着他的话思考，重要吗？

不是很确定，于是沙棠问道："怎么样才算是重要？"

温聿怀可不打算告诉她答案，而是直接定义："那就是不重要。"

沙棠抓着被褥，也没敢反驳。

"你少去想不重要的人和事，多想想你自己。"靠着窗边的温聿怀直起身，往外走去。

沙棠伸手掀开床帐，看了一眼走远的人。

她揉揉眼睛，打起精神来，下床洗漱、穿衣。没一会儿，侍女就进屋来帮忙。

沙棠收拾好后，来到庭院中。晨间清冷，池边的花树应是受了风雨，落了满池落花。

她站在池岸边，看了一会儿，开始思考温聿怀离开时说的话。

多想想自己？

可是应该想什么呢？

沙棠忍不住抬头看了看满是阴霾的天空，陷入茫然与不解。

她就坐在庭院中思考着，还没思考出什么来，转眼就入夜了。天色刚黑没多久，侍女就急匆匆跑来说："祝小姐，闻小姐来了。"

沙棠刚站起身，就看见闻今瑶笑盈盈地从游廊走来，挥着手招呼她道："二嫂嫂！那位云崇仙士已经被找到啦！"

师兄？

沙棠听得心跳都停了。

闻今瑶跑到她身前，抓过她的手就要往外带："二嫂嫂，快跟我一起过去看看，二哥他们都在那边等着呢。云崇想来温家看二嫂嫂，大大方方来就好了，干吗要偷偷摸摸的？被守卫发现，还被打了一顿。"

"他受伤了吗?"沙棠担忧道。

"还好啦!"闻今瑶看起来很开心,"死不了的,不用担心,咱们亲自过去看看吧!"

沙棠昨天才知道云祟逃出雪谷的事,今天他人就被抓到了,心中不免有些忐忑。

若是不让师兄见到自己,他就不知道嫁到青州来的并非阿姐。

可去见了师兄,沙棠又怕他生气发怒后,拆穿自己并非祝星的事。

沙棠还没想好对策,就已经被闻今瑶带到了温家山门前。

山门前夜灯明亮,两侧站着不少肃容的温家仙士,沙棠看见中间有一道熟悉的身影被阵法困住,跪在地上直不起腰来。

腰间佩剑的温家少主正站在跪着的金袍青年身前,微微笑道:"如今祝小姐已是温家的人,需要她亲自来确认,你并非恶意闯入温家才行。"

"雁风哥哥!"闻今瑶老远就喊道,"我把二嫂嫂带过来了!"

这一声把山门前所有人的视线都吸引了过去。

跪在地上的青年身子一颤,按在地面的双手指节泛白,颤抖着身子也要抬头朝前方走来的人看去。

如此固执又倔强。

站在旁侧的温聿怀随意地扫了眼跪在地上的云祟,见他拼尽全力想要直起腰,抬起头去看看来人,不顾一切也要做到的执着劲。

也许对云祟来说,祝星很重要。

温聿怀冷眼旁观着。

沙棠快步往前走去,竟越过了闻今瑶。闻今瑶惊讶地看着从身边走过的人,随后"扑哧"笑道:"二嫂嫂,你别着急啊!"

"祝小姐,"温雁风轻声道,"你且看看,这位是否就是宋仙君的徒弟,来自祝家的仙士云祟?"

沙棠望着跪在眼前的人,白净的脸变得脏污,衣衫被剑气波及,变得破破烂烂，不规则的血迹贴在他清瘦的脸颊，往日意气风发的少年郎这会儿无比落魄。

一句"师兄"到了嘴边又被吞了回去，沙棠目光不忍，轻声道："是他。"

这声音令云崟身子一颤。他艰难地抬头看去，猩红的眼震惊地望着站在前方的纤弱身影。

少女不像她的阿姐那般弱不禁风，总是怯怯地站在角落，低头安静地听人们说话。

她渴望被人看到，又害怕被人看见。

云崟看见沙棠的瞬间，脑海里浮现与她相处的点点滴滴，回忆掠过极快，像是生怕他看清一般。

望着少女平静又充满怯意的眼眸，云崟便想到了许多可能，明白这是怎么回事，在短暂的震惊过后，接着便松了口气。

温聿怀望着突然卸去悲伤和执着的云崟，将他突然放松的情绪也收在眼底，浅色的眸子没什么变化，依旧冷淡，在这份冷漠之下却生了几分杀意。

沙棠不知该怎么处理眼前的情况，下意识地朝温聿怀看去。

"祝小姐，"温雁风在身后唤她，"这位小仙士偷闯温家，才造成了现在的误会。既然你已为他证明身份，那就算解除误会了。"

沙棠这才转身朝温雁风看去，垂首道："多谢少主。"

温雁风挥手撤了阵法，云崟彻底松了口气，再无力支撑，倒在地上。

沙棠刚想过去看看他，就被走到身前的温聿怀拦住，冷若冰霜的气息让沙棠停下动作。

"回去。"温聿怀说。

温雁风笑道："聿怀，你拦祝小姐作甚？她好不容易才见到一个娘家人。"

"就是啊！二嫂嫂在青州一个认识的人都没有，二哥你干吗啦！"

闻今瑶上前打算把温聿怀拉开,却发现根本拽不动,疑惑地抬头看去。

温聿怀的视线越过沙棠,扫向温雁风:"我刚失去重要的母亲,看不得别人在我面前开开心心地见娘家人。"

他阴冷的话语令人听得胆寒。

闻今瑶下意识地松了手,有点怕。她倒是没想到二夫人死了,对温聿怀的影响竟这么大。

但仔细想想又觉得很有可能,毕竟从前二哥就对那个疯女人打不还手骂不还口的。

闻今瑶朝温雁风俏皮地吐了吐舌头,退开几步,表示自己也没办法了。

温雁风还没发话,倒在地上的云祟咳嗽两声,虚弱地嘲讽道:"堂堂温家二少爷,心胸竟如此狭隘。她怎么说也是飞玄州祝家的大小姐,哪能让你如此欺负?"

"她受的欺负只多不少,怎么,不服气?"温聿怀回身朝倒在地上的青年看去,那讥讽的语气和神态,令云祟看得牙痒。

而温聿怀审视的目光落在云祟身上,发现他和那些让沙棠扮作祝星嫁到青州来的人是一样的。

祝家的人,既然能要她代替祝星出嫁,就还敢对她提出更多的要求。让这个废物与她接触,还不知会提出些什么无理又伤人的要求来。

杀人放火也不是没可能。

然而,这些事她可做不来。

温聿怀不想让云祟这个废物给她带来更多麻烦。

"好了,聿怀,你少说两句吧,祝小姐还在看着,你也不怕她吓到。"温雁风无奈,上前对沙棠说,"祝小姐,二夫人去世一事,确实对聿怀造成了不小的打击,他这才如此,你不必往心里去。"

沙棠低着头应了一声。

温雁风见她鼻尖微红,低着头似乖巧又委屈,柔弱可怜,心也随之软了几分,语气像是轻哄般:"那就先回去吧,云祟如今的状态也不好让你二人叙旧，等他多养几天——"

温聿怀迈步离去，沙棠看都没看温雁风一眼，急忙跟上。

温雁风眼睫轻颤，转头时神色一冷。

闻今瑶蹲下身，去打量虚弱的云崇。她单手支着脑袋，像是发现了新玩具般好奇，倒是没注意前面三人的动静，否则可要跟温雁风吃醋，疑神疑鬼了。

"长得倒是不错，难怪二嫂嫂这么惦记你。"闻今瑶"咯咯"笑着，微微弯腰凑近云崇道，"要不要我给你个机会？"

沙棠跟在温聿怀身后，走得有些急，抬头望着那道好似永远也追不上的身影，张了张嘴，还是没忍住出声问道："为什么？"

温聿怀放慢了脚步，让侍女退下。

侍女们低着头停在原地不动，默默等着二人走远。

入夜后到处都亮起灯火，却照不亮前方的假山石路。

两旁是假山搭建相连的石道，藤花缠绕，开出一簇簇紫色的小花垂落。

温聿怀没有回头，仍旧往前走着，只是话说得漫不经心，没了之前的冷淡："什么为什么？"

"我不会跟他走，我就是想看看他，让他平安离开。"沙棠说。

温聿怀仍旧没有回头，冷声笑着："你管他人的平安，那他们有想过你是否平安？"

沙棠听得愣住，脚步也停下。方才云崇的反应，也被沙棠看在眼里。

师兄应该很高兴吧，高兴嫁给温聿怀的不是阿姐祝星。

沙棠低头看着地面的落花，新鲜的、不新鲜的都有，最后都会悄无声息地消失吧。

她也会像这落花一样，在无人看见的时候，落在无人瞧见的地上，无人在意地消失死去。

如此，他人是否想过我平安，似乎也不重要。

温聿怀见身后的人没跟上来，这才停下脚步回头，看见沙棠低头站在原地，瞧着奄奄一息的模样，像是过不了多久就要死了。

假山石路中灯光黯淡，阴影众多。

温聿怀安静地等着她回话。

"我……本就活不长的。"沙棠继续垂眸盯着地面的落花，轻声说，"所以我是否平安……没有意义。"

温聿怀冷声重复："意义？"

"为何没有意义？"温聿怀不冷不热地道，"你若是死了，于我而言就是早年丧妻，你觉得我会希望这种事发生吗？"

沙棠被他说得惊讶不已，抬起头来，杏眸水润。

青年神色冷漠，看不出会有半分的丧妻之痛与不舍。沙棠怔了怔，却又顺着他的话，颤声道："你、你可以再娶。"

温聿怀的神色更冷："我不愿再娶。"

怎么会呢？

他不是喜欢闻小姐吗？

可青年的神色太冷，压迫感十足，让沙棠不敢再问，只低声道："那怎么办？"

温聿怀说："你不死就行。"

沙棠闷声道："我会死的。"

温聿怀皱着眉头，话中隐约带了戾气："我不让你死，你就死不了。"

沙棠目光怔怔地望着他，虽没说话，可眼中透露着"你做不到"的意思。

"你灵根不佳，虽然体弱，却也没到快病死的程度。"温聿怀迈步朝她走去，嗓音清冷，"祝家是用毒还是用咒控制了你？"

沙棠被他的话吓了一跳，连连摇头。

温聿怀已走到她身前。沙棠往后退了退，身后是凹凸不平的假山石，撞上去可要疼好一会儿。温聿怀伸手环在她肩后，把人往前一带。

沙棠被圈在温聿怀怀中，近到鼻尖快要贴着他胸膛的衣衫，却又微妙地留着最后的距离，断绝了旖旎的亲密。

胸腔内的声响近在耳旁，一声又一声，又慢又清晰。

"没有。"沙棠颤声答，有点怕温聿怀也听见，便低下头去。

"今日云祟见了你后，竟松了口气。"温聿怀也低头看她，话说得漫不经心，目光却紧紧盯着人。

沙棠沉默不语。

温聿怀又道："你如此担心在乎云祟的安危，他好不容易逃出去，又冒险回来。见到你之前，云祟恨不得杀了在场的所有人；见到你后，他反而卸了杀意。

"云祟可不像你，对飞玄州与青州的恩怨一无所知。他很清楚，与自己青梅竹马一起长大的祝星，嫁到温家来会遭遇什么。"

温聿怀环着她肩膀的手未收，让她稳住身形，继续说道："他在见到你之前，满心怨恨、愤怒，见了你后，反而……觉得庆幸。"

沙棠心头闷闷的，觉得这些话刺耳、难听。

温聿怀微微低头，凑近沙棠，低声道："因为他发现，嫁到青州温家来受苦的人不是祝星。"

青年的声音幽冷，宛如毒蛇吐芯："你为云祟提心吊胆、赴汤蹈火，他可不管你的死活。"

沙棠的双手收在衣袖中，紧紧抓着衣袖，掌心生了寒意，本就水润的眼眸，这会儿似蒙了一层雾，连视线都模糊。

她低着头，眼泪便猝不及防地夺眶而出，滴落在地。

沙棠也不知自己怎么了，就是觉得温聿怀说这些话听着令人难过。

温聿怀说的一字一句，都让她忍不住想起见到云祟师兄的那幕。师兄放松的肩背和姿态，在她脑海中怎么都挥之不去。

沙棠在心里告诉自己这是应该的，师兄又没做错什么，他本就不想看见阿姐嫁到青州来。

从前她也是这么认命的。

可这么想时,温聿怀的话和那双冷淡的眼眸也会一同出现,让她觉得自己好似做错了什么一样,越发难受,情绪憋在心头无法得到纾解,便让身体起了反应,眼酸鼻酸,哭得不能自已。

沙棠甚至不清楚闷在胸口的情绪叫"委屈"。

温聿怀见沙棠突然悄无声息地哭起来,皱起眉头,按在她肩头的力道加重几分,低声道:"哭什么?"

沙棠抓着衣袖擦脸,不敢抬头,眼泪止不住,自己也不知该如何才好。她紧咬着唇,不想出声,却觉得有一股气憋在胸口难以发泄。

温聿怀见她哭得厉害,死咬得下唇都出了血,也不敢吭声,护在她肩后的手往前一用力,把人按在怀里,手掌转而扣在她后脑,却只是顺着那冰凉的墨发轻抚一瞬。

算了,让她哭吧。

沙棠也不知自己哭了多久,在青年的怀里哭着呜咽了几声,有几分放肆,很快又因害怕而收敛,最后心神消耗,倒是睡过去了。

温聿怀将沙棠抱回偏殿,将她放在床上,看她睡去。

沙棠醒来时,发觉床边坐着人,睁开眼看了一会儿。温聿怀侧坐在床边,床帐已经放下,这次却没有将他隔绝在外。

"时间还早,"温聿怀瞥了她一眼,"你继续睡。"

沙棠眨了眨眼,确认眼前景色不是幻象后,才问:"你会告诉少主和闻小姐他们吗?"

她不是祝星这件事。

温聿怀倒是明白她的意思,淡声说:"不会。"

"真的吗?"沙棠话里充满怯意。

温聿怀嗤笑一声:"你也只能相信我。"

确实如此。

沙棠看着他,安静不语。

温聿怀被她盯着,也没有觉得不妥。彼此安静片刻后,他才漫声问道:"你之前哭,是因为云崇,还是因为我说的话?"

沙棠蹙眉思考一会儿后,才说:"你说的话。"

温聿怀转头看她:"不爱听?"

沙棠轻声说:"听了心口发闷,会想哭。"

那就是不爱听。

温聿怀听后,极轻地冷笑一声,别过眼去。

既然她不爱听,那他不再说就是。

沙棠是相信温聿怀的。

他说不会,那就是不会。

如此她心里才轻松些。

沙棠犹豫许久,快坚持不住要睡着时,才开口问道:"云崇会被放走吗?"

温聿怀看回她:"你想让云崇回飞玄州?"

沙棠点了点头。

"这样你的任务就完成了?"温聿怀又问。

沙棠顿了顿,觉得可以这么理解,又点点头。

温聿怀看了她良久,最后一言不发地转开视线。

沙棠第二天醒来时,没看见温聿怀。侍女守在屋外,听见里面的动静后,出声询问,得到许可才进屋来伺候。

昨晚哭过后,沙棠总算觉得好些了,能够平静接受云崇师兄的一切反应。

侍女跟沙棠说,今天是温家二夫人下葬的日子。

沙棠问:"我要去吗?"

侍女摇头:"二少爷不让你去。"

沙棠听后,反而松了口气,她也不想去。

两名侍女对视一眼,垂眸在心中叹息,认为这位少夫人可怜,一点也不讨少爷喜欢,连给二夫人送葬都不让去,摆明了不承认她的身份。

沙棠醒来,看见桌上放着不少书,之前没有的。见她神色疑惑,侍女解释道:"这是二少爷拿来的。"

等侍女们离开后,沙棠便坐在桌边,拿了一本书翻看着。

是她以前没读过的。

记录生长在六界的各种妖花奇草、妖魔两界的山川河流、人间的奇闻诡事等。

没一会儿沙棠就看入迷了,心神都投入书中的世界,难得安宁片刻。

快入夜时,沙棠看得有些累,枕着书趴在桌边睡着了。

外面的喧闹声将她唤醒,有些耳熟,像是闻今瑶的声音。沙棠揉着眼睛起身,房门"砰"的一声打开。

闻今瑶笑容灿烂:"二嫂嫂,你快出来看,快看我给你带谁来了。"

沙棠还有些蒙。

闻今瑶也不等她发问,直接就道:"我把云祟给你带来啦!今后他就在偏殿养伤,也方便你们二人叙旧。"

温聿怀会答应这种事吗?

沙棠第一反应是不相信的。她被闻今瑶抓着手往外带,看见游廊转角处与温雁风站在一起的云祟,才有了点实感。

温雁风正笑着和云祟说着什么,云祟捂嘴咳嗽着,身体看起来很不好,脸色也十分苍白。

两人听见动静,一起回头看过来。

云祟目光复杂地望着被闻今瑶牵着走的沙棠,低头咳嗽,一瞬间不敢与之对视。

"祝小姐,"温雁风笑道,"我让云祟仙士到此养伤,你们彼此也好有个照应。至于聿怀那儿,你不用担心。"

他认为自己把一切都安排好了,祝星就会感谢他。

"多谢少主。"沙棠跟他说得最多的话也是这句。

闻今瑶在旁高兴道:"这样多好啊!我也能经常来找二嫂嫂玩,云祟对飞玄州肯定比二嫂嫂了解得多,我有很多想问的呢。"

沙棠心虚,低着头没说话,总会想闻今瑶是不是发现了什么。

云祟在侍女的搀扶下进屋落座,沙棠也随之进屋。侍女退下,两人目光短暂地相接。

可惜屋门敞开,温雁风和闻今瑶就站在门口。

温雁风看似给这两人独处的时间,却又让他们无法忽视自己,只能把所有的真心话都吞回肚子里。

沙棠走到桌边,想给云祟倒一杯茶,却发现茶壶里没水,低声道:"我出去给你烧点茶水。"

闻今瑶拦住她:"二嫂嫂,这种事让侍女去做就好,你们许久不见,昨晚又被二哥阻拦,现在可以好好叙旧啦!"

侍女因此被屏退,温雁风对闻今瑶说:"天色也不早了,你去叫聿怀回来吧,虽然二夫人已经离开,但活着的人还得好好生活。"

"知道啦!"闻今瑶听话地离开。

人少了,沙棠也放松了些,她重新走到床边,看浑身是伤的云祟,不知为何,师兄却不敢抬头看她。

温雁风候在门外,并未进来。

沙棠五指抓着衣袖紧了紧,一时不知该说什么。

先开口的是云祟,他低着头,哑着嗓子问:"你……过得如何?"

按照温聿怀的话来说,她在温家常受欺负,过得不好。

按照沙棠的意思,温聿怀不打她,也不杀她,也不跟她争床睡,似乎又没什么不好。

沙棠不知如何回答,便反问道:"你过得如何?"

她一开口就自然而然地想到了更多:"我最初以为你在妖海,还去那边……"

"你去过妖海?"云祟突然抬起头来,怒火中烧,"温家竟然带你去那么危险的地方?"

"我只是去看看,也没有做什么,是我没用。"沙棠轻声说,"等你的伤养好后,就快些回去吧,父亲他们都在等着你。"

云崇见她目光清明,衬得自己宛如恶鬼,又狼狈地低下头去,放在膝上的五指紧握成拳,微微颤抖:"我会带你一起走的,我怎么能留你一个人在这里受苦!"

沙棠对这话也没什么期待,上前一步想再劝师兄,却被云崇抓住手,紧紧握着,力道之大,让她疼得皱起眉头。

"你放心,"云崇目光死死地盯着她,咬牙切齿道,"我一定会带你走的。"

沙棠苦恼地皱着眉头,目光担忧地望着云崇。

她见过温雁风使苍雷剑的模样,如今龙腹剑也在他手里,不说打不打得过温少主,就连温聿怀,师兄应该也是打不过的。

温家在青州势力之大,师兄也没办法抵抗,能平安离开青州都是幸运的。

"你先回去吧,不用管我,这样的话……我才会觉得自己能为祝家做点……"沙棠绞尽脑汁,才低声道,"好事。"

云崇气得咯血,抓着沙棠的手仍旧没放。

听见里面咯血的动静,门口的温雁风才快步进来,停在云崇身前,以灵力帮他稳住心脉,又对沙棠说:"祝小姐,他现在得休息静养,尽量避免气急和生悲。你先出去,我再为他疗伤试试。"

沙棠这才收回手,有些担心地看了一会儿,还是退出去了。

屋中只剩下云崇和温雁风二人。

云崇听说过温雁风这个人,对外,温雁风的形象一直是君子之风、温润如玉,哪怕两家对立,他也敬佩此人的能力和功绩。

如今温雁风又多次相救,云崇更没有立场去责怪怨恨他。

温雁风的灵力包裹他的伤口,抚平伤痛,云崇艰难地道:"多谢。"

"让祝小姐嫁过来这事,我也有些于心不忍,她在温家过得并不好。可聿怀为了在爹面前邀功表现,早早对外放话说他心悦祝家的小姐，表现得无比深情。"

温雁风叹道："话已经放出去，而且最初我也以为他对祝小姐是真心的，还想着若是结亲后，我们两家能否放下恩怨，重修于好。"

云崇捂着嘴轻咳一声，听温雁风说这些话，内心对温聿怀此人充满怨恨与不满，这种阴险狡诈、自私自利的小人！

温雁风看清云崇眼中对温聿怀的厌恶和仇恨，嘴角微弯。

温聿怀的名声如何，他才不在乎，最好是越烂越臭，与他天差地别。

"祝小姐受了很多苦，不仅喝多了罗浮酒伤了喉咙，差点不能说话，在妖海时，还要天天受到聿怀的责骂，入夜后，将她一个人扔去海上巡逻，遇到妖兽都不能自保。"

云崇气血上涌，呕出血来，怒道："他怎敢……"

温雁风说着，话里充满怜爱与懊悔之意："我也不忍再看什么都不知晓的祝小姐，受如此折磨，你若是想带她离开，我倒是可以帮你一把。"

他望着眼前内心充满怒火与杀意的云崇，计划给自己找一把新的刀来杀温聿怀。

云崇最初是没有答应温雁风的，他就算觉得此人有君子之风，也不会立马卸下心防，与温家人合作。

直到温聿怀回来后，站在门前目光冷漠地盯了云崇一会儿后，说："让他滚。"

沙棠站在旁边什么也不敢说，她就知道温聿怀会是这种态度。

温雁风无奈地道："聿怀，你怎能如此无礼，他到底是祝小姐的亲人，这么多人在，你怎能一点面子都不给祝小姐。"

云崇见温聿怀这态度，才相信温雁风说的那些话，温聿怀一直都在刁难折磨沙棠。

他这个小师妹根本就不懂得反抗，别人让她做什么就做什么，无论受到什么样的欺辱，都觉得是自己活该。

简直难以想象她嫁到温家这段时间的遭遇！

温聿怀对温雁风的话无动于衷，仍旧要让人将云祟给扔出去。

闻今瑶上前抓住他道："二哥！你最近干吗这么凶？我还想听他多讲讲飞玄州的事，你就让他住在这儿啦，好不好呀？"

少女摇晃着他的手臂撒娇，甜软的嗓音钻入温聿怀耳里，虽然令他厌恶不已，却无法违逆拒绝她的任何请求。

众人只见温聿怀周身的冷意散去，低头看向闻今瑶，带着无可奈何的宠溺与乖顺。

云祟看得更气了。

你的妻子还在旁边看着，你却当着她的面跟别的女人卿卿我我。

简直无耻。

温雁风根本不怕温聿怀不会答应，因为他拒绝不了闻今瑶。

这事就这么说定了，温雁风也如愿借着给云祟疗伤的借口，把自己的人安排进偏殿来。

温聿怀虽然答应让云祟留在偏殿，却不准沙棠去看他，也不准云祟去见沙棠。

晚上沙棠捧着一本书坐在床边，抬头看了看站在窗边的人，欲言又止。

温聿怀没有回头，却道："你想问什么就问。"

沙棠指了指手里的书说："这些书我可以看吗？"

这问题实属意料之外，让温聿怀回过头来："你想看就看。"

"谢谢。"沙棠笑了笑。

温聿怀第一次见她笑。

那张脸恬静安然，虽是浅笑，却能看出发自真心。

沙棠低头看书，模样认真，看见感兴趣的地方，眼中满是好奇，比平日安静呆愣的模样要灵动许多。

温聿怀不知不觉看了许久。

他耐心地等着沙棠看完，才问："你就没有别的想问了？"

沙棠抬头望去，目光不解，手掌放在书页上，点了点以后，才说："我有一些没看明白，确实想问你，但又怕打扰你。"

她露出温聿怀熟悉的犹豫神色来。

温聿怀看了她一眼，迈步走过来，在床边挨着她坐下，目光点在书页上："哪里没看明白？"

沙棠将摊开的书往他那边分过去一半，往回翻着书页，边翻边口头上描述问题。

这和以前请教师尊和师兄问题时不一样，沙棠还是有点紧张，总是会去看温聿怀的神色如何。

若是他露出半点不耐烦的神色来，沙棠就会立刻停止追问。

可温聿怀并未表现出一丝一毫的不耐烦，他回应沙棠的疑惑时，沉着冷静，耐心十足，且令人信服。

沙棠在他的声音中逐渐散去紧张与害怕，交谈开始变得自然，纯粹地与之共享书中的世界。

温聿怀说："都是些生长在魔界的花草，那边也并非人们说的暗无天日，满是荒山血水，有些地方和十二天州也没什么分别。"

"你去过吗？"沙棠好奇地问。

温聿怀神色微顿，淡声答："去过几次。"

沙棠有点羡慕，低头看着书上的画像，轻声说："若是我也像你这么厉害就好了，那我也能去看看。"

这话说出口后，沙棠自己都有点惊讶，她立马变得紧张起来，下意识地抬头看去，想要解释。

沙棠一抬头就撞进温聿怀看着她的琥珀眼瞳中，浅色明亮的眼眸，在屋中烛火的照耀下显得熠熠生光，无比专注的目光，令人不自觉地屏息。

"你确实太弱了。"温聿怀说，"但魔界也有手无缚鸡之力的人，并非一定要修为十分厉害的人才可以去。"

沙棠失落地眨了眨眼："就算是这样……我也去不了的。"

"你若是想去，日后和我一起去。"温聿怀盯着她说，"你既然觉得我厉害，那就不用担心自己太弱。"

沙棠摇摇头说："我不是觉得自己太弱才不能去，而是……我真的可以去外面的世界看看吗？"

她满眼担心和后怕，以至于温聿怀都猜不透她在害怕什么。

温聿怀觉得这种目光很熟悉，小时候他也这样。

既想要离开温家这个牢笼，去外面的世界，又害怕外面的世界。

他在想要逃离的情绪达到巅峰时，战胜了恐惧，让他拥有无畏的勇气一次次尝试，最终换来如今的力量。

温聿怀望着眼前的人，总是能想到从前的自己，一样被困牢笼，想要去外面的世界，却缺失力量，甚至勇气。

如今他成了拥有力量的人，当温聿怀意识到，自己拥有的力量可以拯救曾经的自己时，便忘记了之前想与沙棠说什么，而是沉着冷静地回应她："你可以去。"

这世上没有什么能困住你。

沙棠的胸腔深处因为这话又重重地响了一声。

她想，也许自己只是在等这一句话。

宋长静是沙棠的师尊，但来的时间很少，有时候一个月来一次，有时候两个月来一次，若是不忙，一个月则会多来几次。

云崇则来得比较频繁，他也算沙棠的半个兄长，当初对于沙棠害了祝星的事，气急之下也骂过她，冷静后则会来找她道歉。

师兄脾气急，怒上心头时，什么话都说得出来，只有阿姐祝星才能管得住他。

意识到自己说错话、做错事后，云崇也会后悔，继而道歉弥补。

沙棠在云崇的反复道歉下，便将从前的所有责骂都当作没发生过。

云崇来竹楼时，除了看沙棠在做什么，聊得最多的都是与祝星有关的话题。

飞玄州流行什么样的胭脂、首饰、珠宝、衣裳等,女孩喜欢的一切,他都会因为祝星而去打听,再跟沙棠念叨哪些最适合祝星,祝星收到什么样的礼物会开心。

云崇常问沙棠:"你们女孩会不会喜欢这样的东西?"

沙棠看着云崇带来的漂亮首饰、胭脂,却一个都不敢选。

因为那都是阿姐的。

她不配,也不敢去奢想属于阿姐的东西。

尽管如此,沙棠还是很感谢云崇的到来。

一个人在竹楼时,真的很孤独。

沙棠不相信"不是你的错"这句话,却渴望有人对她说"你可以去"。

可如果温聿怀知道她是有荧惑之命的真正灾星呢?

他还会对自己说这些话吗?

也许会和其他人一样,认为她"不该""不准""不配"吧。

想到温聿怀会对自己露出这样的目光和神态,沙棠慌乱地低下头去,胸口发闷。她才刚低头,又被温聿怀勾着下巴抬起头来,强迫她与自己对视。

"我刚说的你听见没有?"温聿怀问。

沙棠的睫毛颤抖,低低应了一声。

温聿怀要将她的颤抖平息,放缓了语气:"不要害怕。"

沙棠紧紧抓着衣袖,在他的目光注视中,缓缓点了点头。

温聿怀这才收回手,又道:"将来你可以去任何地方,我会和你一起去。"

沙棠被这话蛊惑,沉迷其中。

她的手指几次颤抖,犹豫着伸出,最终抓住了温聿怀的衣袖,微微收紧,喉咙哽塞,世上任何词句,都无法表达她此刻的情绪。

那天晚上,温聿怀本是想和沙棠谈自己和闻今瑶的关系,她是否有什么想问的，可后来听沙棠说起外面的世界，便知道她不可能在意这种事的。

或者说，此时的她根本没心思在乎这种事。

温聿怀告诉沙棠，不要管云崇这事，他会让云崇伤好离开，再也不来青州。

沙棠去看云崇时，身边都会跟着侍女，不是温聿怀叫的侍女，就是温雁风喊来的人，基本没有机会跟云崇单独相处。

闻今瑶也常来，她一来，屋子里就会变得十分热闹。

上午闻今瑶一个人来的，下午时闻今瑶把青檀也带来了。

沙棠站在门前，看见神色冷傲的青檀时，怔了怔，想起那日被她的术法按在寒泉之下无法起身，便下意识地往后退了退。

"二嫂嫂、云崇，这是青檀。二嫂嫂，你还记得的吧？"闻今瑶牵着青檀进屋，高兴地道，"青檀总算是伤好了，听说有来自飞玄州的仙士做客，便过来看看。我们都对飞玄州很好奇呢。"

云崇只觉得这位闻小姐话多，对沙棠一口一句二嫂嫂听得人心烦。

他之前从温雁风那里听说了沙棠被逼着喝罗浮酒的事，对这两人都没有好感，神色冷淡无比，更不想和温家这边的人聊飞玄州的事。

云崇捂嘴咳嗽一声，冷着脸道："我身体不适，精神不佳，需要静养，无法会客。"

闻今瑶惊讶地捂住嘴，身旁的青檀冷笑一声，指着云崇说："你一个祝家人，到温家来摆大少爷架子，你也配？"

云崇也冷笑道："温家强留我在此做客，你如此态度，难道这就是温家的待客之道？"

"哎呀，都别吵啦。二嫂嫂，你怎么也不劝劝？"闻今瑶抓了抓沙棠的衣袖，嗔怪道，"我难得把青檀约出来，你就这样看着她受气吗？"

"我……"

沙棠刚开口，云崇就怒道："你别想为难她，我的态度与她何干？倒是你们，既然她是温家的二少爷夫人，却不见你们对她有半分尊重！"

"祝家的人也想要得到尊重？"青檀语气森冷，"你们祝家冷眼旁观我青州的仙士杀妖魔时，有想过要尊重他们？"

云崇神色一顿。他也觉得祝廷维这事做得不妥，但他也不可能在外人面前表现出来。

"我父兄皆是被你们害死的，你却妄想我对仇人摆好脸色？"青檀嗤笑一声，朝沙棠走去，对云崇说，"我今日就要你看看，你们祝家人在青州的下场！"

她抬手就要朝沙棠打去，云崇怒喝一声："你敢！"

沙棠正要躲开，屋外传来一声呵斥："住手。"

温雁风及时出现拦住了青檀，神色略显不悦地扫过要动手打人的青檀："还不退下？"

青檀被温雁风的灵力一击，扬在空中的手被击退收回，捂着手不甘心地看了眼，却不敢妄动，神色委屈地转身跑走。

闻今瑶叫了她一声，急忙去追。

云崇已经起身，不顾他人的眼神，来到沙棠身前，将她护在身后，仍旧气得牙痒痒地望着屋外跑走的身影。

"岂有此理，青州怎能欺人如此！"云崇边说边咳嗽，转身抓住沙棠说，"和我走，今天就算是死，我也要带你离开这个地方！"

"先冷静，你如今的身体状况是做不到的。"温雁风收敛气息，神色无奈，转头看向沙棠说，"祝小姐，你先劝劝他吧。"

他没有多待便出去找闻今瑶了。

青檀气得直接离开了温家，闻今瑶好说歹说，哄了好一会儿，站在山门前望着人离开后，才叹息一声，回头看走来的温雁风："雁风哥哥，青檀是真的生气了。"

"等过些日子她就明白了，你晚些时候再陪青檀去珍品阁买点东西出出气。"温雁风笑道，"云崇虽然心疼祝星，但还没有勇气带她离开,得让他看看,祝星过得有多么艰难,聿怀对祝星有多么不好,然后再让他带走祝星。这样我们也有理由去飞玄州对祝家动手。"

闻今瑶点点头:"等会儿我跟青檀说,既然是要对付祝家给她报仇,她肯定能理解的!"

所以今日她才告诉青檀,不用对祝星维持表面的和善,怎么讨厌怎么来就好。

温雁风总是很贪心,贪心得什么都想要。

要杀温聿怀,也要如愿攻击飞玄州。

温鸿最近常常找温聿怀,不论做什么去哪儿都带着他。

白天温聿怀都被温鸿叫走,他吩咐人拦着云祟和沙棠见面,可温雁风和闻今瑶一来,那些侍女也没办法。

等晚上温聿怀回来,得知白天发生的事情后,皱眉一瞬,迈步回屋去找沙棠。

沙棠坐在桌边看书,瞧着没什么不妥,听见动静才抬起头来。

"青檀今天打你了?"温聿怀走过来问。

沙棠摇摇头说:"没打到,少主来了。"

温聿怀说:"我最近白天很难回来,你能不去见云祟就别去。"

沙棠抬头看他,目光担忧:"那少主会对云祟做些什么吗?"

她怕青檀等人欺负不了自己,就去找云祟麻烦。沙棠想不到更好的办法,有些苦恼。

温聿怀嗤笑一声,瞥了一眼屋外。在沙棠看不见的地方,有人影晃动,悄悄靠近试图偷听。

他走到门边,抬手在门上轻叩一声,刚靠近门口的人就被击飞摔出去,一击毙命。

沙棠不明所以,仍旧乖乖地坐在位置上。

等温聿怀解决了来偷听的人,才看回沙棠说:"温雁风不安好心,上次要二夫人杀我的人也是他。"

沙棠问:"为什么?"

温聿怀盯着她道:"你既然知道面具下的人是我,又为何猜不到他为什么想杀我?"

他想要沙棠自己动脑子。

沙棠也很努力地去想了,温聿怀在桌子对面坐下道:"想到了就说。"

沙棠苦想许久,试探地开口:"他怕你有一天取而代之吗?"

温聿怀极轻地冷笑一声:"差不多。"

"那你是不是很危险?"沙棠问。

温聿怀没有回答,垂眸看向沙棠手里的书,淡声道:"今天看完有什么想问的?"

沙棠便把手中的书递过去,乖巧答道:"有。"

第二天,温聿怀趁沙棠还没醒前,让人将死在屋外的偷听者收拾了。

温雁风得知这事后有点惊讶。

他哪能在温家如此随意地使用力量?

这样更好,要是被关去静思堂,那就更没法管外面的事。

温雁风便让人将这事告诉了温鸿,谁知温鸿听后,只沉默片刻,没管。

温聿怀来后,温鸿也没有训斥,更没提要他去关静思的事。

去传话的仙士将这事告知温雁风,心中也有些忐忑。

最近大家都能感觉到,温鸿对二少爷的态度有些微妙的变化,都认为是二夫人去世的原因。

温雁风得知温鸿的做法后,独自在屋中沉默许久。他面无表情地盯着窗外景色,认为温鸿实在是老了,竟然会被温聿怀的三言两语欺骗。

他无法理解温鸿对云琼的执着,那个女人背叛了温鸿,带给温鸿如此大的侮辱,怎么还能对她深爱不已?

何况温聿怀真的是温鸿的孩子吗？

因为极亲近的血缘原因，他们根本测不出来。

温聿怀也是仗着这点才敢信口雌黄的吧。

若是有办法证实温聿怀并非温鸿的孩子，那就是他的死期。

温雁风低声冷笑，改了主意。他提笔在纸上写了数行，再叫来自己的亲信道："去亲自交给水巫山的灵秀仙子，要她按照我说的做，得快。"

小青峰秀水湖边，摆放着几根青翠的竹竿。温鸿坐在摇椅上，望着平静的湖面，余光扫了眼旁边坐着的温聿怀。

他也是自己看着长大的。

曾经也有几次动摇，想着也许他是我的儿子，每次这么想，云琼和温浔在一起的那幕就会浮现在眼前。

云琼死后，温聿怀说的那些话，仿佛一颗定心丸，让温鸿有了勇气去相信。

一想到自己这些年是怎么对待亲生儿子的，温鸿心中就存了几分愧疚。

"你昨晚用了术法？"温鸿沉声问道。

温聿怀望着湖面，闻言只"嗯"了一声，没有半分犹豫。

这个儿子长大后变得十分冷淡。

记得他小时候，还能在他身上看到许多表情，愤怒的、难堪的、仇恨的、尖锐的，许许多多，直到他经历得越多，渐渐变成了如今与任何人都冷淡疏离的模样。

除了闻今瑶。

只有在闻今瑶面前，他才会露出几分温柔。

温鸿由此想到云琼常常在他面前骂的话，她看不上闻家的人，也看不上闻今瑶。

如今想来，确实不该。

温聿怀见温鸿许久没说话，余光扫了一眼，主动开口道："要我去静思堂吗？"

带着点嘲讽的声音落入温鸿耳里，惹得他不悦地皱起眉头，又忍了忍。

"你那点力量，无伤大雅。"温鸿望着湖面，"以后你想动用力量就用。"

温聿怀看起来并不是很高兴，没什么情绪波动道："是吗？"

温鸿忍不住拔高音量："怎么，你以为我说的话不算数？"

温聿怀瞥了他一眼："那少主怎么办？若是让人知晓我的力量不逊于他……"

温鸿冷哼一声，打断他道："那他们也只能称赞我温家的孩子个个天赋异禀。"

温家的孩子吗？

温聿怀在心中冷笑。

温鸿对他的态度变了，在这个男人眼中，时不时就能瞧见没能好好隐藏的心软和愧疚。

如果是以前，温聿怀也许会感动于父亲的回头。

可现在，他觉得这世上没有一个令他有所期待、欢喜的人。

想到这里，温聿怀脑海中忽然闪过沙棠坐在床边低头看书的一幕，睫毛微颤。

那天在雪谷沙棠对他说"不要死"的声音再次响起，让温聿怀有瞬间失神。

两人坐在湖边钓鱼谈话时，有侍从上前弯腰对温鸿耳语，随后神色恭敬地退去一旁。

温鸿脸色有些难看，冷声道："让那些跟着流言蜚语瞎传的人把嘴闭上，如果明天我再听见有人说这些，就把他们全部逐出青州。"

侍从听后有些惊讶，低头应声离去。

温聿怀看了一眼，没有多问。

他知道，温鸿指的是那些在传温家招惹了灾星的话，而那些人口中说的灾星指的就是他。

与闇雷镜一同出生，确实可以被称作"灾星"。

趁着温鸿心软的时候，温聿怀想从他这里获得更多的消息，所以温鸿让他去哪儿就去哪儿，有时候也会说些话来试探温鸿如今对自己的底线。

温聿怀只有晚上回去的时候才能见到沙棠。

他让沙棠在屋中待着，别出去，也不要去见云崇，但沙棠还是去了。

温聿怀晚上问她："为什么去找云崇？"

沙棠坐在床边低着头，像个做错事的孩子，不敢看他，细声道："少主和闻小姐要我去。"

温聿怀没凶她，语气也不冷，可沙棠自觉没有遵守约定，没有听他的话，所以心虚愧疚。

瞧着她害怕的模样，温聿怀反而皱起眉头："我不是怪你。"

沙棠抓着衣袖，努力道："我明天……一定不去。"

话越说越小声、迟疑。

她不敢抬头，温聿怀只好在沙棠身前蹲下，让她低头也无法躲避地看着自己。

"温雁风是个自恃身份、爱面子的小人，他不会当你的面发怒，所以就算你拒绝他的要求，他也不敢强求硬来。"温聿怀盯着沙棠说，"闻今瑶爱装天真无邪，会动手，但也爱面子。她这种人，从小被众人捧着，几乎没有碰过壁，你强势时，她反而会变得弱势。"

沙棠有些意外温聿怀会跟自己说这些，却很认真地听着，以目光回应温聿怀她记住了，但想要她做到这些，一时半会儿很难。

温聿怀也知道要沙棠拒绝别人很难。

顿了顿，温聿怀问她："你不是拒绝了二夫人吗？"

沙棠听得怔住。

温聿怀望着她乌黑水润的眼眸说："二夫人要你杀我,你拒绝了,那是出自你的真心吗?"

沙棠点点头："我真的不想……"

"那是你不想做的事,所以你拒绝是正确的。"温聿怀淡声道,"顺从自己的想法,拒绝后的心情如何?"

沙棠记得自己那时候在发抖,着急又害怕,可说出"我不想杀他"那句话时,似乎将一切情绪都发泄出去了。

如今想起,那应该是……愤怒吧。

"……很好。"沙棠无法具体描述当时的心情,只低声道出这两个字。

温聿怀也不期待沙棠立刻做出改变,他并非想要教会沙棠什么,只是想她别忘记当时的心情。

那应该是她现有的人生中,为数不多的反抗他人、顺从自己的时候。

温聿怀也知道,那不仅仅是"很好"两个字就能描述的。

因为云祟在偏殿,温雁风借着闻今瑶想听飞玄州事宜的理由,天天往偏殿跑,每天都能见到沙棠,与她交谈片刻。

若是上次没有在宴场那边感受到来自温雁风的恶意,沙棠也许会相信他是个不错的人。

就算温聿怀和沙棠谈过拒绝他人的事,目前的沙棠也没有勇气和能力做到。

对沙棠来说,那并非口头上说两句就能做到的事。

但也不是没有任何收获,至少沙棠知道,她是可以拒绝的。

日子一天天过去,云祟的身体状态肉眼可见地好起来。沙棠希望师兄快些回飞玄州,因为阿姐需要他从妖海带回的灵药。

让沙棠感到苦恼的是,师兄云祟认为,在青州对她最不好、欺负她最多的是温聿怀。

可她又不能解释。

沙棠因为总是察言观色，在乎别人的脸色和反应，所以知道有的事若是按照事实说了，反而对温聿怀很不利。

她不想给温聿怀带去麻烦。

沙棠每日都在祈祷自己的灾星命格不要影响温聿怀。

然而，温家最近却怪事频发。

还未彻底长大成型的凤鸟和天马，在喂养时突然发疯，扭打在一块儿，把整个笼舍都烧毁了。

因为监管不严，雪谷里的妖兽又跑了几只出来，这次它们飞出了小青峰，往闻家方向去，正巧遇见要来小青峰的闻今瑶，撞翻了她的天马车队。

闻今瑶因此受了伤，引得温鸿大怒，把雪谷中的妖兽杀了大半。

温鸿因为震怒，亲自诛杀关在雪谷中的妖兽，引得旧伤复发，昏迷了好几日。

温家暂时由少主温雁风接管。

几天之后，妖界那边传来消息，仇虚妖王因为魔界帮忙，伤势已经恢复，正准备重新进攻十二天州，并放言，要将青州温家整个覆灭。

只要是青州温家门下的仙士，都要挖出他们的五脏六腑，砍掉头颅，碎其灵府。

小青峰附近，妖气和魔气轮流出现，巡逻的人也抓到了不少来温家探听消息的妖魔。

坏事接二连三。

温雁风和闻今瑶因为这些事，好些日子没来偏殿，但温雁风派来的侍女没有撤走，沙棠仍旧没法跟云崇单独相处。

她也从侍女口中得知外面发生的事，心里有些发慌，晚上看着温聿怀欲言又止。

温聿怀问她想说什么，沙棠又摇摇头，说不出口。

沙棠裹着被子滚到床铺最里面，她心里总有不好的感觉，白天的时候会望着某一处走神，回过神来时，会有瞬间的受惊。

关在竹楼时，沙棠从未有过这种感觉，似乎是因为……她出来得太久了。

白天沙棠望着天空时，会有一种它要塌掉的恐慌。

快了。

天上已经生出了裂缝。

这种感觉挥之不去，令沙棠难以释怀，心里又怕温聿怀知道荧惑之命的事，最近话都变少了。她在温聿怀回来之前，就钻进被窝里躲起来，假装自己睡着了。

听说闻今瑶和温鸿相继受伤，还有妖魔要报复温家的事，沙棠不免担心，总是会想温聿怀若是受伤怎么办。

天亮后，温聿怀离开时，沙棠总会掀开被子冒出头来，隔着床帐看外面的人："你要出去吗？"

温聿怀回头看她，没说话。

沙棠犹豫道："要去温家外面吗？"

"就在小青峰。"温聿怀说，"你在担心什么？"

"我怕你出事受伤。"沙棠皱着眉头，声音越说越轻，"听说最近发生了很多不好的事……"

因为她直白的话，温聿怀目光变得古怪。

他往前走去，来到床边掀开床帐，望进沙棠毫无遮掩的眼里，确认她说这话是否违心。

少女眼里满是真切的担忧，是温聿怀从未见过的，让他有瞬间的怀疑。

这份令人动容的担忧竟然属于自己。

"害怕？"温聿怀问她。

沙棠想了一瞬后，点点头。

温聿怀望着她，在床边坐下："我今日不出去。"

安静片刻后，他又道："你今日想做什么？"

第八章

荧惑

温雁风今日去闻家看望闻今瑶。

闻今瑶伤了腿，暂时还不能好好走路，她一会儿生气一会儿委屈，看见温雁风后，更是哭得梨花带雨。

温雁风哄了好一会儿，又用灵力帮忙治伤，却察觉自己的力量变得有些奇怪。

闻今瑶伤心地问："雁风哥哥，为什么最近有这么多的烦心事出现？那些讨人厌的妖魔，就不能全部除掉吗？"

"哪有你说的这么容易。"温雁风神色无奈，伸手摸了摸她的头，"不过这次也不能容它们嚣张，我会解决的，你不要担心。"

"我最近总是心慌慌，感觉什么事都不顺利，烦死人了。"闻今瑶恨声道，忽然想起什么，"之前不是有人传我们这边招惹了灾星，是不是二哥他……"

温雁风抬头看她一眼，不悦的目光让闻今瑶噤声。她撒娇道："我就是太害怕嘛，闇雷镜可不是什么好东西。"

"闇雷镜确实不是什么好东西，所以很快就会消失。"温雁风笑着收回手，"你呀就好好养伤，别担心其他的。"

闻今瑶点头:"知道啦。那你明天还来看我吗?"

温雁风点点头:"明天爹也会过来,我会跟他一起来的。"

离开闻家,回到小青峰,温雁风又去见了已经苏醒的温鸿。

在门外时,他就听见温鸿问:"二少爷怎么没来?"

侍女答:"二少爷说今日要去山中巡逻,晚些时候再来看您。"

温雁风勾着唇无声冷笑,敲门进去。

入夜后,温雁风才回到屋中,扫了眼放在雕花刀架上的龙腹剑,皱起眉头,原本要离开的脚步一转,来到龙腹剑前。

他仔细观察,伸手轻抚冰凉的剑身,灵力探入其中,片刻后忽然受惊般地收回手。

温雁风盯着龙腹剑,神色变得无比难看。

他万万没想到,这把斩妖除魔的人界神器,竟然被魔气污染了。

藏在龙腹剑里的魔气,如今已经融入他体内,正在蚕食他的灵力。

温雁风忽然想起拿到龙腹剑那天晚上,众人围绕自己恭喜道贺,耳边满是夸赞恭维之词,站在人群之外的温聿怀却嘲笑地看着自己。

他是早就知道吗?

不会,他是拿苍雷剑与深海蛟龙战斗的,第一时间拿到龙腹剑的人是自己。

可是当初去追仇虚妖王的是他,他与拿着龙腹剑的仇虚妖王战斗过,也许……他在那时候就已经知道龙腹剑被魔气污染了。

是的,很有可能。

温雁风冷了脸色,转身出门去找温聿怀。

在小青峰偏殿门外,两拨人恰巧碰到。

温聿怀这天带着沙棠外出巡山,刚刚回来,看见等在偏殿门前的温雁风,他竟没有花心思伪装,正冷眼望着自己。

沙棠第一次见这样的温雁风,有些害怕。

温雁风目光阴冷地扫过站在温聿怀身旁的少女,此时却没心思去想别的,而是盯着温聿怀,眼中隐含怒火。

"你先进去。"温聿怀没有看沙棠，也迎着温雁风的目光。

沙棠低着头往殿内走去，进去后，回头看了眼，有些不放心。

温雁风往前一步，来到温聿怀身前，语气发狠："龙腹剑的事，你是不是早就知道了？"

"龙腹剑？"温聿怀状似思考片刻，才重新抬眼朝温雁风看去，语调漫不经心道，"它能有什么事？"

那充满嘲笑的琥珀眼瞳，让温雁风心中一沉。

他果然是知道的。

"看来你早就知道，却故意没说，就是为了等今天？"

温雁风冷声质问，杀意萦绕心头。

温聿怀不以为意道："少主天赋异禀，是十二天州的救世主，未来的大仙君，这种小事，哪需要我开口提醒，少主自然会注意到的。"

这些话温雁风听得无比刺耳，他突然爆发大量灵力，要强压温聿怀跪下，却见站在对面的人也使用灵力抵挡。

温雁风怒声道："谁准你动用力量反抗？"

温聿怀嗤笑一声，余光轻慢地扫过温雁风，越过他往殿内走去。

还能是谁？

除了温鸿，还有谁？

温雁风从温聿怀的态度中猜出真相，骤然卸去力量，一个人站在夜色中，狠狠又愤怒地看着温聿怀头也不回地离去。

沙棠没有回屋，而是等在路上。她站在石灯旁，直到看见小道上出现温聿怀的身影时，才将抓紧的衣袖松开。

"你等在这儿做什么？"温聿怀走过来说。

沙棠随着他一起往前走，今天和温聿怀去山中巡逻，那些新鲜事物，让她短暂地忘记了所担心的事。

刚才看见温雁风时，她又都想起来了。

沙棠说："少主他……"

状态看起来不太好。

沙棠话还没说完，温聿怀就淡声打断："不必管他。"

他想让温雁风愤怒，愤怒到失去理智。

第二天，温雁风收拾好情绪，和脸色依旧有几分苍白的温鸿去往闻家。

路上，温雁风对温鸿说："爹，若是觉得身体勉强，今日就先不去了，再休养几日吧。"

温鸿摆摆手，往闻家大门前走了没两步，又低头咳嗽两声。

温雁风跟在他身旁，神色无奈。

"今日有事要谈，不能回。"温鸿说着，继续朝前走去。

闻家家主亲自过来接待，先是一起去看了闻今瑶，见她无事后，两位家主才移步议事厅相谈。

"伯父是旧伤复发了吗？"闻今瑶有几分担忧地问，"那些该死的妖兽，要不是它们……"

温雁风蹙眉沉思事情，没注意闻今瑶在说什么，直到她伸手在自己眼前晃了晃，才回过神来："怎么了？"

"雁风哥哥，你在想什么？我叫了你这么久，你都没理我一声。"闻今瑶委屈道。

温雁风将心头所想按下去，看回闻今瑶说："我爹说今日有事要与闻叔谈谈，所以身体不适也要赶过来。"

"什么事这么重要？"闻今瑶心中好奇，翻身下床道，"我们去听听！"

温雁风扶了她一把，有些无奈，却也没有阻拦，让她找点事情做也好。

议事厅门窗紧闭，闻今瑶悄悄来到门前，附耳倾听，里面传来温鸿低沉的声音："聿怀的力量越来越强，恐会超过雁风，但他可以被玄女咒控制，所以我想，让聿怀和今瑶在一起。"

屋外的闻今瑶和温雁风听后都是一愣，不敢相信。

闻今瑶惊得捂住嘴。

闻家家主顿了顿,却并未说反驳的话,只道:"二少爷的身边不是已经有人了吗?"

"祝廷维的女儿,很快就会被处理掉。"温鸿低低咳嗽两声后,又道,"今瑶是我看着长大的,对我来说,她也算是我的半个女儿,我自然不会害她。"

闻家家主摇摇头,道:"她可是我唯一的女儿,这世上没有人比我更爱她。"

"有玄女咒在身上的聿怀不就是吗?"温鸿抬头看向坐在身旁的闻家家主,"他会比你更坚定地去守护今瑶,也更有力量,且永远不会背叛她,这是雁风无法做到的。"

闻今瑶忍无可忍,刚想冲进去,就被身后的温雁风拉住。她回头看去,眼眸中满是愤怒。

恰巧此时屋中的温鸿说:"雁风虽然爱护今瑶,却只是将她当作妹妹看待,这对今瑶来说也不公平。若是将来他遇上喜欢的女子,就必定会伤害今瑶……为了保护他们两个,不如现在就做出决断。如果是聿怀,无论今瑶做什么、变成什么样,他都不会放弃今瑶的。"

闻今瑶听到这儿,身体僵住,再次去看抓着自己的温雁风,睫毛颤抖着,不敢相信刚才听到的话。

什么只是当作妹妹?她难道只想当温雁风的妹妹吗?怎么可能!我们难道不是互相喜欢的吗?父亲明明承诺过她将来会是温家的少主夫人!

温雁风的脸色也不太好看,他第一时间避开对视,朝屋中看去。

闻家家主叹息一声:"二少爷因为玄女咒,确实是对今瑶最好的选择,只是……"

"我把聿怀交给今瑶,也就等于,我把这份强大的力量也交给了她,"温鸿咳嗽着,最后一句话也说得断断续续,"只有她一个人能使用的力量。"

这句话成功说动了闻家家主,他望着身体不适、脸色苍白的温鸿,恍惚间,有一种这人即将死去的错觉。

当温家少主的妹妹,和成为温家的少主夫人,代表的意思可是天差地别。

闻今瑶见父亲也答应了,气得转身就走。温雁风在后面跟着,走远后才道:"今瑶,你先冷静,他们也只是在口头商量的阶段,而不是……"

"雁风哥哥,"怒气冲冲走在前面的闻今瑶忽然回头,眼含泪水地望着温雁风说,"那你会娶我吗?"

温雁风顿了顿,收敛情绪道:"今瑶……"

他只一瞬间的犹豫,却让闻今瑶勃然大怒,突然拔高音量:"我问你会不会?"

温雁风望着情绪不稳定的闻今瑶,知道不能在这个时候违逆她,得先把人哄好,便无奈地道:"会,我会娶你。我爹并不完全了解我的想法,是否喜欢一个人,又是否会娶她为妻,都是我自己说了算。"

闻今瑶红着眼眶,再也忍不住,扑进他怀里大哭起来。

温聿怀还不知道温鸿的决定,他在偏殿陪沙棠看书。晚上温鸿那边的人过来,说温鸿要见他,让他去一趟,这才离开。

沙棠独自一人看了一会儿书,有些心神不宁,起身走到窗边,推开窗户的瞬间,从上面掉下一个人影,将她吓得退后两步。

"小师妹,"云崇站在窗外,朝她伸出手,"跟我走吧,我们谈谈。"

沙棠似乎瞬间回到了在飞玄州的日子,这两天短暂忘记的曾经,全回想起来了。

她犹豫着,颤抖地伸出了手。

云崇带着她朝外跑去,脚下御风,速度极快,眨眼便将追来的侍女们甩在身后。

梦中的景象与此刻重叠，沙棠眼中扫过山路两旁的树木，瞥见被甩在后方的灯火，心跳得很快。

她低声喊道："师兄。"

云崇脚步不停，紧紧地抓着她的手。

沙棠忍不住提高音量："师兄！你要带我去哪儿？"

"当然是带你离开温家！"云崇忍了忍，没忍住，拉着她的手快步往前，火气从言语中溢出，"你不是最胆小的吗？怎么敢做出这种事来！代替你姐姐嫁到温家来？这种事是你能做的吗？你以为谁会愿意看见这种局面？你嫁到温家来会有什么好处吗？

"祝棠，你是不是疯了？为什么要做这种蠢事？只要再撑一会儿，我自己就能想办法回去，我会把东西带回去，你根本不必受这种侮辱，你什么都不用做，只要安静等着就行！"

"为什么非要把事情弄得这么复杂！"

云崇只在极为生气的时候才叫她的名字。

沙棠因此愣在原地，将手挣脱开来。云崇这才回头看她，满脸怒容。

她望着云崇，张了张嘴，却又在一瞬间失去倾诉的欲望，最后只低下头道："师兄，你走吧，先回去救阿姐。"

云崇听了更生气："你以为我会丢下你一个人回去吗？"

"我不想跟你走。"沙棠说这话时，仍旧低着头，她花光了所有的勇气，才把这话说出口。

"你这是什么意思？"云崇怒不可遏，重新抓住沙棠的手，要带着她离开小青峰，"难道我要眼睁睁看着你在温家受苦受难吗？"

"师兄，为什么……要冲着我发火？"沙棠用力挣脱他的手。

云崇回头看她："你也不看看你都做了什么？"

沙棠仍旧低着头，声音都在颤抖："连阿姐都希望我替她嫁过来，我只是……"

"祝棠！"云崇怒声打断她，刚张口，却有带着杀意的三道剑气从后方飞射而来。

剑气来得又急又快，云祟挥手间，只拦得住其中一道，就被另外两道击飞，第三道剑气狠狠地刺穿他的胸膛，将他钉在山路旁的树上。

沙棠惊讶地抬头，看见站在山路尽头的温聿怀，他不知何时等在那儿，正冷眼看着被钉在树上的云祟。

她这才如梦初醒，朝云祟跑了两步："师兄！"

听见沙棠的声音，温聿怀才朝她看去。

沙棠往前跑了没两步就顿住，因为她看见从后方走出的温雁风等人。

温家少主脸上带着熟悉的笑容，视线扫过云祟，落在沙棠身上，意味深长道："今晚听见了不少有趣的东西，你说呢，祝小姐？"

沙棠梦见了温聿怀的出现，却没见到温雁风。

眼前的情况超出她能处理的范围，想到刚才师兄说的那些话都被温家人听到了，沙棠就感觉耳鸣头晕，恐惧降临，将她从里到外吞噬。

"祝小姐，"温雁风朝呆住的沙棠一步步走去，盯着她的目光像是具象化的蛇，悄然缠绕在沙棠的脖子上，"听你们刚才的谈话，你的名字……似乎是叫'祝棠'，而非'祝星'。"

沙棠感觉有东西掐住了脖子，令她难以张口发声。

"替姐出嫁吗？原来祝家是这么想的，我还以为祝家家主当真舍得自己的宝贝女儿，没想到竟是这么回事。"

温雁风来到沙棠身前，居高临下地俯视着她。来自温家少主的威严，无声施加给沙棠浓厚的压迫感，令她浑身颤抖。

"祝小姐……"

话还未说完，温雁风就见温聿怀抓过沙棠的手，一把将她拉到身后，淡声道："那边的祝家仙士已经抓到，别的事情，我自己会解决。"

"你解决？"温雁风好笑地看着他抓着沙棠的手，重新抬眼看回温聿怀,眼中冷意闪烁,"事关温家,你也配?"

温聿怀没有理他,拉着沙棠往回走。

温雁风对身后的人冷声道:"把那个冒充祝星的女人拿下!"

数名仙士同时拔剑拦在路中央,不让温聿怀继续前进。

刀剑出鞘和法术咒律的声音让沙棠心脏重重一跳,抬头看着站在前方的青年。她动了动手腕,却被温聿怀抓得更紧。

温雁风今日听了温鸿那番话,他倒是想看看,温鸿是否真的敢这么做,于是给了云祟机会,要他今晚把人带走。

只是没想到还能听到这样的秘密。

祝家也真是大胆,竟敢做出这种荒唐事来。

温雁风盯着怯弱害怕的祝棠,一想到祝家竟然让她替姐出嫁,就忍不住想笑。

"你们温家……"被剑气钉在树上的云祟艰难地抬起头来,"有什么事……冲我来,不要动她。"

他就是气沙棠为什么要答应替嫁的事,哪怕知道原因为何,却还是忍不住发火生气,而沙棠说不想和他离开,更让云祟无法理解。

想要带沙棠离开的心情太过急迫,温雁风给了机会,云祟无论如何都不想放过,却没想到会是这样的结果。

"冲你来?云兄,眼前这情况,似乎没你什么事了。"温雁风眼神示意其他人,去将云祟绑起来。

沙棠要过去,被温聿怀拦住。他侧过身,对温雁风说:"他们不是我的对手,我若是出手,目标只会是你,你能承受?"

他的话已经说得很明白。

旁听的仙士们听得满目震惊,不敢相信二少爷这是哪儿来的自信敢说出这种话。

温雁风神色几经变化。他知道温聿怀的意思,若是动手打起来,就会暴露自己的灵力被魔气吞噬的秘密。

此时妖魔两界正要重攻十二天州,又将青州温家视作眼中钉肉中刺，温雁风绝不能在这时候暴露出任何弱点，给他们机会攻击自己。

"我还以为，你是要带这位冒名顶替的祝小姐离开温家，既然你自愿将她带回去，我当然不会拦你。"

温雁风给拦路的众人使了个眼色，让他们放行。

沙棠几次回头看被带走的云祟，又瞧见温雁风审视的目光，神经紧绷，心脏"怦怦"直跳，身体也不受控制地发抖。

最令她恐惧的不是云祟的伤，而是她冒名顶替阿姐的事情被发现了。

短短几个呼吸的瞬间，沙棠脑子里已经想了许多不好的事，父亲和阿姐的声音重新响在耳畔，挥之不去。

夜色下，山道两旁都是温雁风带来的温家仙士，他们虽然低着头神色恭敬，却也断了他人想要逃跑的心思。

温聿怀微微皱眉，他今晚是来阻止云祟将沙棠带走的，但没想到这个蠢货会把沙棠替嫁的事暴露，还说了些惹人不悦的话。

他怕若是当着沙棠的面杀了云祟，会让她对自己心生怨恨，否则今日那道剑气就不会刺偏了。

如今温雁风知道了替嫁的事，那温鸿也会知道。

温聿怀已经从温鸿那边听说了他的决定，要除掉沙棠，让他娶闻今瑶，想要他当一辈子闻今瑶的狗，简直是痴心妄想。

他自己都一堆麻烦事来不及处理，此刻脑子里却只想着该如何保住沙棠。

意识到这点的温聿怀忽然停下，沙棠也跟着他停下，抬头看去。

温聿怀能感受到沙棠颤抖的身躯，回头看她一眼，低声道："不要害怕，害怕解决不了任何问题。"

青年浅色的眼瞳无声安抚着沙棠，带给她力量，让颤抖的身躯缓和。

沙棠回过神来，点点头。

去见温鸿时，温聿怀已经想好了该怎么说。

此时庆幸闻今瑶因为受伤，这几天都没来小青峰，不然有她在场，他很有可能受影响，无法保住沙棠。

温鸿得知沙棠并非祝星的事后，意识到自己被祝廷维狠狠地耍了一把，震怒不已，冷眼盯着站在屋中低着头的沙棠，要她交代清楚。

"你不是祝星，那你是谁？"

屋中的人不少，温雁风、温聿怀，以及温鸿的亲信们，此刻所有人的目光都落在沙棠身上，神色各异，等着她开口道出真相。

沙棠低着脑袋看地面，死咬着唇沉默不语。

温聿怀就是要她什么都别说。

温雁风道："祝小姐，事到如今，你再隐瞒也没有用，不如摊开来讲清楚，这样对我们双方都好。"

温鸿冷眼看过去："你还叫她祝小姐？"

温雁风道："爹，虽然她不是祝星，但听云崇的意思，祝星是她的阿姐，也就是说，她确实是祝家的小姐。"

站在温鸿身旁的亲信之一也垂首低声道："家主，祝廷维确实是有两个女儿，只不过在八年前，他的小女儿病逝，就只剩下大女儿祝星。"

"病逝？"温鸿盯着下方的祝小姐，冷声道，"我看他这个小女儿还活得好好的！"

另一名亲信也上前道："家主，之前将祝小姐的消息传回祝家，祝廷维却没有半点反应，就算再怎么狠心，曾经他对祝星的宠爱也是有目共睹的，所以我认为有些反常，便让人多盯了几天。"

"今日收到消息，发现一件奇怪的事。"

这名亲信将收到的信纸递给温鸿，同时道："按理说，祝星已经在青州，可祝家仍旧在搜寻买进治寒的灵药，大批药材天天往祝家运送，一部分珍贵的药材，需要当天使用，否则就失去药用。"

"由此可见，真正的祝星，恐怕还在飞玄州。"

大殿内一片寂静。

沙棠不敢抬头去看任何人。她鼻尖微红，极力忍着心中恐慌，苦苦坚持。

她没有任何辩驳的话，因为都是事实。

就算今日云祟冲她发火的话没有被人听见，她假冒祝星的事，也会被温家其他人察觉、拆穿。

温聿怀已经替她拖了不少时间。

沙棠本以为自己能做成什么事的，哪怕只是解救云祟，让他回到飞玄州，给阿姐带去续命的灵药。

可到头来她还是什么都做不到，仍旧是个只能带来不幸和灾难的存在。

沮丧感如翻涌而来的海浪将她狠狠地拍打在地，又将她淹没。

温鸿正愁没理由找祝家的麻烦，如今真假祝星这事，却给了他绝佳的机会。

他盯着下方柔弱的少女，冷声道："把消息放出去。"

"祝廷维身为一方霸主，因为不忍病弱的大女儿远嫁，就逼迫自己的小女儿替姐出嫁，以此侮辱我温家——"温鸿盯着沙棠，神色无比冷酷，"此女假借祝星之名，监视我温家一举一动，在妖海寻剑时，又与妖魔多次联系，泄露小青峰地形，故意放出关押在雪谷的妖兽，害死我温家诸多仙士。"

沙棠听到后面那些话，这才不敢相信地抬起头来。

温鸿却没有被她眼中的泪水蛊惑。

沙棠也不知自己哪来的勇气，即使颤抖着，也张了张嘴道："我……没有做这些事。"

温鸿从椅子上站起身，没有理会沙棠的反驳，冷笑道："今夜此女欲与情郎私奔，被抓，遭当场射杀。"

沙棠的目光从最初的震惊，到此时的不解与茫然。

温鸿说出的话，已经定下了沙棠的结局。

旁边的人都明白温鸿的意思，他要沙棠死。

温鸿的意思明显又坚决，他的亲信收到命令，迈步朝沙棠走去。刚走了没两步，就听见温家两位少爷同时开口。

温雁风："爹——"

"父亲，"温聿怀抢先一步道，"她不是祝星的事，我早就知晓。"

这话成功地把其他人的注意力从沙棠那儿转到温聿怀身上。

温鸿忍着额角抽搐，瞪眼看过去，拔高了音量："你知道？"

温雁风也是一惊，但很快他就想起温聿怀对沙棠的特别。原来如此，他早就知晓，那还留着此人，定然是有自己的计划。

温聿怀也是这么跟温鸿说的："我有自己的计划，还未来得及与你说，若是成功，就能一举拿下飞玄州。"

温鸿沉住气道："你说说，是什么计划？"

温聿怀抬头看了他一眼，温鸿顿了顿，道："其他人暂时先出去。"

"爹……"温雁风刚开口，就被温鸿比了个手势打断："风儿，今日你辛苦了，先等等，我随后与你讨论。"

其他人都不敢吱声。

大家都清楚最近家主对二少爷的态度缓和不少，甚至颇为宠爱。

温雁风收敛情绪，带着其他人离开，走时扫了眼背对着他们的温聿怀，对沙棠说："祝小姐，走吧。"

沙棠低着头往外走去，温聿怀也没有阻止。

屋门关上，无人知晓那两人在里面都谈了什么。

沙棠就等在院子里，站在温雁风等人后面，两旁都是守卫盯着她，像是怕她跑了。可她要是有逃跑的能力，就不会嫁到温家来。

温雁风转身看着沙棠，见她红着眼眶，眸子水盈盈的，不由得眯起眼。

他倒是丝毫不怀疑温聿怀会被这柔弱的外表迷惑。

反而令他心里动了动。

"祝小姐，"温雁风往前走了两步，来到沙棠身前，压低嗓音道，"你若是仔细跟我说说，我倒是可以保你不死。"

沙棠低声道："说什么？"

温雁风微微笑道："祝家的计划。"

"我不知道。"沙棠闷声回答。她确实不知道祝廷维在计划什么。

"这可不是能让你活命的回答，祝小姐，我爹刚才的话你也听见了，若是你不说出点有用的东西，今晚可就没命离开了。"温雁风盯着她，嗓音蛊惑，"或者，你告诉我，聿怀要你做什么？"

沙棠缓缓抬头，微红的双眼看了看温雁风，随后摇摇头，沉默不语。

这次连话都不说了。

温雁风心里有点烦躁，最近的烦心事太多，事事不如意，也不知是这些原因，还是体内的魔气，令他有些控制不住想发火，想伸手狠狠掐住这女人纤细的脖子。

他耐着性子，装作善解人意的温柔模样试图说服沙棠，把威胁和施舍杂糅在一起说给少女听。

可沙棠仍旧闷着，什么都不说。

温雁风的耐心快要耗尽时，屋门打开了。

温聿怀和温鸿从里面走出来，目光落在沙棠身上。看见温雁风与沙棠的距离，温鸿皱起眉头。

"家主。"

亲信的声音唤醒温雁风，他面不改色地转过身去，自然地与沙棠拉开距离，朝温鸿走去时，说："爹，你和聿怀商量得如何？我刚才想从祝小姐那儿问出什么来，她却始终沉默。"

温鸿目光扫了一圈在场的人，沉声道："让聿怀带上她和云祟，一起去飞玄州。"

去飞玄州？

温雁风听得愣住，沙棠也忍不住朝温聿怀看去。温聿怀无视其他人的目光，径直朝沙棠走去，带她离开。

"等等！"温雁风出声阻止，温聿怀却没有停下，守卫也不敢阻拦。

温雁风猛地看回温鸿："爹，你这是什么意思？让聿怀带人去祝家……"

"我已经决定了，既然当初对外说是聿怀心悦祝星，如今出了这事，正好能解决这个问题，也能让祝家付出代价。"温鸿咳嗽一声，面无表情道，"这事就交给聿怀处理，你与我再谈谈这次妖魔反攻的事。"

温雁风听后，瞬间就反应过来。

温鸿这是铁了心要让闻今瑶嫁给温聿怀，所以才将之前错误的决定和说法更正，让闻今瑶不受委屈。

温雁风望着转身回屋的温鸿，无法理解，为何云琼死后，父亲要对温聿怀如此纵容，弥补什么？真以为温聿怀会是你的儿子吗？

"少主。"身旁的亲信低声提醒，示意他暂时稳住情绪。

温雁风深吸一口气，压下心头的杀意，迈步朝屋里走去。

温聿怀带着沙棠回小青峰偏殿，他抓着沙棠的手腕，能感受到她冰凉的肌肤。

沙棠忍不住问："你要带我回飞玄州，去祝家吗？"

"你刚才应该已经听到了。"温聿怀没有回头，淡声说，"既然替嫁的事暴露，你就不能在温家待下去，离开是最好的选择。"

沙棠抬头怔怔地望着眼前的背影，随后低着头没说话。

温聿怀回想刚才与温鸿的对话，确认没有漏过任何细节。

他告诉温鸿，沙棠活着比死了有用。

死无对证这一招，虽然能在短时间引发众人对祝廷维的声讨，但祝廷维若是想办法拖延时间，就有机会否认这一切，反正人已经死了。

他说沙棠对自己很信任、很听话,让她做什么就做什么。

又说若是闻今瑶嫁给自己,之前对外说他对祝家大小姐如何情深,若是不把这些误会解除,对闻今瑶来说也很不利。

温聿怀说了很多,真话、假话和诡辩,不管他人死活,利用温鸿对云琼的爱与恨,只是想让沙棠活着离开。

怕温雁风那边坏事,又怕闻今瑶听到风声赶来,温聿怀又道:"时间紧,我们今夜先行,让云崇跟着其他人明日再走。"

温聿怀如此着急送她回去,是因为知道她是祝家的二小姐,是那个出生便克死母亲的灾星了吧?

沙棠低着头,轻轻应了一声。

她一路沉默着回到偏殿收拾东西,其实也没什么好收拾的。走时,沙棠看了眼桌上还没看完的书,犹豫一瞬后,还是转身走了。

有了温鸿的命令,温聿怀带走沙棠无人敢拦。

夜里山路昏暗,悬浮在空中的明火符照亮前路。

温聿怀牵着一匹高大的天马走在前面,到山脚下时,他才转身看闷头走在后面的沙棠:"你这是在生气?"

沙棠摇摇头。

温聿怀不是很相信。

他倒是挺高兴沙棠会生气的,前提是生气的对象不是自己。

两人都站在树木的阴影中,天马低头在草丛中轻嗅,无意听他们的谈话。

温聿怀朝沙棠走去,来到她身前,伸手轻勾着她的下巴,要她抬起头来:"云崇叫你祝棠,你是祝廷维的小女儿?"

沙棠的睫毛颤了颤,退无可退,只能回答:"……是。"

她收拾好情绪,往后退了一步,与温聿怀拉开距离,真心道:"对不起。"

温聿怀面无表情地看着她:"为何道歉?"

沙棠闷声说:"我只是觉得……应该向你道歉,对不起,我骗了你。"

她这会儿脑子也很乱,不知道该怎么处理眼下的情况。

温聿怀看出她的茫然无措,便问:"你为什么要答应祝廷维,代替祝星嫁过来?"

"因为那是你的父亲和阿姐?"

温聿怀想不出沙棠会与祝家人有深厚的亲情,怎么看都不存在的。

若是别的人,沙棠是不会说的,可雪谷那日,云琼对温聿怀说的字字句句还残留在沙棠的脑海里,时不时总会想起。

难言的、微妙的共鸣感,让沙棠下意识地朝温聿怀靠近。

"……是因为我害了阿姐,让她受伤无法修炼,所以我该补偿她,无论要我做什么都可以。"沙棠低着头看地面的光影,声音很轻,出口的每一个字对她来说,却重如千斤,"我出生时,就害死了母亲。父亲说,我是荧惑之命,也就是天生的'灾星'命格,只会给周围的人带来灾难和不幸,让可能会发生的坏事……变成一定会发生。"

这些已经在心中演练过千百遍的话,如今得以顺利说出来,沙棠的心跳得很快,话却说得平静。

"阿姐若是嫁到青州来,她会死的,我不能再害死阿姐,也不能……拒绝父亲和师尊。我不想……只带来坏事,也想做点对他们有用的事情。"

沙棠的声音越说越低,不敢抬头去看此时的温聿怀是何表情。

若是看了,那她这辈子都不会忘记的。

温聿怀有瞬间怀疑自己听到的是否属实。

他望着沙棠的目光晦暗难明。

温聿怀想起被关在温家雪谷里的一只老妖。

幼年的他曾误闯进地牢,在里面被困数月。云琼那时候满心怨气,根本没空管他的死活。

是地牢里一只会人语的老妖救了他。

那只老妖就快要死了,死前不想吃人,只想和外面的人说说话。

呆呆望着它的小孩会说的话却没几句。

濒死的老妖对男孩说:"你身怀闇雷镜此等灭世凶器,若是被六界发现,无论是妖魔、还是人神,都不会放过你的。"

那时候他太小了,根本听不懂,随着后来经历的诸多苦难,记忆也模糊远去,如今却在沙棠话音落后,变得清晰起来。

它说:"若是想平安度过此生,就远离身怀荧惑之命者,否则你将什么都得不到。"

温聿怀就站在沙棠身前,两人挨得很近,仅一步之遥,却谁也没有再向前。

失而复得的记忆。

灵府深处发出警告的闇雷镜。

温鸿最后的提醒。

云琼的诅咒。

有无数信号在提醒和警告温聿怀,离沙棠远点,不要再管这个女人的死活。

人总是误以为,一切阻拦自己的都不怀好意,唯有顺从自己的心意,才算是正确的。

他以为,不按照其他人的命令去做,就是自由的。

沙棠低头陷入自己的情绪中时,忽然被人拦腰抱起,受惊地抬起头。温聿怀将她放在天马背上时,说:"我也常被人叫作灾星。"

他漂亮的眉眼满是嘲讽,话也说得不屑一顾,似乎根本不在意沙棠的灾星身份。

"我知道你不想回祝家,也许回去后你不仅会被祝廷维责骂,还会被他关起来,又或者死在他手里。"

温聿怀让沙棠在天马背上坐好,又将天马的缰绳缠在她手腕上,仰头看满眼惊讶的沙棠,沉声道:"趁我还没改变主意之前,你走吧。"

"……去哪儿?"沙棠颤声问。

"去一个没人认识你,也找不到你的地方。"温聿怀说,"天马会带你去的。"

他在心中告诉自己,只做到这里就可以了。

今晚过后,这个女人是死是活都跟他没关系。

温聿怀收回手,整个人隐在树影中,看不清神色,那双浅色的琥珀眼瞳也染上了暗色,盯着沙棠说:"离开温家,也离开祝家,没有人再约束你、关着你。你可以想做什么就做什么,也没有人知道你的身份,你可以过得很好。"

这应该就是她想要的。

温聿怀淡声说:"走吧。"

天马得了命令,迈步往前走去,慢悠悠地往前走了几步的同时舒展羽翼。

时间忽然间变得很慢,又很快。

天马张开羽翼走了好几步路,慢悠悠的,不慌不忙,展翅时,却一瞬间远离了地面,穿过了高高的树丛,天幕似乎近在咫尺。

温聿怀的视线随之转动,微微仰首,目光仍旧没有转开。

许多记忆和声音浮现在他脑海中,竟都是属于沙棠的,"后悔"两个字刚在脑海中浮现,温聿怀下意识要否认时,却看见飞走的天马又回来了。

天马背上的人低伏着身子,似乎因为受了惊吓,害怕极了。温聿怀没有犹豫,身体比大脑先一步做出反应,上前拦住天马,让她平安降落。

沙棠颤颤巍巍地直起身,她的双手仍旧紧紧地抓着缰绳,抬头看向青年,懊恼又无助地说:"你说的那些……我一个人做不到。"

幸好。

她需要自己。

温聿怀抬眼望着沙棠,静默片刻后,向她伸出手。

沙棠抓住温聿怀伸出的手,之前她喊天马回来时,心脏狂跳,似乎从未如此着急过，甚至没有想过，若是温聿怀拒绝她、厌恶她怎么办。

此时才反应过来的沙棠，小心翼翼地打量着温聿怀的脸色。

温聿怀却紧紧抓着她的手，把人牢牢地困在身旁。

他低声问："你一个人做不到，那你想如何？"

沙棠被问得怔住，她什么也没想好就回来了，又或者并非没有想好，只是没有勇气说出来。

"我想……"

沙棠刚开了个头，就被温聿怀打断，他说："想让我和你一起吗？"

沙棠开口时，眉头紧皱，神色懊恼又犹豫，温聿怀觉得，就算她开口，说的估计也不是他想听的。

所以不如自己问。

温聿怀也知道，沙棠总是很难拒绝他，无论是直白强硬的，还是他故意的。

沙棠像是从迷茫中得到答案的人，恍然大悟，望着温聿怀点了点头。

"我、我想和你一起。"她鼓起勇气说道。

沙棠从温聿怀眼中，得到说出这句话的勇气。

也许她还不懂这话的意思，却已经说出口了。

温聿怀抓紧她的手，一点点把人拉到身前，低声警告："这可是你说的。"

沙棠完全不懂温聿怀此时的心情，而是重重地点头："嗯！"

认真地回应表态。

温聿怀看得一笑，伸手轻抚她的脸颊，让她微微抬头望着自己，轻声道："你不是说过我很好吗？从今以后，我只对你一个人好，所以……不管未来发生什么事，你都不能离开我。"

哪怕我要去飞玄州杀了你的父亲。

沙棠认真聆听后，点点头："好。"

她没有犹豫，就答应了。

沙棠总是认为，温聿怀不会伤害她的。

那天晚上，温聿怀带沙棠离开了青州。

即使乘坐天马飞行，去往飞玄州也需要几日的时间。

温聿怀看起来却不着急。

离开青州后，温聿怀就舍弃了天马，带着沙棠游走乡野、山崖和城镇。

这些都是沙棠未曾见过的景色。

两人走在热闹的城镇中，没有人知晓他们的身份，也无人在意他们。

沙棠戴着面纱，只露出一双好奇又带着点怯意的乌黑眼眸。温聿怀牵着她的手，给予她安全感，让她不必担心在热闹的人群中走失。

人间热闹的灯会和烟火胜景，沙棠到今日才得以体验。

街上灯火长龙，人们彼此结伴，朝城中最好的寺庙赶去，去向佛祖许下今年的愿望。

进入寺庙后便能闻到无处不在的香火味，沙棠隔着面纱也掩不住，忍不住抬手捂了下鼻子。

温聿怀注意到她的小动作，低声问："怎么了？"

沙棠摇摇头，对周围密集的人群，还是有些不适应，又朝温聿怀挨近些，说："闻着香火味，鼻子有些发痒。"

前来许愿祈福的人，早已提前准备好了要用到的香火。来的路上，也多是卖香烛的商贩，所以寺庙前殿的香火味最浓。

温聿怀带她绕开热闹的人群，走僻静的小路，周围多是树木，少了庙宇，活人也少了，人间的香火气味也淡了许多。

沙棠回头看了眼后方灯火热闹处，问身边的人："这样的日子，每年都有吗？"

温聿怀用余光扫她一眼："世人敬神佛，神佛不死，这样的日子就每年都有。"

沙棠突然停下脚步，怯生生道："那这里的神佛允许我来吗？"

温聿怀牵着她往前走："只要你愿意，神佛就不会拦你。"

自从那天晚上过后，沙棠对他的话更是深信不疑，似乎从温聿怀这里听到的所有肯定，都能让她打从心底里生出勇气和力量。

沙棠心想，她是愿意的，希望神佛不会讨厌她。

小道尽头的光亮很足，人也多了起来，僧人为香客引路，讲解石碑上的经文，聆听人们的苦难。

有僧人在向香客们分发许愿签，不少人都拿着红色的签纸书写自己的愿望，再让人挂在院中那棵不知活了几千、几万年的古树上。

沙棠目不转睛地盯着这棵苍翠的古树良久，它苍劲粗壮的枝干上，挂着密密麻麻的红色签纸，积攒了不知多少人的愿望。

这些愿望并非全部可以实现，可人们依旧乐此不疲，向庙里的神佛祈求。

沙棠看见一对年轻姐妹站在树下，踮脚将手里的签纸挂在枝头，年纪稍小的姑娘招招手喊道："阿姐，我挂不上去，你帮帮我。"

女人接过她的签纸，问："挂在这里吗？"

"挨着你的就好。"小姑娘笑盈盈道，"阿姐，你写的什么愿望啊？"

女人笑道："祈愿你此次出行顺利，平平安安。"

"阿姐你干吗浪费这么好的许愿机会写这些？我这么厉害，出门在外也是别人被我欺负的份！"小姑娘亲昵地挽着女人的胳膊撒娇，"那我今晚回去可以再吃到阿姐你做的馄饨吗？临行前的最后一碗啦！"

女人无奈地道："好啦好啦，我会给你做的。"

小姑娘瞬间欢呼道："阿姐真好！"

沙棠目光怔怔地望着两人越走越远，直到她们消失在人潮中，仍旧没有收回目光。

站在古树下的沙棠也不可避免地听见了许多。

父亲向古树祈愿，让家中生病的女儿早日康复。

母亲向古树祈愿，家人平安，儿女顺遂。

孩子们向古树祈愿自己前程似锦，家中父母无病痛。

男人向古树祈愿，可以娶到心仪的女人。

女人向古树祈愿自己的心上人出行在外要平平安安。

短时间内，沙棠见到了人间最温暖的一面，却无法感同身受，从中获得半分情绪共鸣，一切对她来说都如此僵硬、陌生和酸涩。

注意到沙棠的人逐渐多了起来，让她不自觉地低下头去避开那些不经意的对视。

沙棠刚想去找温聿怀，就见一道人影停在她身前，便抬头看去。温聿怀朝她递出一张红色的许愿签纸，迎着沙棠惊讶的目光，说："拿去写你的愿望，我帮你挂上去。"

沙棠抿唇，轻声问："我写的愿望……会实现吗？"

温聿怀说："会。"

沙棠看了看他，从温聿怀手中接过许愿签纸。

想起刚才那对姐妹，沙棠提笔写下让阿姐病愈的愿望。

温聿怀看了一眼，当着沙棠的面，将签纸撕掉。沙棠微微睁大眼，而温聿怀神色淡漠，重新递给她一张签纸，说道："再写。"

沙棠握着笔，陷入犹豫，眼神总是不由自主地瞧温聿怀。

温聿怀说："写给你自己的，而不是给别人的。"

沙棠扬起脸问他："给你的也不行吗？"

温聿怀轻挑下眉："你想替我许什么愿？"

沙棠蹙眉思考片刻后，说："祈愿出行顺利、平安？"

她刚才看见很多人都这样写。

温聿怀说："我不需要这些。"

沙棠重新想了一会儿，说："祈愿你可以娶到心仪的女子？"

说这话的时候，她不由自主地想到了闻今瑶。

温聿怀却盯着她，淡声道："我已经娶到了。"

沙棠过了好一会儿才反应过来这话的意思，有些不敢相信，瞪大双眸望着温聿怀，握笔的手微微颤抖，这次却没有勇气去确认。

温聿怀握住她颤抖的手，让笔尖点在纸上，低声道："写你想要的。"

要不要报复那些伤害过你的人？

沙棠感觉到温聿怀手掌冰凉的温度，彼此肌肤相贴，等他的掌心也变暖后，沙棠才握笔动了动，在许愿签纸上写：我想去看更多，竹楼外面的世界。

温聿怀垂眸盯着许愿签纸上的一行字，从字里行间能看出沙棠的小心翼翼，以及内心深处的渴望。

她想要的也许和自己一样，是自由。

"我写好了。"沙棠将许愿签纸递给温聿怀，心里有些发愁，他若是又撕了怎么办？

温聿怀没有撕，而是给她挂到了古树的最高处，挨着自己的许愿签纸。

"你没有写吗？"沙棠问。

"没有。"温聿怀答，伸手牵着她走出人群。

沙棠回头看了眼挂满许愿签纸的古树，又问他："为什么不写呢？"

温聿怀说："我的愿望我会自己想办法达成，别人无法实现。"

沙棠听得懵懂，片刻后似乎才反应过来，微微惊讶道："那我的也不能实现吗？"

温聿怀再次答道："会实现的。"

两人逛完灯会，没有在城中住下，迎着夜色又出城离去。

城中灯火通明一夜，在快要天亮时，庙中的香火依旧燃烧不息。晨风带走了零碎的星火，点燃院中落叶，被风带起的火星，悄无声息地落在了红色的许愿签纸上。

晨光破晓的瞬间，浓浓黑烟遮掩了天幕。

火势蔓延极快，僧人们急声大喊救火，目光绝望地望向被大火吞噬的千年古树。

晨风吹着大火四溢。

被吹落的许愿签纸打着旋往下坠，只有张扬的火苗看见上面写有"我妻祝棠，无拘无缚"的字迹，世间还无第二人见过，它便已化作灰烬消散天地。

沙棠在被人指引、肯定的情况下，逐渐忘却那些令她犹豫害怕的存在。

温聿怀发现沙棠即使盯着日出或者日落，都能看许久。

沙棠以为自己已经看腻了这些。

从前被关在竹楼，无事可做时，她就站在屋外或者窗前，看日出日落，已经看了很多年。

可如今站在不同的地方，再看早已腻烦的日出日落时，却发现是不一样的。

所有的一切都是不一样的。

在危险的悬崖山巅，一望无际的荒野，城郊外的驿站，高高的护城河堤岸，又或是在热闹的长街上无意抬头一瞥。

沙棠在不同的地方，看见了同样的景色，也拥有了不一样的心境。

温聿怀在前面走着走着，忽然发现身边的人不动了，便回头看去，见到沙棠目不转睛地望着天际。

远方绚丽的云彩映在她乌黑的眼底，温聿怀也瞧见了未曾见过的落日景色。

沙棠注意到温聿怀在看自己，有些不好意思地眨了眨眼，轻声解释："明明我已经看过许多次，可是在不同的地方看见它们，还是会觉得很神奇。"

会觉得天地真的、真的、真的很大。

也许对别人来说，今日在这里看夕阳，明日在那里看日出，对他们来说是再平常不过的事。

对沙棠来说，却不一样。

温聿怀也习惯沙棠某些异于常人的点，有许多都是他小时候的模样，那些令他愤怒、遗憾和痛苦的模样。

曾经的他无能为力，如今总能做点什么。

"我们今天要在城里过夜吗？"沙棠抬头问道。

温聿怀问："你想再逛逛？"

沙棠点点头，开始不再隐瞒自己的想法。

温聿怀说："那我们就住一夜再走。"

与他人交谈、办事的活都是温聿怀在做，沙棠就在旁边看着学习。等进了房间，只剩下两人时，她才会好奇地问出自己感兴趣的东西。

温聿怀告诉她买东西的步骤，第二天便将银子交给沙棠，让她自己去买，学着如何与他人交谈对话。

晚上的时候，沙棠会和温聿怀一起看一会儿书，偶尔会有传递消息的信鸟飞来，是找温聿怀的。

温聿怀看完信鸟传递的消息后，也会把一些消息告诉沙棠，让她知晓。

比如温家的人会带着云崇先到飞玄州。

其他人问起，他会说路上遇见了麻烦的妖兽，所以才耽误了这么久。

有些事他也不会告诉沙棠。

比如他在找解除玄女咒的办法。

利用温鸿对云琼的感情，既有好处，也有坏处。

好处是温鸿对他的态度改变，让温聿怀在温家的地位有所提升；坏处是温鸿的心思偶尔难以掌控，会做出一些自认为是对他好的麻烦事来。

让闻今瑶嫁给他就是其中一件麻烦事。

温聿怀一时间分不清温鸿究竟有多恨他，才要闻今瑶嫁给他，让他一辈子都听闻今瑶的话。

有些事太危险，温聿怀不想让沙棠知道。

自从意识到自己的言不由衷后，温聿怀就讨厌他在闻今瑶面前的样子，无论什么样都会觉得狼狈难堪，更不想让沙棠看见。

沙棠放下手中的书，抬头发现温聿怀还站在窗边与信鸟沟通，不时低头看手中的信纸，无声地掐诀施法。

她轻手轻脚地回到床边，没有打扰，安静地看了一会儿温聿怀，见他眉头微蹙，似乎在为什么事烦恼，让她也忍不住跟着紧张、苦恼。

等温聿怀眉头舒展，神色恢复她熟悉的从容后，沙棠便认为是烦恼解决了，心里也随之松了口气。

温聿怀将信鸟放飞，回头发现沙棠目不转睛地看着自己。

"看完了？"他问。

沙棠点点头，她想问你在和什么人写信，又不好意思问出口。

温聿怀向来能察觉她的心思，在沙棠苦恼该说些什么时，他已经淡声开口："我在托人找东西，刚才得知有了线索，便多写了几句道谢的话。"

沙棠听后，眼中的好奇才被满足。

温聿怀见她抿唇朝自己笑了下，乖巧的模样像是在表达自己刚才欲言又止的歉意。

他和沙棠不一样，温聿怀已经习惯了说谎。

他骗过温鸿，骗过闻今瑶，也骗过温雁风，对这些人说谎，温聿怀毫无心理负担。

可只有骗沙棠时，他才会有一瞬间的犹豫。

温聿怀寻找破解玄女咒办法的手段并不光明，对他人威逼利诱，甚至与妖魔合作交易，出卖温家。

正如温聿怀说的那样，他只对沙棠一个人好。

因此，其他人的生死、苦难，他都不会在乎。

"今晚看完的书，你有什么想问的吗？"温聿怀很自然地转移话题。

沙棠摇摇头，说："我还有一些没看完，明日看完再问你。"

温聿怀道："想休息了？"

沙棠抬眼看他，手指轻轻抓了下衣袖，迎着青年专注的目光，鼓起勇气说："你、你要和我一起休息吗？我睡靠里面些，床很大，可以躺两个人的。"

沙棠今晚想起来，无论是在妖海的巨船上，还是在小青峰偏殿，温聿怀都在屋中守着自己，总是站着或坐着，休息不好的吧？

可他灵力高深，并非自己这般柔弱，似乎也不需要她献出的半边床铺。

沙棠说完，觉得自己愚笨，实在不好意思，便将床帐放下，自己滚到床铺里，轻声道："我先休息了。"

话说出去了，该留的一半还是要留的。

屋中安静片刻后，沙棠听见青年朝床边走来的声音。

烛光突然熄灭，沙棠从被子里探出头来，在朦胧的阴影中，看见熟悉的人影单手掀开床帐走了进来。

屋内光线晦暗，无论是还在微微晃动的床帐，还是有所动作的人影，都蒙上一层朦胧的影子。

沙棠刚从被子里冒出的头，又被青年伸出的手掌温柔地按了回去。

第九章
红 线

温聿怀教会了沙棠"自私"。

沙棠从不把自己的意愿放到第一位,每天都在想,今天做的事、说的话会给别人带来什么样的麻烦,如此,总是害怕懊恼。

温聿怀让她逐渐忘记这些,以为自己只是一个普通平凡的人,和世间大多数人一样。

可她不是。

这几日连着下雨,时而暴雨倾盆,时而小雨不歇。

沙棠在夜里行路时,看见偷偷潜入村庄的妖兽,便和温聿怀入村借宿。

收留两人的村民夫妇良善,能与会降妖除魔的仙士相识,觉得十分幸运。

温聿怀离开去解决藏起来的妖兽,沙棠则乖乖地等在屋中,与夫妇二人聊天等他回来。

夜雨渐大,沙棠正努力学着当温聿怀不在时,如何与他人相处。好在妇人健谈,不用沙棠开口,自己都能说得停不下来。

外面雨声太大,敲打屋瓦的声音,快将人声都掩盖。妇人的丈夫说外面有什么被雨水冲垮了，妇人没听清，神色疑惑地往外走去，边走边问他刚才说了什么。

沙棠眼看两人都走入夜雨中，起身想去帮忙，走到屋外后，却听巨响传来，汹涌澎湃的山洪，将站在夜雨中毫无防备的两人转瞬卷走。

夜色中的小屋、围篱，皆在眨眼的工夫被吞没，而洪流的声势浩大，无视一切继续前行。

这无视一切、无情吞没地面一切事物的山洪，让沙棠从沉迷数日的美梦中清醒。

沙棠低头看就在脚边的洪流，她总是如此巧妙地站在危险的边缘，看着他人入地狱，而她总能幸运地刚好避免。

与他人对比起来，令人恶心的幸运。

温聿怀回得慢了一步，妖兽是除掉了，免了村民被妖兽吞吃的命运，却免不了天灾这一劫。

他看着站在夜雨中，浑身湿透，目光死死盯着洪流的沙棠，心中一沉，抓着她的手将人带走。

不等沙棠开口，温聿怀便开口说："不关你的事，是最近雨季的原因。"

"如果我今晚没有在这儿停留，这事是不是就不会发生了？"沙棠轻声说。

夜雨太大，温聿怀施了结界在两人身边，隔绝了雨声，避着洪流离去。

温聿怀沉声说："不管你今晚在哪儿，都与你无关。"

沙棠看见洪流中的断肢残骸，浑身发冷，在温聿怀看不见的地方，摇了摇头。

人没有未卜先知的能力，哪怕是仙家算卦，也会因为各种因素干扰而有所改变。

沙棠就是那个让可能变成一定的存在。

明明知道这点，她却还要拼命无视。

太过自私的人，会受到惩罚。

温聿怀带着沙棠远离了洪流，见她失魂落魄的模样，皱起眉头。

一个人突然变得倒霉都会沮丧、烦恼或者委屈，更别提已经倒霉许多年的沙棠。

沙棠开始害怕了。

她想去竹楼外的世界，想去更多没去过的地方，却忘记了，她会给那些地方的人带去灾难的事实。

父亲是对的。

像她这样的存在，就该一直被关在竹楼中，哪儿也不准去。

"祝棠，"温聿怀把人抱进怀里，低声道，"别想了。"

向来听他话的人，如今却沉默不语，只抓紧他的衣服。许久之后，温聿怀才听沙棠小声说："让我回祝家吧，我哪儿也不去了，我不想害你。"

她想起温聿怀最近在找一样很重要的东西。沙棠不想让自己的荧惑之命影响温聿怀，给他也带来灾难和不幸。

温聿怀轻抚着她单薄的后背，施法强制让颤抖的沙棠昏睡。

洪流吞没了整个村庄。

温聿怀搜寻一夜，不见活口。

沙棠在睡梦中拼了命地逃离水中，水浪翻涌，重重地将她拍打回深处，而她顽强地数次往上浮去，终于破水而出，来到岸上，却见岸边空无一人。

这事过后，沙棠变得比从前更安静，有时一整天也不会开口说一句话。

温聿怀带她走无人的山野，不再去热闹的城镇。

直到某天，沙棠发现路途有些眼熟，他们朝山上走着，山中是春暖花开之景象，地面却能瞧见不少的冰霜。

沙棠这才开口问："我们要去哪儿？"

温聿怀说:"垂仙峡。"

沙棠停下脚步,神色怔愣:"……为什么要去垂仙峡?"

"我约了人见面谈事。"温聿怀说完,注意到她情绪不对劲,不动声色道,"你不想去垂仙峡?"

沙棠摇摇头,重新跟上他,轻声说:"小时候,父亲带我和阿姐去过,而我在垂仙峡,害得阿姐掉下悬崖,伤了灵根……"

后面的话虽没说完,但温聿怀都能猜到。

沙棠说完,又停下脚步。温聿怀回头看她,见沙棠无比难过地看着自己,颤声问:"我和你来垂仙峡,真的不会害你出事吗?"

温聿怀目光定定地望着她,答道:"不会。"

沙棠不敢相信,心生退意,想要收回手,却被温聿怀攥紧。

温聿怀手下稍一用力,就将沙棠拉到身前,说的话前所未有的耐心:"祝棠,我不在乎你是什么命格,我也是被人叫作灾星长大的。你若是做不到放弃其他人,只顾自己,那我就去找解决的办法。"

解决的办法?

温聿怀说:"破除灾星命格的办法。"

沙棠沮丧地道:"父亲也曾想过……"

"他放弃了,但我不会。"温聿怀望着她说,"我会找到。"

不惜一切代价。

有办法改变的吗?

沙棠总是会被温聿怀动摇。她低下头去,轻声自嘲:"我实在是太没用了。"

她重新抬头看向温聿怀,神色无比认真,哪怕内心陷入濒死,却仍旧挣扎着对他说道:"任何事都好,只要你告诉我,我一定会想办法为你做到。"

听说在垂仙峡最顶上,居住着一名早已飞升神界的隐世仙君。

当年祝廷维来时,也没能见到这位隐世仙君。

温丰怀与妖魔合作，抓了这位仙君的徒弟，才得来这次机会。

垂仙峡最顶上雪地茫茫，却感觉不到半分寒意，如春日和煦，草木苍翠，百花盛放。

道路中站着一只通体雪白的仙鹿，鹿角上还坠着莹白的流光，水润的鹿眸盯着道上的两人，未张口，却吐人言："我家主人只见早已约好的客人，另一人还请在此停步。"

沙棠抬头看温丰怀，主动道："我在这儿等着，哪儿也不去。"

温丰怀给了她一张可以召唤自己的符纸，又在她附近设下结界，这才随仙鹿往前走去。

沙棠目送他走远，安静等着。

等到春色越来越少，所有的一切都被白雪覆盖，在茫茫的白雾中，温丰怀看见站在前方的一道黑色影子。

他立在风雪中，看起来很近，却又很远，只能瞧见被寒风吹得猎猎飞扬的衣发，看不清面容。

温丰怀停下脚步，隔着风雪朝前方的人影看去，恭敬地低头致意。

这名隐世仙君看见他后，低低笑道："胆子不小，你既知道那是我的徒儿，还敢拿他威胁我。"

温丰怀不卑不亢地道："并非威胁，只是换了一个与您对话的机会。"

隐世仙君大方道："说吧，你有何话要问？"

风雪从眼前飞过，却从未落在他身上。温丰怀也感觉不到寒冷，眼前的一切真实可触，却又无法感受这份真实。

温丰怀抬头，寒雾似乎飘进了那双浅色的琥珀眼瞳中，染了几分冰霜："我想知道如何破除灾星命格。"

隐世仙君听后，顿了顿，道："据我所知，你想问的不是这个。"

温丰怀说："我现在想知道的，只有这个。"

他像是在履行小时候的承诺。

那天,只要有人带他离开,他就愿意为这个人做任何事。

隐世仙君却道:"你身为十二天州的仙士,却与仇虚妖王合作,为的不是解除你体内的封印吗?"

温聿怀神色不变:"我已经问出了我的问题。"

"灾星无解,不可破除。"隐世仙君的声音宛如从天上传来,低沉又威严,"何况她只有二十年的寿命,已经快了,人死后,灾星自然就消失了。"

温聿怀听得怔了怔。

二十年寿命?

他这才明白沙棠身上为何有一股死气,原来留给她的时间不多了。

沙棠也是知道的,所以才会说"我活不长的"这种话。

灾星都是活不长久的。

可越是如此,温聿怀反而越不甘心。

温聿怀压低嗓音道:"世间逆天改命者,只多不少,灾星命格又为何无解?"

隐世仙君像是听到什么笑话般,"哈哈"大笑起来:"世间想要逆天改命者,确实只多不少,但能成功的又有几人?"

温聿怀在此刻感觉到有人在天上看着他,注视的目光落在他身上,隐世仙君的声音也从远处传来:"命不可改,却能换,你愿意与她交换吗?"

温聿怀望着风雪迷雾中的身影,神色不见犹豫,直接问出自己心中所想:"只要我愿意,就能交换?"

隐世仙君问:"她只有一年的时间了,即便如此,你也要交换?"

如果可以,温聿怀是希望沙棠活下去的,因为她也是想要活下去的。

雪谷的山洞中说不想认命的少女,温聿怀虽没能看见她的神色,却记住了那颤抖的声音。

最近沙棠变得异常安静,她好似已经认命了,在安静等着自己的死期到来。

想要让沙棠变成一个漠视他人生命和苦难的人,她做不到的。

温聿怀也还有很多事情想做,可这些事情与是否要看着沙棠去死的问题对上后,他便只有一个选择,不想沙棠死。

不想沙棠早早死去,又怕自己不在后,沙棠一个人留在世上受人欺负,也怕她会听别的男人的话,被别的男人哄骗。

在温聿怀沉默时,隐世仙君缓声道:"闇雷镜拥有颠覆天地,毁灭一切的力量,因此十分危险,而你与闇雷镜同生,若是贸然杀你,反而会激起闇雷镜的力量,神界对此颇感头疼,这也是我肯答应与你见面谈谈的主要原因。"

忽然间,温聿怀能感觉到注视自己的目光变多了。此刻在天穹之上,不知有多少神界的仙君正在看着他。

隐世仙君的声音如雄浑的钟声,直击他脑海深处:"你若是心甘情愿赴死,成为不死不灭之身,彻底封印闇雷镜,便能与她换命,让你的妻子摆脱荧惑之命活下去,生生世世平安富贵。"

今日并非温聿怀在等隐世仙君,而是神界的仙君们在等温聿怀。

沙棠出生便是荧惑之命的灾星,给他人带来不幸。

温聿怀则出生便被闇雷镜附体,只会让自己变得不幸。

听完隐世仙君的话,温聿怀似乎看见了封印闇雷镜的深海,他将永远沉眠于海底最深、最暗的地方。

温聿怀也看见了与三五好友一起提灯走在灯会中的沙棠,她与身旁的人自然地谈笑,轻松自在。

那是沙棠内心深处最渴望的模样。

温聿怀在这瞬间已做出决定。

他说:"我愿意。"

心甘情愿。

风雪呜咽,寒雾中,却传来一声幽幽叹息。

飘浮在空中的飞雪忽然倒回天上,地面的霜雪褪去,露出青翠的绿草地，本该在天上的星辰，也落在了草地中闪烁微光。

温聿怀能感觉到有力量注入他的神魂，让他无法动弹。

天地景象互换。

等在山道中的沙棠，忽然见满天飞雪落下，耀眼的金色日光从飞雪中洒落，令她感到无比温暖。

沙棠想要伸出手去接住飞雪或是日光，却无法动弹。

"她殒命之日，便是换命之时。"隐世仙君说完，一根红色的长线从虚空中落在温聿怀眼前，"看在你用情至深的份上，我便告诉你解除玄女咒的办法。"

温聿怀伸出手，接住了眼前的红线。

"玄女咒本就是情爱之咒，想要解咒，需要用结缘情丝抹除刻在你心脏上的名字。"

"而结缘情丝须得两情相悦者才能使用。"隐世仙君的声音变得时远时近，"倘若她也真心爱你，你们二人就可以系上结缘情丝，抹除咒印。"

倘若她也真心爱你——

说这话时，隐世仙君的声音近在耳旁，仿佛在提醒什么，却又带着若有似无的叹息之意。

温聿怀垂眸看手中的红线，沉默不语。

他今日做了一个不能反悔的决定。

神界的仙君们沉默地目送温聿怀离开。

等温聿怀离去后，才有仙君开口："你为何多此一举，要告诉他玄女咒的解咒办法？"

其他仙君也陆续出声："若是他后悔怎么办？"

"他迟早会后悔的，人之一世短暂，这一世的爱，在不死不灭的永生中会逐渐消失。"

"要在他后悔前成功封印阇雷镜。"

"那为何还要给他结缘情丝？"

"若是他知晓所爱之人并不爱自己,仍愿为其换命,坠入深海封印闇雷镜,我们才能相信他。"

"那根结缘情丝是不是……"

"好了,若不想再经历一次天地颠覆的灭世之景,就快些去准备封印的事吧。"

天上的神灵散去,风雪中的人影望着温聿怀离去的方向,沉默不语。

沙棠独自一人等在山道中。

周遭静悄悄的,落雪无声,刚才的天降异象,让沙棠有些担心,望着温聿怀离开的方向,在心中为他祈求平安。

不知多久后,仙鹿走在前头带路,领着温聿怀回到她身边。

沙棠见他还是跟离开时一样,不见受伤,这才松了口气,主动朝温聿怀走去。

温聿怀迎着她担忧的目光,伸手摸了摸沙棠的头,示意她放心。

仙鹿道:"主人说,下山路难,还请二位小心。若是愿意,可以先将夫人送下山去。"

做师尊的,免不了要帮徒弟报仇。

隐世仙君不会为难沙棠,但温聿怀想要下山,却要付出点代价。

沙棠不知道温聿怀抓了隐世仙君的徒弟,只听到了"困难"和"小心"这些令人苦恼的词句。

温聿怀也知道隐世仙君的意思,不愿让沙棠过多担心,便低声道:"你先下去,我随后就来。"

沙棠抓着他的衣袖,听后抿唇不语,没有同意,难得倔强。

温聿怀低头看沙棠抓着自己衣袖的手,伸手握住,微凉的指腹轻轻按着她的手背,将人拉进怀中,给予安全十足的拥抱,在沙棠的耳边低语:"我很快就来。"

沙棠这才被仙鹿先一步送下山去。

山脚春暖花开，不见半分寒意。

来时日空晴朗，如今却乌云遍布，阴沉沉的天空压在头顶，也将人心中的不安扩大。

沙棠盯着山道，在心中数数，想着温聿怀何时下来，没一会儿又后悔自己先行一步的决定。

这种时候，她到底能做什么呢？

是离温聿怀远远的，不让灾星命格影响他，还是想在他身旁陪着看着？

大多时候，她都无能为力。

沙棠被现实打压，目光怔怔地望着山道口，心中竟因此生了恶念。

此刻，她在心中诅咒一切伤害温聿怀的存在。

当温聿怀从阴沉的夜色中走出来时，沙棠见他衣衫沾染血色，脸色也略显苍白，心头一紧，急忙朝他跑去。

她刚跑近，还未张口问点什么，就被温聿怀伸手拉进怀中紧紧抱住。他埋头在沙棠颈侧，似笑了下，嗓音低沉："山路崎岖，慢点跑。"

每次看沙棠主动朝自己跑来，都能让温聿怀那双疏离冷淡的眼眸柔和一分。

"你受伤了？"沙棠微微仰着头，想去看他。

温聿怀靠在她肩头休息了一会儿，低声否认。沙棠闷声问："那这血是从哪儿来的？"

"别人的。"温聿怀答完，这才松开她，抓起沙棠的手，指腹摩挲着她雪白的手腕，低声说，"我刚得了一件宝物，想给你我系上，你愿意吗？"

沙棠随着他的动作伸出手，听后点点头，没有拒绝。

温聿怀将结缘情丝先缠绕在沙棠的腕上，再让沙棠将红线的另一头系在自己的腕上。沙棠心中的担忧被眼前的红线冲淡几分，有些好奇地问："这就是你最近要找的宝物吗？"

青年的目光始终盯着她，浅色的眼眸似乎比平日还要明亮几分。

"是。"他淡声答。

沙棠本想问是什么宝物，可话到嘴边，又顿住，身体似乎在警告她，不要问，不能问。

恍神的片刻，沙棠看着系在两人手腕上的红线，说："系好了。"

话音刚落，两人就见缠绕在沙棠手腕上的结缘情丝散开了。

沙棠愣了下，急忙抓住散开的红线，又道："松开了？"

温聿怀低头看她重新系了一遍，又在松手的瞬间，红线也随之散开。

沙棠不知为何，看着再次散开的红线十分难过，伸手去抓时，被温聿怀按住，这次换他抓住红线给沙棠系上。

无论将红线在沙棠手上缠绕得多紧，系成松手的时候，它都会散开，从沙棠手腕上坠落。

温聿怀一言不发，只沉默地、一次又一次地重新给她系上，再看着结缘情丝散落。

系不上的。

她不爱他。

结缘情丝像是在告诉温聿怀，沙棠对他也许是憧憬、崇拜、善意，甚至渴望成为像他一样拥有力量的人，却并非情爱之意。

爱一个人应该是什么样的？

也许他们两个谁都不知道。

温聿怀望着无论如何都系不上的结缘情丝，仍旧没有停下重新系上的念头，固执地强求。

沙棠望着眼前沉默不语的人，只觉得心头无比难过，闷在心中的情绪无法发泄，那无法系上的红线，又令她无比着急。

沙棠不愿看温聿怀那双漂亮的浅色眼眸染上悲伤之意，便在温聿怀欲要再次系上红线之前，先伸手抓住了他，冰凉颤抖的五指挤入他的指缝，与他十指相扣。

温聿怀这才停了动作,缓缓抬头。

沙棠不知为何红了眼眶,她无奈又有些急迫地望着他,想要表达什么,却又没能想到该如何表达。

温聿怀说:"祝棠。"

沙棠点点头,听他低哑着嗓音说:"别放手。"

温聿怀的声音很轻,也许是他这辈子最温柔又卑微的时候:"永远都别放手。"

沙棠没有犹豫地回应:"好。"

从小云琼就告诉过温聿怀,不要相信他人的誓言、承诺。

那都是随时能够反悔的谎言,就算是自己说出口的话也不要信。

话说出口的瞬间,充满真情实意,可也许谁都无法做到。

温聿怀得到沙棠的回答,便将结缘情丝收了起来,一整晚都抓着沙棠的手,没有松开。

从垂仙峡离开后,沙棠时不时就会抬头看看身边的温聿怀,心里总隐隐不安,却又不知道哪里有问题,只能不断地去确认温聿怀的状态。

可温聿怀好似没什么变化。

只是信鸟来得更加频繁,一天里要见四五回。

温聿怀也不再主动与沙棠说起信鸟传来的消息。

某天夜里,沙棠又做了一个不祥的梦,半夜苏醒。因为避开人群与热闹的城镇,所以他们不是露宿荒野,就是暂住山间废弃的庙宇中。

往常温聿怀都守在她身旁,或是让她枕在自己怀里睡着,如今沙棠从草垫中半撑起身,倒是看见温聿怀站在屋外空地,与一道巨大的黑色影子说着什么。

沙棠刚醒,脑子还有些发蒙,等她看清那道黑影后,惊讶地睁大了眼。

屋外的温聿怀察觉动静,蹙眉回头看过来。

他见沙棠醒了,便快步进屋。

巨大的黑色影子发出低沉的、不怀好意的笑，声音怪异，难辨雌雄："既然她醒了，本尊是否要进去打个招呼，与这位小姐认识一下？"

回应它的是温聿怀招手一挥，让敞开的破烂屋门"嘭"的一声合上。

屋外的魔尊见状"哈哈"大笑。

黑影中露出一双贪婪邪恶的红色竖瞳，紧盯着屋中的两人。

沙棠小声问道："那是魔气吗？"

温聿怀不想让沙棠知道自己与妖魔合作的事，在被她发现时，心头竟一阵后怕。

"是在这一片游荡的妖魔，不用理它。外面设有结界，他发现进不来后，很快就会走的。"温聿怀上前将沙棠揽入怀中，不去看她的眼睛。

沙棠在他怀里动了动，转过头想往屋外看去，又被温聿怀按了回去，转而仰起头去看温聿怀："是认识你的妖魔吗？他是不是来找你麻烦的？"

听出沙棠话里的担忧，温聿怀抬手轻抚她的背，指腹擦过她冰凉的发丝，从喉中溢出一声应和。

温聿怀侧目冷冷地扫了眼屋外，见魔尊识趣地离开了，便开口安抚沙棠："不用害怕，他已经走了，不会再来了。"

沙棠探头往屋外看去，这次温聿怀没有拦她。

见魔尊真的走后，沙棠才放心不少。

温聿怀低头盯着她瞧，问："怎么醒了？"

"梦到一些不好的事……"沙棠抿唇，低声道，"醒来后又不记得了。"

温聿怀道："既然已经忘了，就不要再想。"

沙棠乖乖地点了点头，垂眸看着温聿怀的手腕，片刻后，鼓起勇气抬头看他："我可以再试试那根红线吗？"

温聿怀听后，定定地看她片刻，没有拒绝，拿出结缘情丝递给沙棠，看着沙棠将红线的一头缠绕在他的腕上，又将红线的另一头缠绕在自己的手腕。

可惜一会儿后，哪怕沙棠抓着不松手，红线也会自动从她的指缝中断开再连接上。

沙棠不敢相信地看着断开散掉的红线，急忙抬头去看温聿怀，温聿怀却不以为意道："它已经没用了，不用在意。"

"……为什么会系不上？我明明打了死结。"沙棠闷声道。

温聿怀单手轻捧着沙棠的脸，让她看着自己："也许我们不是这宝物的有缘人，这世上的无缘之物只多不少，强求不来，不用太在意。"

沙棠怔怔地望着眼前有几分漫不经心的人，脑海中挥之不去的是，前些天温聿怀抓着结缘情丝固执地要将两人系在一起的模样。

不用太在意吗？

明明他心里无比在意。

沙棠感觉大脑没一会儿就昏昏沉沉的，好几次差点睡着，又因为在意这事坚持着没睡。

温聿怀看不下去，伸手把人揽进怀里，让她靠着自己。

时间将近，沙棠的身体越发孱弱，似乎这具弱小的身体，就快要承受不住灾星的力量，因此需要更多休息的时间。

沙棠迷迷糊糊地睡了一会儿，又因为心中想的事突然惊醒，从温聿怀怀里直起身来。温聿怀正低头盯着她，虽然让沙棠直起身，长臂依旧将人圈在怀里。

"又做噩梦了？"温聿怀低声问。

沙棠摇摇头，揉了揉眼睛，伸手在头上摸了摸，将束发的细长发带扯下。

散开的长发落在温聿怀手背，他眼眸动了动，手却没收回去。

沙棠望着白色的发带，很认真地调动本就掌握不多的灵力，将它变作与结缘情丝一样的红色。

虽然花了点时间，但总算是施法成功了。

沙棠抓着温聿怀的手，将发带变的红线缠绕在他手腕上，再将另一头给自己系上，就算松手后，这根红线也稳稳地系在两人身上。

确认不会松开后，沙棠才松了口气，抬头朝青年看去。

温聿怀没有看缠绕在两人之间的红线，而是目不转睛地盯着沙棠。

他将沙棠缠绕红线时的小心翼翼全部收在眼底。

见红线没有散开后，沙棠仰首朝自己露出点点笑意的瞬间，让温聿怀平静的心脏也随之跳动。

"咚"的一声，一声又一声，缓慢却又清晰，让人无法忽视。

这么做有用吗？

沙棠在心中问，看着温聿怀忽然低头一笑的模样，她才肯定，是有用的。

后半夜沙棠总算睡得安稳，没有再醒。

温聿怀低头盯着手腕上缠绕三圈的红线，伸手重新施术，让它永远变作缠绕两人的红线。

魔尊没走，只是躲得远远的，他身边跟着一群黑色的影子，正盯着山坡下方的破庙叽叽喳喳。

有属下纳闷道："尊主，咱们都告诉他那是灾星了，他怎么还不离灾星远点？"

另一名属下担忧道："看样子他已经被这灾星诅咒，搞不好要倒大霉，咱们跟他合作，是不是也会被牵连？"

"本以为他是个人物，没想到却逃不过美色这关，实在是令本尊失望。"魔尊怪声道，"把温聿怀与我们合作的消息，告诉温家少主，没了温聿怀，本尊倒是要看看这十二天州还有几个能打的仙士。"

远在青州的闻今瑶，在夜里忽然感觉到第二颗心脏的跳动，惊得她猛地坐起身，捂着胸口，浑身冒冷汗。

这是怎么回事？

二哥那边发生了什么？

自己没有发动咒力，为什么他的心脏却擅自苏醒了？

闻今瑶怕温聿怀身上的玄女咒出问题，急忙披上外衣出门去找父亲。

近日妖魔频繁攻击青州，闻家家主半夜还在小青峰与其他家主议事，没回闻家。

闻今瑶十分着急，便让人传信父亲，要他务必回来一趟。

回想方才心脏跳动的声响和触感，闻今瑶坐立难安，脑子里浮现许多不好的事情。

最近因为温雁风对自己的态度，她本就疑神疑鬼，想到若是二哥身上的玄女咒出问题，他也不再听自己的话，她就感到心里慌慌的。

等待难熬，闻今瑶起身，准备亲自去小青峰找父亲。

她刚出闻家大门，就见闻家仙士乘着凤鸟急匆匆地落地，满眼悲戚地望着自己："大小姐，家主在回来的路上被妖魔突袭，身受重伤，这会儿正在小青峰……"

闻今瑶听得大脑一阵眩晕，后面的话都没听清。

她稳住身体，觉得眼前的人在胡说八道，厉声呵斥道："青州哪来的妖魔？还是在小青峰附近！"

闻家仙士哽声道："大小姐，您快去小青峰看看家主吧！"

闻今瑶不相信。她乘着凤鸟火急火燎地赶往小青峰，身边的人都一副神色凝重的样子，让她内心惶恐。

"雁风哥哥！"看到站在屋外的温雁风时，闻今瑶双眼一亮，甩开其他人，快步朝温雁风跑去。

走近后，却见温雁风一身血色，眉头紧皱。看见她时，他眼中露出歉然之色，低头道："今瑶，抱歉。"

抱歉什么？

闻今瑶喉间一堵，忙朝屋里跑去。刚进屋就闻到浓郁刺鼻的血腥味，看见父亲奄奄一息地躺在床上，与神色无比难看的温鸿说着什么。

温鸿看见她后，神色不忍："今瑶……"

"爹爹！"闻今瑶腿软着扑倒在床边，抓着父亲的手，双眼含泪，呼喊，"这是怎么回事？你怎么会伤成这样？是谁做的？什么妖魔？我绝不放过它们！"

可闻家家主双眼混浊，艰难地偏头想看她一眼，就已没了声息。

闻今瑶不可置信地望着松手的父亲。

震惊与悲恸瞬间涌上心头，来得又急又快，闻今瑶几乎歇斯底里地呼喊："爹爹！"

却无人回应她。

温鸿不忍再看，他自己身体也不太好。他咳嗽两声，示意温雁风进来安慰闻今瑶，又对外沉声道："不惜一切代价，将今晚杀害闻家家主的妖魔给抓回来！"

闻今瑶悲伤过后，又极为愤怒，她泪眼蒙眬，抓着温雁风的衣服："是谁杀的我爹？你告诉我，我要亲手将它碎尸万段！"

温雁风抓住情绪激动的闻今瑶，将她护在怀里，低声安抚。

闻今瑶伤心得差点晕过去，她靠在温雁风怀里，哽咽道："二哥呢？他为什么还不回来？去飞玄州需要这么久吗？我要他回来，我要他将害死我父亲的妖魔都给剥皮抽筋！"

她喊得歇斯底里，温雁风也只能顺着她的话说，先把人哄好："聿怀很快就回来了，你放心，他一定会按照你说的做的。"

但闻今瑶来的时候本就心绪不宁，父亲又突然离世，让她更加不安，下意识要抓住从小就让她有安全感的存在："最快是多久？今日玄女咒有异样，二哥那边肯定是发生了什么事！他去飞玄州去了这么久，你们就不怀疑有问题吗？他是不是发现了玄女咒的事，才说要送祝星回去，就是为了趁我们不在的时候寻找解决玄女咒的办法！"

温雁风抓住她问："玄女咒有什么异样？"

闻今瑶抹着眼泪哭号："我要二哥回来！我要去叫他回来！"

"好，他一定会回来的，但你也不想他回来是解除玄女咒的状态，今瑶……"温雁风本想让她先冷静，但想着闻家家主去世，她一时半会儿是冷静不了的，便改口道，"我们先解决妖魔的事，为叔叔报仇。我也会让人叫聿怀回来，但我们也要知道聿怀那边的动静，防止意外。"

闻今瑶靠在他怀里哭了一会儿，才断断续续地将玄女咒的事告诉温雁风。

温雁风听后，神色更冷。

从青州出发，去往飞玄州只需数日，温聿怀和沙棠却花了一个多月的时间。

临近飞玄州的时候，沙棠进入城中，不可避免地听到了许多消息。

温家已经把祝家姐妹替嫁的消息放出去了，前段时间，温家的人带着云崇回来，气势汹汹，惹出了很大的动静。

祝廷维咬死不认沙棠的存在，坚称自己的小女儿早已死去，不可能是她，定是有妖魔从中作梗，挑拨离间两家关系。

云崇被宋长静和祝廷维叮嘱后，也不敢随意开口，被温家人叫去对峙时，只说自己被妖魔迷惑，神志不清错认，随后便每天躲在祝星那儿，给祝星熬药。

如今他回到飞玄州，有祝廷维和宋长静保着，也没人敢动他。

前段时间人们还在谈论祝家，最近则因为飞玄州有妖魔出没，接连死了不少人，闹得人心惶惶，妖魔那边则放话出来，要重新拿回听海关。

各种消息冲击，沙棠听得心情沉闷，低着头不说话。

温聿怀问沙棠："还想回去？"

祝廷维不会认她的。

沙棠迟疑地问："我不该回去吗？"

她最初也不想回祝家的。

温聿怀盯了她一会儿，伸手轻捧着沙棠的脸，要她将头抬得高点，也望着自己："那你就不回去，我去就好。"

沙棠想，自己现在回去，对不想认自己的父亲来说也是个麻烦。

对外说死去的小女儿，却活着出现在众人面前，确实无法解释。

于是，她没有回祝家。

沙棠不知道温聿怀具体要去做什么，一入夜，她就觉得疲惫，止不住地想睡。

温聿怀等沙棠在城中入睡后才离开。

他独自一人去了祝家。

温家仙士已经提前收到消息在等他，见到温聿怀时，对方神色犹豫道："二少爷，闻家家主去世了。"

温聿怀听得无动于衷，神色冷淡，让人猜不透，只听他低声问了句："是吗？"

温家仙士猜不准他心中所想，索性不猜，只把话传到："少主和家主都要你先回青州，闻小姐也催促你回去，说二少爷若是还不回去，她就亲自来飞玄州找你。"

"知道了。"温聿怀答。

其他人随着温聿怀进入祝家，祝廷维与宋长静带着祝家仙士出来相迎。

祝廷维不动声色地扫过温聿怀身边的人，不见沙棠的身影。

温聿怀带沙棠去了垂仙峡，他听说此事时也十分惊讶，又见温聿怀独身一人前来，着实猜不透这个年轻人在想什么。

"祝家主。"温聿怀作为小辈，礼节性地开口问候，尽管神色看起来没有半分尊重。

祝廷维沉声道："从青州到飞玄州，二少爷倒是走了不少时间。今夜你若是来问关于婚事的问题，我已经与温家解释过数次了。"

温家一名仙士冷笑道："祝家的大小姐可是从未出过祝家大门，你不知从哪儿找了个女子替她出嫁，以此糊弄侮辱我温家，岂能是你一句不知道就能算了的？"

另一名仙士也道："何况此女与妖魔勾结，害死我青州诸多仙士，你祝家必须给一个交代！"

宋长静道："温家多次对外设宴，去小青峰的人数不胜数，想要知道小青峰的地形再容易不过。"

祝廷维只看着温聿怀："她是否与妖魔勾结，二少爷怕是最清楚不过了。"

众人一开始围绕妖魔的话题争吵不休，似乎是吵不出结果来，又换了话题道："我们温家求娶的祝家大小姐祝星，你们祝家却让别的女子嫁到温家来！"

祝廷维冷眼朝说话的人看去："温家求娶，我祝家就必须答应？整个十二天州都知道，我女祝星体弱，没怎么出过远门，更没见过温家的少爷！温家的少爷就算对她再如何情深，只要我女不愿，难道我还要强迫自己女儿嫁给不喜欢的人？"

云崇拿着药回来了，祝星的命也保住了，十二天州又乱了起来，祝廷维也不再怕温家。

至于沙棠？

祝廷维无须在意。

一直没说话的温聿怀这时才开口道："祝家主，你的二女儿祝棠，真的死了吗？"

他的声音不轻不重，却瞬间让其他人噤声，默默等着。

祝廷维面无表情地道："她年幼时就已病逝。"

温聿怀笑问："葬在何处？"

祝廷维皱眉："知道后，你想如何？"

温聿怀目光轻慢地扫过宋长静等人，也瞥了一眼藏在后面偷听的云崇，最终看回祝廷维，淡声道："把她从墓里挖出来，要她起死回生。"

"荒唐！"祝家仙士怒斥，"我们怎能让你做如此大逆不道之事！"

"我的妻子是祝家二小姐祝棠，并非祝家大小姐祝星，还望诸位牢记。"温聿怀单手握住剑柄，拔剑出鞘，朝前方祝廷维等人走去，猛然迸发出的灵力使得在场所有人都震惊地朝他看去。

温鸿肯让温聿怀带沙棠离开，去飞玄州，是因为温聿怀答应他，会在此行中杀了祝廷维。

熟悉的火凤鸣叫让沙棠突然从睡梦中惊醒，门窗缝隙里飘着几缕黑色的魔气。

沙棠仍旧头晕得厉害，她摇摇晃晃地起身，朝窗边走去，推开窗户，正巧能看见祝家所在的方向。

那边有火凤愤怒地啼鸣，夜色中燃出大片烈火，也有浓厚的魔气环绕。

突然出现在窗前的黑色影子吓得沙棠连连后退。

黑影中的红色竖瞳盯着她，一阵怪异的笑声响起。

魔尊刚才想进去叫醒沙棠，却发现温聿怀在屋中设了结界，好在屋里的人自己醒了，上前打开窗户，这才让他有了对话的机会。

他引诱沙棠："你家里正在被妖魔攻击，温聿怀也在，你难道不担心他吗？"

沙棠有很多事情都不知道。

她的天地仍旧太小了，被局限在灾星的命运中，很多时候连自己的处境都看不透，也不知该如何解决。

魔尊的话让她犹豫，最终因为担心温聿怀，怕他在自己看不见的地方出事，这才跌跌撞撞地朝祝家赶去。

漆黑的路上空无一人，人们紧闭门窗，不敢出来，在屋中听着远处的动静，心中祈求守护飞玄州的仙君们能顺利解决。

沙棠在夜色中奔跑，焦急地朝祝家的方向看去。她能听见凤鸟陨落时凄惨的鸣叫，心中越发后怕。

她不该回来的。

沙棠不可避免地去想这些，身体的疲惫让她几次摔倒又爬起来，望着眼前纷乱的街巷，竟不知道去往祝家该走哪条路。

高高的街墙、重叠的房屋、曲折的路口、黑影重重的河道，眼前的一切都是陌生的，对曾住在竹楼里的沙棠来说是近在咫尺的存在，可她从没去过。

她连回家的路都不知道该怎么走。

意识到这点的沙棠，从地上爬起来后，顿了顿，她低着头，擦了擦手掌沾染的灰尘，摒弃担忧和害怕，在心中问自己：

连这点事都做不到吗？

没有温聿怀在身边，你真的就什么事都做不到？

他又为什么要带一个如此废物、没用的人在身边呢？

时间久了他总会厌倦的。

你不能让自己这么没用，你也想要帮他做点什么的，什么都好，你必须要做点什么。

沙棠反复在心中告诫、威胁自己，一遍又一遍，学着强压下心中的恐惧，努力冷静，去尝试着解决问题。

她要自己记住周围的景色，重新寻找去往祝家的路，哪怕耗尽所有灵力。

沙棠跑了没两步就感觉眼前一片漆黑，忽然间什么都看不见，扶墙站着等了等，才重新恢复视野，她也没有多深究，朝着前方跑去。

她终于找到了。

祝家的大门敞开着，没有守卫，前方魔气冲天，激活了祝家的各类法阵，召唤的仙术也令人眼花缭乱，灵气对冲魔气，这会儿只有不要命的人才敢往里面跑。

沙棠的体力和灵力都耗尽，不知摔了多少次，一身灰扑扑的狼狈样，汗水沾湿衣发，黏糊糊地贴着她的肌肤。

眼前的是祝家，却又不像是她记忆里的祝家。

沙棠站在道路中，望着敞开的祝家大门，却没有进去。

不知是没有勇气，还是知道此刻不能进去，太危险了，沙棠感受着四周传来震动的力量，对生命的威胁十分明显，只要她走错一步，也许就真的会死。

这是沙棠第一次感受到如此清晰又令人害怕的死亡威胁。

魔尊告诉她，温聿怀和妖魔合作，计划要在今晚袭击祝家，杀了祝家所有人。

魔尊说温聿怀是要为之前死在听海关的温家仙士们报仇。

魔尊说了许多。

有的话沙棠记住了，有的话她却听得云里雾里，魔尊见她没有露出想象中对温聿怀的绝望与憎恨，有些疑惑。

沙棠很难说清自己在想什么，可看着眼前的祝家时，最清晰的想法，还是温聿怀如何了、是否受了伤遭了难，会不会是自己的原因。

直到沙棠看见温聿怀带着血与火从祝家走出来。

他显然是受了伤。

从垂仙峡离开时，他受的伤还未好，今晚又在祝家强行使用力量，可以说是伤上加伤。

温聿怀察觉设在沙棠身边的结界破了，便立马转身离开，却被宋长静等人合伙拦住。

直到今晚，人们才知被传不学无术、毫无天赋的温家二少爷，实力有多么惊人，越是如此，祝家越不能放他离开，至少宋长静等人是抱着同归于尽的想法。

望着站在夜色中的沙棠，温聿怀却想起祝廷维死前说的那番话。

祝廷维守在祝星的常月楼下，不让妖魔有机会进去。

他已无力再战，被魔气吞噬力量，持剑跪倒在地时，抬头望着温聿怀说："你既然带她去了垂仙峡，就知道她身为荧惑之星的秘密，可惜……荧惑无解，我虽不知……你究竟是想利用她，还是想为她解除灾星命格，但你自己也会受影响。"

温聿怀神色漠然，没有要开口为他解惑的意思。

自从妻子死去、女儿重伤，祝廷维的后半生，就只为了祝星而活着。他不惜一切代价，无论如何，都要想办法治好祝星。

如今云祟带着珍贵的灵药回来，让祝廷维看见了希望，祝星就快要好起来了。

祝廷维拦在常月楼前，死前对温聿怀说："放过星儿……那是……她的姐姐，是她害了星儿，她要……弥补……"

话音刚落，身后的常月楼忽然发出巨响坍塌，巨大的妖魔踩在常月楼的废墟中，高高在上地俯视下方的人。

祝廷维不可置信，眼神绝望地回头，却没能看见那一幕，便倒地死去。

今夜无风。

温聿怀望着前方的沙棠，快步往前走去。

沙棠也在往前，却因为体力不支脚下一软。温聿怀没能接住她，哪怕他速度再快，也只能看着沙棠晕倒在地。

沙棠没有告诉温聿怀，她看见了从大门冲出来的、满脸狰狞与杀意的云祟。

云祟要杀温聿怀，这是沙棠晕过去前最后看见的一幕。

她梦到不少小时候的事，可回忆里仍旧没有什么开心的或者值得被记住的，都是些零碎的、令人难过伤心的事。

哪怕那时候的阿姐和云祟还是什么都不懂的孩童模样，两人也常常将她忘在身后，只有想起来时，觉得她可怜，才会回头看一看，朝她招招手，要她跟上去。

沙棠跌跌撞撞地跟上去，却发现自己无论如何都追不上他们。

那时候的阿姐会向别人大方介绍这是我妹妹，大大咧咧的少年也会难得温柔耐心地跟她讲解书中的世界。

可世上最不能当真的，就是年幼无知的孩童说过的话、做过的事。

而父亲总是沉默地望着她，什么也不说，只会命令身边的人该如何做，从最初的沉默，到后来的冷漠，沙棠也因此常常后悔自责。

到底为什么会变成这样呢？

她究竟要怎么做才可以挽救这一切。

睡梦中，沙棠沉入水中，迷茫自己是否应该坠落消失时，却透过水幕看见站在岸边的人影。

温聿怀站在岸边。

他看起来比任何时候都要孤独，似乎在另外一个世界，一个无法呼吸、飞翔，就连时间也停止，令人窒息又悲伤的世界中。

沙棠从未见过那双琥珀眼瞳中有如此浓厚的悲伤，看见了什么、失去了什么才会令他如此绝望。

她看见温聿怀手腕上缠绕的红线，系的死结也散开了，在他手腕上将落未落。

不能散开。

她好不容易才缠上的。

沙棠如此想着，放弃了坠落，朝岸上的温聿怀追去。

第十章

封印

等沙棠醒来时,已经是第二日。

纷乱和争斗短暂平息。

她睡了很久,睁开眼看见的是熟悉的竹楼,仿佛这段时间的经历都只是她的一场梦。

沙棠赤脚踩在地面,屋门紧闭,窗户却敞开着,外面是过道栅栏,她也曾站在那里看日出日落。

此刻正是日落时分。

远处天幕没有过多的云彩,只有一轮红日静谧安然地坠落。

谁也无法阻止。

靠窗站着的温聿怀视线从落日景象中转走,看回屋中,发现沙棠正怔怔地望着自己。

沙棠来到屋外,朝温聿怀走去。他和往常一样,神色冷淡,目光沉静,没有因为昨晚的事有任何变化。

尽管他装得很好,沙棠还是从温聿怀牵过自己手时的力道中感觉到他的害怕。

不知从何时开始,沙棠竟然变得十分了解温聿怀了。

"你睡了很久,醒来可有哪里不舒服?"温聿怀问她。

沙棠摇摇头,低声说:"我身体越来越差,到明年时……"

温聿怀打断她:"昨晚妖魔袭击了祝家。"

沙棠知道,温聿怀不想听她说自己快死了的话。

"你父亲他们都死了。"温聿怀又道。

沙棠低着头,从喉咙里溢出一声不轻不重的应答。

温聿怀知道魔尊昨晚去找沙棠的事,也能猜到魔尊会说些什么。

而以沙棠的性格,她到死都不会主动提起这些事的,只会闷在心里。

无论是愤怒还是悲伤。

温聿怀盯着沙棠,这次没有强迫她抬头看着自己,声音也低沉无比:"从今以后,这是你一个人的祝家。"

沙棠缓缓抬头,乌黑的眼眸平静。她轻声说:"昨晚……我找不到回家的路,所以才……跑了很久。"

温聿怀抓着她的手,不愿松开,听着沙棠说这话,明明无法跳动的心脏,却有一瞬间在层层封印下受到重创,感觉快要溺死。

"来的路上,我总是担心你会不会受伤,我一直都很怕你会因为我的存在而受伤。"

沙棠说着,又低下头去,声音也越来越轻:"我希望你不会受到伤害,也没想过……他们会死。"

"如果……如果我能跑快一点,早一点回来,会不一样吗?"

沙棠抬头,泪眼蒙眬地望着温聿怀,问道。

温聿怀看了她良久,伸手替她将泪水拭去,低声答:"不会。"

他想让沙棠以后能无忧无虑、无拘无缚,所以不会让这些人活着的。

沙棠怔怔地望着眼前人。

他能做到许多沙棠做不到的事。

无视他人生命、苦难,利用能利用的一切,只要能达成自己的目的,与妖魔合作也无所谓。

他说他只对她一个人好。

他做到了。

上天却让沙棠觉得,这是错的。

许多事情,温聿怀不打算与沙棠说。

有的是他不知道该怎么说,有的是他不愿说。

温聿怀没法在与沙棠相处时,用他惯用的与人交往的手段,一旦他去在意沙棠的感受,就会受到许多限制。

他们都各有各的不同,即使互相吸引,有时候却又难以靠近。

沙棠因为快要承受不住灾星的力量,身体变得虚弱,使用灵力后清醒不了多久,就会陷入昏睡中。

如温聿怀所说,祝家已经成了她一个人的祝家。

没有严厉冷漠的父亲,没有令人心生愧疚的阿姐,没有师尊,没有师兄,也没有从前看守她的仙士和侍女们。

沙棠却住在竹楼上,没有出去过。

她又回到过去的日子,站在屋前沉默地看日出日落,似乎无事可做。

温聿怀却很忙。

他忙着应付飞玄州的其他人,也要忙着应付魔尊和妖王两边,还要想该如何处理闻今瑶与温雁风。

温聿怀在飞玄州暴露实力,是温鸿允许的。

这也是一个合适的机会,最近人们都在谈论,妖魔袭击祝家,祝家几乎全灭,还好温家二少爷出手,才将妖魔驱逐出飞玄州。

也有人猜测妖魔袭击祝家,是温家动的手。但温家之前守听海关击退仇虚妖王留下来的威望,使得这些不利于温家的传言很快消失。

温聿怀只有晚上才有时间去竹楼看沙棠。

有时沙棠已经睡着了,他就坐在床边看着,等到天明,沙棠快要苏醒时,他又悄无声息地离开。

自从那天过后，他们就没有再说过话，见过面。

永远是一个人沉睡，另一个人沉默。

温聿怀以为沙棠和自己一样。

他们有着相似的童年、相似的境遇，却变成截然不同的模样。

沙棠懵懂无知，也因此不会心生怨恨，始终在责怪自己。哪怕身边的人给予她许许多多的压力，她也咬牙撑着，不敢反抗。

温聿怀却痛恨身边的一切。

他变得冷漠、怪异，想方设法要那些人去死，去报复伤害过他的人。

温聿怀不会与这些人和解。

他认为祝廷维伤害沙棠最深，这样的父亲即使活着，对沙棠来说也是一种负担和伤害。

沙棠不会杀祝廷维，温聿怀知道，所以他去动手。

可温聿怀不知道，祝家的人死了，沙棠为何会难过、会犹豫。

她为什么和自己不一样，竟然会对这些伤害过她的人心存留恋。

直到温聿怀想起了云琼，那个疯疯癫癫的女人。

奇怪的血缘与亲情，让人深陷其中，很难挣脱、分离，这一辈子都忘不了的。

他们已经接受了从小就存在的痛苦，成为生命中很重要的一部分，无法割舍，甚至难以接受它的消失。

那些快乐的感受微不足道，唯有痛苦，才让他们清楚感觉到自己存活着。

沙棠也是如此。

这天晚上，温聿怀轻手轻脚地进屋来，却看见本该睡着的人，正强撑着坐在床边，不断伸手揉着眼睛，打起精神看着进屋的人。

温聿怀神色顿了顿，站在原地没动。

沙棠望着他的目光依旧柔和安宁，没有露出半分仇恨或厌恶。

温聿怀听见少女软声问："我听人说……你要回青州了吗？"

"嗯。"温聿怀应声。

沙棠还未继续再问，温聿怀抢先道："你就在这里等着，我会回来的。"

沙棠点点头。

温聿怀看着她，低声道："你今晚就只是想问这个？"

"你最近似乎很忙，白天我见不到你，晚上也总是等不到。"沙棠苦恼道，"我不知白天的时候，能不能去找你。"

"为何不能？"温聿怀说。

沙棠却仰头看他，轻声说："虽然我在竹楼，没有出去，却总能听到很多声音。

"他们都在背地里骂你与妖魔勾结。"

还有许多难听的话沙棠也听到了，虽然那些污言秽语都是针对温聿怀的，可她听着仍旧心头发闷。

温聿怀神色漠然道："随他们说去。"

更难听的话，他也听过。

温聿怀盯着沙棠："你是怎么想的？"

沙棠摇摇头，温聿怀以为她又会和从前一样说不知道。

"我不喜欢他们骂你。"沙棠苦恼道。

尽管人们说的是事实，可她还是……不喜欢。

从沙棠的脸上也看不出半分对温聿怀的维护，可她能说出这种话，就已经很不容易了。

一直站在门前的温聿怀迈步朝沙棠走去。

她和自己是一样的，只要有人带她离开，她就会紧紧跟着，不会是先抛弃、放手的那个人。

沙棠望着走到身前的人，眼珠动了动，轻声说："你看起来很累。"

累吗？

温聿怀俯身，埋首在沙棠的脖颈上。

沙棠比温聿怀还先睡着。

夜晚短暂，能够互相拥抱的时间，总是眨眼便消失了。

温聿怀要回青州，不能带着沙棠一起。

他曾想过，如果解开玄女咒，就带沙棠消失，远离一切，放弃自己的仇恨，直到换命的那天。

可玄女咒没能解开。

他已经收到数次召唤，再难拒绝。

某天晚上，温聿怀回过神来时，发现自己已经乘着凤鸟离开了飞玄州。他神色阴沉地掐着凤鸟，让它往回飞。

温聿怀重新回到飞玄州，直奔祝家的竹楼。

天色微亮，沙棠迎着冬季冷冽的晨风站在竹楼上，抬头看着从凤鸟上下来的温聿怀。

青年携着潮湿的寒意而来，目光难明地盯着她，欲要再往前一步，却又不知为何停住。

他好似去天地间仓皇远游一场，满心只念着归家，临到头却又害怕了。

怕无人相迎。

沙棠披着淡红色的外衣，晨风吹得她衣发翩翩起舞，她主动朝温聿怀靠近："你要走了吗？"

"不是现在。"温聿怀低声回应。

沙棠说："你要离开时，可以和我道别再走吗？"

若是一声不吭就走了……沙棠想到此，皱起眉头，想要再说服温聿怀，却突然被人拉进怀中。

温聿怀难得温柔耐心地在她耳边低语："我会和你道别的。"

沙棠开始学会让自己变得自由。

从前在祝家受到诸多限制，让她不敢随意离开竹楼，如今总是在心里鼓励、提醒自己，你可以离开这儿，没有人会再拦着你。

沙棠一个人走遍祝家的每个角落。

最初她仍旧害怕，常常走到一半，就因为突然降临的回忆和挥之不去的呵斥谩骂声音而停下脚步，不敢继续。

她一个人停在原地良久。

温聿怀看见了，却没有上前。

他在等沙棠自己走出去。

尽管走得很慢，沙棠还是选择了独自前行，循着心中最渴望的方向而去。

温聿怀就站在后面，看她越走越远。

沙棠偶尔为了等温聿怀，晚上会强撑着不睡，眼皮打架，感觉快要睡着时，就狠狠掐自己一把，再摇摇头，扶着床沿站起身走一走。

但她还是没能撑住昏睡过去。

只有白天的时候，沙棠才精神些。

第一次游逛祝家时，沙棠走得无比艰难，但很多事情，只要迈出了第一步，坚持下去，逐渐就会觉得没什么了不起的，自然而然地就做到了。

温聿怀又在飞玄州多待了一个月。

他去找了垂仙峡的隐世仙君，要隐世仙君答应，自己离开飞玄州的这段时间，确保沙棠不会被妖魔袭击。

隐世仙君答应了。

直到沙棠能够走出祝家大门，去到外面的世界也不再心慌害怕时，温聿怀才告诉沙棠，他要走了。

他没法再反抗玄女咒了。

昨夜下了大雪，外面的屋檐上都是雪白一片，四周寒气逼人，温聿怀给沙棠留了许多取暖护身的符咒。

冬日的天难明，沙棠醒来时，看见外面仍旧漆黑雾蒙蒙一片。

凤鸟扇动翅膀时，将落雪震飞，绕着竹楼转圈等待。

温聿怀站在屋前，和沙棠告别，外面太冷，要她无须起身相送。

沙棠揉着眼睛道："你会回来吗？"

温聿怀说："我会。"

沙棠抿唇，她快死了，他们却要分离。

"我死之前能再见到你吗？"沙棠无比认真地问。

"到那个时候……"温聿怀抬眸看她，"你一定会见到我的。"

沙棠点点头，得到承诺后，才放下心来。见温聿怀要走了，她犹豫片刻后说："以前……似乎一直是你在问我想做什么、想要什么，那你呢？你想要什么？"

温聿怀站在门前，神色平静地看着她。

沙棠望着青年，恍惚间回到第一次在水中相遇的时候，那双浅色的琥珀眼瞳映着浮动的水光，冰冷又诱人，让她忍不住沉溺其中。

温聿怀顺着沙棠的话去想。

从前没人问过他，你想要什么，只会告诉他，你只能要什么。

温聿怀想要的有很多。

人都是贪心的，却又不能太贪心，得其一二，便该知足了。

沙棠最终没有得到温聿怀的回答，只在朦胧的雾色中，安静地目送他离开。

温聿怀回到青州那天，被闻今瑶劈头盖脸一顿骂。

因为他与妖魔合作的消息，让闻今瑶以为是他害死了自己的父亲，对温聿怀又打又骂，温聿怀也只能受着。

温鸿想让两人成亲的计划也因此破裂，再无可能。

他强压下一切说温聿怀是十二天州的叛徒的流言蜚语，如今十二天州众仙士以温家为首，若是温家内乱不休，那十二天州就真的乱了。

人心易散，又是抵御妖魔的关键时刻，温鸿无论如何也会保住温聿怀。

温雁风却在这时拿到了水巫山的灵秀仙子送来的宝物。

灵秀仙子告诉温雁风，此物名为莲心香，滴血入香中，只有血脉的继承者，才能点燃出莲香。

温雁风拿着东西，立马去找了温鸿，以温聿怀变得不可控，会出现很多麻烦为由，说服了温鸿。

温鸿对这件事太过在意，晚上便叫温聿怀来点香。

他没有透露莲心香的作用，只说自己旧疾复发，温雁风替他找来治伤的宝物，需要以血作引唤醒。

香炉暖和，更容易挥发香味。

温雁风本以为温聿怀不会轻易答应，却见他听后，神色如常，乖乖拿着香以血点燃。

等温聿怀盖上香盖后，白色的香雾氤氲，三人等了等，却没能闻到半点香味。

温鸿捧着香炉一言不发。

温雁风抬头朝神色冷淡的温聿怀看去，那似笑非笑的模样，温聿怀已看过太多次。

从最初的害怕、恐惧，到如今的漠视。

温雁风轻声道："爹，聿怀点的香，竟是一点气味都没有。"

与他点出的淡雅莲香完全相反。

温鸿目光死死地盯着掌中的香炉，手背青筋暴起。他的力道加大，竟突然将香炉整个捏碎，发出巨响。

他以为自己能够接受弟弟的孩子，可当有人把真相放在他眼前，告诉他温聿怀确实是云琼与温浔的孩子时，他才发现，他无法接受。

云琼骗他，温聿怀也骗他。

这两人倒不愧是母子。

温鸿怒极反笑，抬头怒瞪温聿怀，见他脸上是一如既往的冷漠之色，好似早就知晓今晚点香一事，却不慌不忙，反倒是看笑话一般看自己。

这让温鸿心中怒意更甚，从床边猛地起身时，却感觉头晕目眩，一口腥血涌上喉头吐了出来。

"爹！"温雁风惊讶过后，忙快步上前把人扶住。

温鸿抬手按住额穴，灵府震荡，让他脸色惨白，十分虚弱。

可温鸿仍旧紧盯着温聿怀，因为愤怒和仇恨而颤声道："你竟敢骗我！"

温聿怀垂眸的瞬间，低笑道："要怪就怪你自己不清醒，总被同一个女人骗。"

"你！"温鸿气急，又是一口血吐出来，身子摇晃。

"爹，先别动气，他就是故意气你。"温雁风安抚道。

温聿怀目光冷淡地朝温雁风看去，在他抬头望过来时，眼眸微眯，似笑非笑："你身怀魔气，却故意靠他这么近，是想让他早点死吧。"

温雁风被他说得动作一顿，脸色沉了下去。

"风儿，什么魔气？"

温鸿不敢置信地转头去看温雁风。

温聿怀站在屋中，淡声道："龙腹剑里的魔气吞噬了你，与你共生，魔尊则可以通过魔气来影响你，甚至控制你。闻家家主是怎么死的，温雁风，你应该比谁都清楚。"

被魔气控制的温雁风，失手杀了闻家家主。

温雁风收敛了对温鸿关切的情绪，神色冷冰冰地看着温聿怀："你私底下早就与妖魔有合作，这些都是你算计好的，为的就是报复温家，替你爹报仇吧。"

他克制愤怒冷声道："你利用我拿到龙腹剑，故意让我被魔气控制，还因此害了闻叔叔和父亲，我绝不能原谅！今日就该让你去地下向闻叔叔赔罪！"

"你敢杀我？"温聿怀轻声嗤笑，"你爹就要死了，你被魔气控制，传出去谁还敢追随温家？"

"你以为我拿你没办法？"温雁风也冷笑道，"你这次外出这么久，不就是想去找玄女咒的解咒办法，甚至不惜和妖魔合作，而你没能找到，还是灰溜溜地回到了青州。"

温聿怀听到这儿，抬眼时仍旧漠然。那又如何，他就笃定温雁风不敢杀自己。

温鸿"噗"的一声又吐血了，被魔气影响的温雁风常常待在他身边，也让旧伤复发，本就虚弱的温鸿受了影响，伤势难愈。

今晚又因温聿怀点香的事大动肝火，情绪崩溃，整个人颓废虚弱，宛如濒死。

温雁风忙着救活温鸿，叫来其他人将温聿怀关去静思堂。

没多久，闻今瑶去了静思堂看温聿怀。

她看起来很疲惫，却强打起精神来掩盖这份疲惫，因而显得神色紧张。她脑子里绷着一根弦，为温鸿担心，也因为温聿怀知道玄女咒的事而烦恼。

温鸿待她如亲生女儿一样疼爱，闻今瑶自然也打从心底里尊敬他。她盯着站在静思堂的阴影中的温聿怀，怨怼道："你为何非要害死温伯父才甘心？哪怕他不是你的父亲，也抚养你长大不是吗？"

温聿怀想起小时候，温鸿对自己的态度，那仇恨、嫌恶的眼神，永生难忘。

他低笑一声，没有回应。

闻今瑶又道："还有雁风哥哥，你竟然拿龙腹剑害他！明明小的时候我们相处得很好的，你一直都很崇拜雁风哥哥的不是吗？"

刚从雪谷的石洞里出来的小男孩，对外面的世界感到陌生和不安，发疯的母亲、冷漠的父亲，都让他无法适应。

这个时候，温雁风朝他伸出手，友好善意地邀请他，带着他一起玩。

温聿怀曾以为那是善意的，也曾憧憬过碰到像温雁风这样的人。

直到他听见温雁风和其他人谈论自己时，说的是"那个可怜虫""没自尊心的家伙""就当养条狗"等。

闻今瑶望着沉默不语的温聿怀，心里一团怒火，愤怒地上前道："你连他们都能伤害，那我呢？你知道玄女咒后，难道还想杀了我吗？"

温聿怀抬头，目光轻慢地扫过她，宛如渗进深水中的光芒，冰冷又阴沉。

他说:"你觉得我现在最想要谁死?"

闻今瑶睁大眼,不敢相信地看着眼前的人。他们从小一起长大,十多年光阴,难道一切就只是因为玄女咒吗?

没了玄女咒,你对我就毫不在意吗?

你凭什么敢这么对我?

她抬手就是一巴掌,被温聿怀抓住手截断。

闻今瑶怒声道:"放开!"

用了咒力的一声呵斥,让温聿怀松开手,闻今瑶朝他脸上狠狠地打了一巴掌:"你永远也别想如愿!"

温聿怀偏了下头,垂眸看地上的阴影。

他只需要有一件事如愿就可以了。

温聿怀离开之初,沙棠有些不适应。

她习惯在晚上等人来,又恍然间惊醒温聿怀已经不在飞玄州了。

当自己鼓足勇气完成了曾经不敢做的事时,沙棠自然而然地想找温聿怀分享,转头却发现身后没有他的身影。

最初,总是不习惯的,时间久了也就适应了。

从几天,到一个月,再到几个月。

沙棠已经接受没有温聿怀的日子,虽然时常会想起他,也能听到与他相关的消息。

最初人们骂他与妖魔勾结,是十二天州的叛徒,辱没了温家的名声。

安静地站在人群中的沙棠无法反驳,回到竹楼后,她听到多少谩骂,就会给温聿怀写比谩骂更多的祈福符咒。

上半年,温鸿去世,针对温聿怀的讨论少了许多。

人们听说温家少主被魔气吞噬,实力大减。没过多久,温家少主在妖海大展身手,击退进攻的妖魔,也破了自己被魔气干扰的谣言。

越来越多的仙士投靠青州温家。

沙棠听见人们夸赞温雁风的话，就会想到戴着面具与深海蛟龙一战的温聿怀。

也许和那时一样，这次击退妖魔的也是他。

沙棠已经会自己去买东西，也会和他人简短地交谈。因为每日都去菜市买食材，不少人已眼熟她了，遇见时也会主动打招呼。

下半年时，妖魔开始攻击听海关，飞玄州也受到波及。

有一位受伤的女仙士误闯进了祝家，触发法阵，沙棠发现后，将她救下。

这位受伤的女仙士很惊讶祝家竟然还有人居住，在养伤期间，她对沙棠说了许多飞玄州以外的事。

可沙棠怕她受自己影响，等她伤好后，便让女仙士离开，重新启动了祝家的法阵。

沙棠如今昏睡的时间越来越多。

最长会昏睡三五天不醒，每次她重新睁开眼时，都感觉恍若隔世般，认为自己已经死过一次了。

也许死亡和睡着了也没什么区别。

沙棠独自一人在竹楼中等待死亡降临。

又是冬季，外面下了大雪，望着大雪纷飞的天幕，沙棠想起温聿怀离开那天，似乎也是这样的景色。

雾蒙蒙的天空，寒气弥漫，落雪无声。

沙棠想去外面走走，便回屋披上外衣，拿着伞从祝家侧门出去。

她只在人少的时候出没。

夜深人静时，如夏季的夜晚，如冬日的清晨。

沙棠撑着伞走入雪地之中，还未走多远，就听见凤鸟鸣叫的声响，接连不断。她惊讶地抬头看去，看见了从青州而来的仙士队伍从天幕中飞过。

她的视线随着凤鸟转动，看回前方，在充满雾气的道路中，看见一抹熟悉的身影，却转瞬即逝，很快又隐入雾中，仿佛那只是她的错觉。

沙棠怔了一下，忙快步往前跑去。

因为奔跑，飞雪灌入伞下，擦过她的脸颊，冰凉的触感也转瞬即逝，却留下深刻的印象。

沙棠没能看见想见的人，冬日清晨的雾太大，遮掩了一切。

她置身大雾中，什么也看不见。

闻今瑶乘坐在凤鸟上，皱眉望着携带满身湿意回来的温聿怀，不满地道："你刚才去哪儿了？"

温聿怀没答。

闻今瑶气道："说话！"

温聿怀抬头看她一眼，淡声道："仇虚妖王已经到听海关了，不能在飞玄州耽误。"

闻今瑶冷哼一声。她这次就是要来亲眼看看，那些害死她父亲的妖魔是怎么死的。

虽然温聿怀说不能在飞玄州耽误，但闻今瑶还是在飞玄州停了几日。

青州温家的仙士如今到来都很受欢迎，得知他们是来守护听海关的，飞玄州的人们更加感激。

日期将近，又因为在晨雾中虚虚实实的一眼，让沙棠不愿放弃。她在白日清醒的时候，也外出寻找，终于在热闹的街上看见了与闻今瑶走在一起的温聿怀。

温聿怀在帮闻今瑶买东西，听她抱怨，抬眼时，瞥见了站在人群之外的沙棠。

两人极快极短地对视一眼，温聿怀便转开目光，仿佛没有看见她似的，继续陪着闻今瑶往前走。

沙棠因此不敢迈步上前，停留原地良久，怔怔地望着温聿怀走远，消失。

她描述不清自己此刻是何心情，有些失落和难过，但能见到温聿怀,还是很开心。

沙棠回去的时候,走得很慢,总是不断去回想以前,快到祝家时,才发现有人等在门口。

不是温聿怀,而是温雁风。

沙棠看清来人后,心凉了半截。

温雁风目光含笑地打量着沙棠,语气玩味地说道:"祝小姐,你果然没死。"

温雁风始终对温聿怀与沙棠回飞玄州那段时间的经历很在意。

他望着眼前的沙棠,似乎和她在温家时有些不一样了。

温雁风拦在门口,问沙棠:"听闻祝家人都死在了妖魔的袭击中,祝小姐,为何你却没事?"

"我……"沙棠抿唇,"那天晚上不在祝家。"

"原来如此。"温雁风笑道,"既然祝小姐没死,怎么不去找聿怀?"

"我和温家已经没关系了。"沙棠低头道。

"怎么会没关系?要算起来,祝小姐你可还是我的弟媳。"温雁风往前走到沙棠身前,逼得她往后退了退,"聿怀没有悔婚,你们仍是夫妻,不是吗?"

沙棠皱起眉头,低头沉默,不愿再说。

温雁风盯着她,忽然间,觉得自己一直忽略否认的,可能就是事实的真相。

他神色莫测,嗓音压低几分:"祝小姐,聿怀在飞玄州的时候,一直和你在一起?"

沙棠不答。

温雁风上前,伸手要捉住她,被沙棠往后躲开。温雁风却注意到留在沙棠身上熟悉的灵力,属于温聿怀的。

真相太过荒唐,让温雁风不禁失笑。

在玄女咒的控制下,温聿怀竟然还能喜欢上别的女人。

那个人还是祝棠。

温雁风招招手,不给沙棠反抗的机会,便叫人强制带她离开:"祝小姐,不用害怕,我倒是不会对你怎么样,只是如今的聿怀可就不一定了。"

能多拿捏一个温聿怀的弱点,温雁风会觉得更安全些。

温雁风回去前,很期待温聿怀看见沙棠时的表情。

凤鸟落地等待中,夜雾弥漫,下了几日的雪这会儿总算停了。

温家仙士们正要出发去听海关,闻今瑶和温聿怀正在等温雁风回来,听见人们喊"少主"后,两人才回头看去。

闻今瑶只有在看见温雁风的时候,才会有点好脸色。她刚朝人招手,就看见跟在温雁风身后的沙棠,不由得愣住。

温雁风朝温聿怀看去,发现他几乎没什么情绪波动,目光冷冷淡淡地望着沙棠,不悲不喜。

"聿怀,既然祝小姐还活着,你为何没有带她回来?"温雁风探究地望着温聿怀,"让她一个人留在祝家,是否有些不方便?"

"这是怎么回事?"闻今瑶皱眉,"她怎么在这儿?雁风哥哥,你这是打算带她一起去听海关吗?"

沙棠抓紧手中的伞,努力地冷静道:"我不想来的,是他叫人抓我过来的。"

温雁风挑眉道:"我只是想让你和聿怀见一见。"

沙棠目光不受控制地朝温聿怀看去。

温聿怀也在看她。

闻今瑶发怒道:"你们现在是什么意思?为什么还要带一个累赘上路?"

温雁风神色无奈,上前牵过闻今瑶的手,低声哄她。

他告诉闻今瑶自己的猜测,闻今瑶听后,瞪大双眼,不敢相信:"二哥怎么会喜欢这样的人?"

她才不会相信。

温雁风却想拿沙棠来试探温聿怀。

沙棠望着站在几步远的青年，没有隔着浓厚的夜雾，眼前的一切是如此清晰。

许久不见，他似乎瘦了些，也比离开时变得更加冷漠。

似乎从前在青年身上感受到的温柔和耐心，都成了她一个人的秘密。

沙棠张口想说点什么，温聿怀却先一步被闻今瑶叫走了。

听海关就在飞玄州前面不远，是飞玄州的结界防线。

山峦叠翠，拦着前方妖海水域不可靠近。

山巅之上已经聚集成千上万的仙士，准备与从妖海而来的仇虚妖王等人战斗。

这些仙士都以温家为首，听从温雁风的命令。

但有一部分仙士是知道真相的，他们知道戴着面具击退妖魔的人究竟是谁。

这部分仙士对温聿怀十分尊敬，将他视作这次与妖魔之战的最后希望。

温雁风还没有杀温聿怀，也是自知被魔气吞噬的自己，做不到守护十二天州，与妖魔两界一战。

但他只要哄好闻今瑶，就能控制温聿怀。

闻今瑶不喜欢沙棠，也不可能接受温聿怀喜欢她的事实。

在听海关山巅准备的这些日子，闻今瑶会故意当着沙棠的面使唤温聿怀。

温聿怀或许把自己的想法藏得很好，却能从沙棠眼里看出明显的在意。

温聿怀最不想让沙棠看见的，就是自己对玄女咒毫无反抗之力的样子。

可只要闻今瑶针对的人是他而不是沙棠，温聿怀便还能忍。

而沙棠昏睡的时间越来越久,许多时候根本看不到温聿怀狼狈的模样,只是每看见一次,都十分难过。

并非因为温聿怀对闻今瑶好,误会他喜欢闻今瑶而难过,而是她为自己救不了这样的温聿怀而难过。

温聿怀一直要沙棠顺从自己的心意做事,但他本人做不到。

闻今瑶要温聿怀杀谁,他就提剑而行,拼尽全力去做到。

直到他即将解脱的那天。

那天来临时,沙棠临近入夜也没有感觉到丝毫困倦疲惫。她抬头望着漆黑的天幕,隐约能从中看见一抹妖冶的红光。

大部分仙士都去了前方妖海,迎战妖王。温聿怀也去了,他戴着面具,扮作温雁风的模样,拿着苍雷剑,领着上千仙士与妖魔一战。

闻今瑶是知道的,面具下的人有时候是温聿怀,可她不愿意承认。

她喜欢温雁风,那温雁风就是最好、最厉害的。

可她认为最厉害的人,却因为与之共生的魔气,让魔尊有了机会,越过其他看守的仙士,进入听海关山巅。

魔尊最初只想抓闻今瑶来控制温聿怀,却见沙棠也在,便一起抓走了。

他还记得温聿怀当初护着沙棠的模样,实在是有趣,哪怕是灾星,也愿意利用一把,看一场好戏。

闻今瑶和沙棠被魔尊抓走的消息,很快就传到了前线,温聿怀得知后,当即撤走。

有仙士拦住他:"少主,现在离开就等于放弃了听海关,闻小姐那边让二少爷去……"

话还未说完,温聿怀便揭开面具,将其粉碎,露出面具下阴冷的琥珀眼瞳,与如沐春风的温家少主截然不同。

试图劝说的仙士们震惊当场。

"那是……二少爷?"

"怎么会是二少爷?少主呢?"

仇虚妖王"哈哈"笑道:"一帮蠢货,连带你们冲锋陷阵的到底是谁都不清楚!"

温家仙士们陷入彷徨,担忧开始传染蔓延,不少人离去,试图搞清楚是怎么回事。

在山巅的温雁风得知温聿怀暴露身份后大怒,原本要去找魔尊的,转头便去截堵回来的温聿怀。

温聿怀却先一步找到了魔尊。

听海关山巅的最高处,是一处废弃的祭坛,残垣断壁中,还有将塌未塌的高楼,听闻这里曾死过不少神界的仙君,残留的灵力都充满暴戾之气。

闻今瑶和沙棠被黑色的影子掐着脖子,吊在高楼之上。

沙棠被夜空中的红星吸引,安安静静的,没有丝毫害怕,她已经知道自己会死在今晚。

闻今瑶则在不断谩骂妖魔,高声呼喊着温聿怀的名字。

魔尊笑道:"本尊就是要你将他叫来,再叫大声点吧!"

温聿怀来得也快。

他一个人最先到达,四周都是红眼睛的妖魔,树上、地里、立在高楼上的,全部不怀好意。

"你来得正好!"魔尊巨大的身躯遮掩夜幕,黑影中露出一只红色的竖瞳盯着下方的温聿怀,"现在轮到你选择了,是要救你的妻子,还是要救这个你无法反抗的人?"

魔尊明知道温聿怀受到玄女咒限制,还是给了他两个选择,是要救闻今瑶,还是救沙棠。

只因为想看人类无力挣扎的模样。

闻今瑶则知晓温聿怀想要自己死,若是让他选,肯定不会选自己的。她盯着温聿怀,半是恼怒,半是害怕地命令道:"二哥,你必须救我!只能救我!"

在玄女咒的控制下,温聿怀的视线掠过沙棠,望向了闻今瑶。他们都知道彼此心中所想，担忧或是怨恨，却因为咒力牵制，只能做出违心之举。

"把今瑶放了。"温聿怀低声说。

沙棠目光颤抖地望着温聿怀，不知从何时起，竟变成了他不敢看自己。

魔尊发出大笑："你若是肯跪下求饶，本尊便放了她。"

他要让十二天州的仙士们看看，他们以为的能够击败妖魔的希望，有多么不堪一击。

掐着闻今瑶脖子的妖魔用力，让她发出害怕的尖叫声："二哥！"

温聿怀盯着害怕的闻今瑶，面无表情地丢了剑，跪倒在地，低声求饶。

他最后留给沙棠的，还是如此难堪、令人生厌的一面。

妖魔们放肆嘲笑，追赶而来的仙士们看见这幕，心中皆是一凉。

沙棠望着下方跪地的青年，越来越多的仙士们追赶而来，和妖魔一起看温聿怀如此狼狈卑微的模样。

她久违地感受到了愤怒。

她张嘴欲呼喊什么，却只有腥甜涌上喉头。沙棠难以发声，攥紧双手，在垂仙峡时的恶念再生。

"好！你既如此心甘情愿，本尊也不会失信于你，放了她！"随着魔尊的大笑声，掐着闻今瑶的妖魔将她朝前方甩出去。

温聿怀和赶来的仙士们都朝飞出去的闻今瑶赶去，无人在意后方的沙棠。

沙棠能感觉到自己灵力散去，本就不稳定的灵府也随之震荡。喉间血气翻涌，她伸手捂嘴，血水从指缝中溢出，止不住。

她能清楚地感觉到生命力的流逝。

天上那颗明亮的、散发着妖冶红光的荧惑之星正在注视着她，收回力量。

沙棠最后看见的，是温聿怀起身背对自己，朝闻今瑶走去的一幕。

那身影单薄、孤寂，他似乎也要去很远的地方，独自一人。

他们重新相见后，似乎没有说过一句话。

有再多的话也来不及说了。

沙棠坠落倒地时，只觉得遗憾。

她内心的愤怒在诅咒中发泄过后，又只剩下可怜的哀求，对那颗灾星祈求道：把他还给我吧。

妖冶的红光遮掩了天幕，雷鸣忽然降临，将围绕沙棠的妖魔击碎。

天雷接连而下，无论是妖魔或者仙士，在场的天地万物，都无一幸免。

黑影中的红色竖瞳满是不可置信，不明白为何天降异象。妖魔惊声尖叫着逃窜，温聿怀在混乱中停下脚步，在他脚下，一片黑色的镜子扩散，镜面照出无数杀戮之气，顷刻间将他吞噬。

他是想回头的，却又回不了头。

荧惑之星注视的人也变了。

天上的神明望着人间，却无法阻止因为诅咒而降临的天雷摧毁一切，山石碎裂，让地下的暗河得见天日，水流从四面八方汇合，将整个听海关吞没。

沙棠随着断枝与草屑被卷入水中，不断往下坠落，那根一直系在腕上的红线散开，离她而去。

风雷交错，温聿怀站在黑色的镜面上，垂眸看妖海吞噬群山。他看见被海水带出的那根红线，在无数神界仙君的注视下，主动朝深海走去。

温聿怀这一年里总做同一个梦。

梦里山花遍布，大风吹得花树摇曳，除去呜咽的风声，便是雷鸣震天的声响。草屑被吹落进水中，晃荡的水面倒映出一个模糊的身影。

他仿佛也随着草屑掉落水中，透过厚重的水幕，朝岸上的那抹人影看去。

二十年后。

被妖海吞噬的飞玄州上,生出不少岛屿,有仙人降临岛上,建立了一个小仙门,收了几个徒弟。

最小的徒弟是从海里捞起来的。

小徒弟似乎在冰冷的海水里泡了很久,她身子弱,养了两年多才好起来。

仙人收她为徒,教她术法,常带她游走岛边,看潮涨潮退。

沙棠最初懵懵懂懂,什么都不记得。

师姐每次见到沙棠都会好奇她怎么可以在水下闭气这么久,会捧着脸盯着沙棠,真心发问:"小师妹,你是鲛人吗?"

沙棠茫然地问:"什么是鲛人?"

师姐双眼发亮道:"就是在水里生活的人,还有鱼尾巴,长得也漂亮,像你一样。"

她翻出记载鲛人的古书拿给沙棠看。

沙棠拿着书,一页页翻看着,莫名觉得有些熟悉,似乎以前看过。

"我应该不是,"沙棠把书递回去,轻声说,"我没有尾巴。"

她说得认真,倒是把师姐逗得笑个不停。

除了师姐,上头还有两位师兄。

大师兄为人正直,沉迷剑术;二师兄对修炼兴趣不大,整天吵着要出岛去。

三师姐是个爱凑热闹停不下来的性子,她白天跟大师兄打打架,下午去看二师兄准备如何逃出岛去,晚上带小师妹去岛上溜达,入海抓鱼、上山摘果。

在固定的日子里,仙人会叫来四个徒弟一起修行术法,传授他们剑法、咒术、法符等。

沙棠学得认真又快,师兄师姐都说她写的祈福符最有用,驱邪避灾样样都行。

大师兄可以出岛去外面的世界历练，每次离开都会找沙棠要几十张祈福符，回来时一张不剩。

二师兄为了逃出岛去，对沙棠软磨硬泡，要她帮忙带自己走水路，结果差点溺死在水里。

沙棠把人救起来，唤来师姐帮忙，二师兄这才捡回一条命。

等人醒后，师姐屈指敲着二师兄的额头，骂道："连避息术都学不好，还敢让师妹带你走水路，你脑子不好不要紧，可不要传染师妹。"

二师兄翻了个白眼，想骂回去又没力气，倒是开始认真跟着师尊学法术了。

出岛资格是按照实力来算的。

大师兄实力最强，所以他最先出岛。

这一年，三师姐也可以出去了。

二师兄和沙棠站在师门前面面相觑。片刻后，二师兄说："咱俩也不能输！"

第二年，沙棠可以出岛了，二师兄还在满脸蒙地追问师尊："那水灵兽和水妖兽到底有什么区别啊？"

白胡子的仙人看了眼不成器的二徒弟，闭眼叹息。

二师兄苦着脸对沙棠说："小师妹，咱们师兄妹之间，应该共患难，同甘苦。你看，你要是走了，就剩我一个人孤零零地在岛上……"

沙棠说："还有师尊在，你不是孤零零一个人。"

"师尊那是人吗？那是仙人！那不是人，不能算的。"二师兄疯狂摇头，好说歹说，才让心软的师妹答应多留一年。

翌日，三师姐回岛，三句话就把沙棠勾走了。

二师兄得知如此噩耗，差点晕倒。他趴在桌上，抬头看前方静坐的师尊道："小师妹这么单纯，你老人家怎么这么早就放她出去？斩妖除魔厉害又怎么了，外面多的是险恶的人，又不是妖魔。"

妖魔看不顺眼的，一两刀宰了就是。

可人呢？

人怎么杀?

仙人道:"你师妹只是心善,而非愚蠢。"

二师兄端坐起身道:"师尊,论心善我也差不多,你看我连海里的鱼都不怎么抓,我这两个师妹可是天天下海杀生。"

仙人额角微抽,道:"你是抓不到。"

二师兄干笑一声,闭嘴老实地修炼。

沙棠第一次来到外面的世界,感到陌生又熟悉。

大师兄和三师姐带她在十二天州最热闹的城里疯玩好些日子,结交了不少年轻仙士,彼此来自不同的天州,天南海北聚在一起,总有谈不完的话。

有人问起三人来自哪个天州,大师兄沉吟道:"应该算是飞玄州。"

对方摸摸脑袋,仔细想了想:"飞玄州?是被妖海吞了的那个飞玄州吗?那边都没活人了吧!"

三师姐指了指自己道:"那我是什么人?仙人啊?"

有人解释道:"二十多年前,温家在听海关迎战妖魔时,飞玄州天降异象,天雷毁了听海关,妖海中的海水暴涨,一夜之间把整个飞玄州都吞了。不管是妖魔还是仙士,都死在那儿了。"

"嘶……听起来好瘆人啊!"

"温家?哪个温家?"

"青州温家吧,二十多年前那会儿,他们风头正盛呢!"

"是不是拿了苍雷剑和龙腹剑那个温家啊?"

"对对!温家少主不是拿了这两把神剑去听海关吗?最后这两把神剑好像也不见踪影了。"

说起这两把神剑,大伙都两眼冒光,齐齐扭头看沙棠三人:"你们住飞玄州,那这神剑……"

三师姐翻着白眼道:"一边去,想什么呢,我要是从海里把这两把剑捞起来了，哪还能有你的份？"

众人听她这么说，不免又调侃几句。

沙棠才回过神来，恍然大悟地看着自家师姐。

原来前些年师姐一直要她下海，是为了找这两把剑。

三师姐悄悄地朝沙棠吐了吐舌头，揽过她的肩膀到角落里，悄声道："小师妹，这可是两把神剑，两把！到时候你拿龙腹剑，我要苍雷剑，不然你先选，我拿龙腹剑也可以！"

沙棠点点头，答应了她，三师姐又喜滋滋地回到人群中。

人们说起这两把神剑，不免聊了更多。

如今老洲王的孙子，风头比之当年的温家少主有过之而无不及，人们都说当年的温家少主之所以被传得厉害，都是靠两把神剑。

"咱们这少洲主可不靠神剑，也能在妖海三下五除二把那深海蛟龙给杀了！这不比那温家少主厉害？"

众人都恭维着说"厉害厉害"。

三师姐嘀咕："杀深海蛟龙不用神剑用什么啊？"

"不是他杀的。"沙棠突然说。

"什么？"三师姐探头过去。

沙棠神色一顿，低声道："那深海蛟龙不是温家少主杀的，是温家的二少爷。"

三师姐纳闷："你怎么知道？"

沙棠道："师尊说的。"

"这老头怎么也不跟我说说这些多年前的趣事！"三师姐暗恨。

师兄和师姐出岛后，都迷上了外面的美酒，与仙士友人们推杯换盏，好不快活。

沙棠也被劝着喝了不少，却仍旧清醒，好似喝不醉般，眼眸仍旧清亮。

喝醉的师兄，褪去了平日故作深沉的一面，和几位喝醉的仙士一起拍桌子拔剑豪气干云地喊斩妖除魔，飞升成仙。

三师姐越喝越兴奋，胆子也越大。平日就胆大的人，喝醉后，跟谁都能唠叨两句，不管男的女的，老的小的。

看见合她眼缘的男仙士，便直接上前邀请要不要与她共度一夜风月，把人说得一张俊俏脸通红，结结巴巴道"姑娘你是不是喝醉了"。

沙棠本想去阻止越来越放飞自我的师兄和师姐，后来发现阻止不了，只能假装自己不认识他们，继续与别的仙士喝酒谈笑。

翌日，酒醒的二人毅然决定，戒酒。

沙棠有时跟着师兄师姐历练，有时一个人独行天地。

无论是一个人走山野还是城镇，她都能适应，也能从中学到很多，认识新的人，与之相遇又别离。

每当学会新的东西，沙棠都觉得很开心。

又过了几年，二师兄总算能出岛了。

师兄妹一起接他出岛。二师兄决定，一定要把十二天州玩够了再回去。

三师姐本想嘲笑二师兄第一次出岛，可别像个土包子似的什么都不认识，谁知二师兄在外面的世界如鱼得水。

他们来到花州的第一天就遇上灯会，到处张灯结彩，人来人往，十分热闹。

灯会这天，城中最大的庙宇对外开放，不收香火钱，人潮汹涌。

大殿庭院中新栽的树已经长成参天古树的模样，枝头又挂上数不胜数的红色许愿签。

二师兄一口气写了数十张挂上去，大师兄纳闷地看着他："你哪来这么多愿望，这么贪心可以吗？"

"怎么不可以？"二师兄理直气壮道，"做人就要贪心，不贪心那还是人？"

三师姐递了一张许愿签给沙棠："管它灵不灵，先写了再说！"

沙棠抬眼望着眼前的巨树，摇摇头，轻声道："师姐，你写吧，我没有愿望。"

她不喜欢许愿。

"怎么没有愿望？"三师姐嘀咕，"找到神剑的愿望也没有？"

沙棠被她说得"扑哧"一笑。三师姐没好气地瞪了沙棠一眼，自己把两张许愿签都用了，挂在树上时，才发现二师兄写了数十张，不免看得呆住。

两位师兄在前面招呼着继续往前走。

沙棠临走前，回头看了眼挂满许愿签的巨树。

她不喜欢许愿，却喜欢站在树下看着它的感觉，安宁中还能感受到些许温柔。

沙棠决定，以后每年都要来一次。

二师兄出岛没多久，就遇上少洲主要去妖海寻找闇雷镜的大事。少洲主邀请了不少仙士同行，沙棠等人都在邀请名单内。

大师兄觉得，闇雷镜这种灭世神器若是被找到，肯定会危害天下，他得去阻止。

二师兄和三师姐觉得，有热闹可以看，那当然得去。

至于什么闇雷镜，灭世神器，沙棠问自己认识的人："闇雷镜真的在妖海吗？"

友人们答："也不知这少洲主是从哪儿听说的，好像是老洲王那一辈人的提了一嘴。"

"找什么闇雷镜，他就是躲家里安排的婚约，寻了个借口出来鬼混。"

沙棠已经看腻了海，原本不打算去，却被师兄和师姐拉着上了船。她苦着脸道："可妖海里根本没有闇雷镜。"

"没有就没有，还免了大师兄跟少洲主发疯。"三师姐说，"这次去的妖海可是靠近妖界那边，跟吞了飞玄州的海可不一样。"

沙棠问："有什么不一样？"

三师姐说:"咱们那片海没有妖,这片海里有妖,你说哪里不一样?"

那确实不一样。

沙棠被说服了。

友人说的也没错。

少洲主就是为了逃婚约,寻了个借口躲海里来鬼混的。

出海的巨船上来的几乎都是年轻一辈的仙士,大家每日喝酒聊天、谈笑风生,兴致来了御剑在天上飞一飞,比一比术法。

二师兄跟人吹牛道:"往天上飞算什么,有本事跟我小师妹比一比往海里飞!"

众人听说沙棠可以不用术法在水里呼吸的事,颇感惊奇,纷纷举手要跟她比一比,看看真假。

二师兄找到沙棠说了这事,沙棠说:"既然是师兄你答应的,那二师兄你去跟他们比好了。"

"哎!小师妹,我也下水的,我怎么可能让你一个人去水里呢,要是遇到妖兽了那多危险!"二师兄劝道,"你看昨天大师兄跟他们比御剑输了,闷闷不乐,你三师姐比喝酒也输了,这会儿还在吐,咱们总得赢点什么吧!"

沙棠这才答应。

入夜时,海上迷雾环绕,众人施术驱散夜雾,燃起明火符点亮海面。

少洲主主持这次比试,下水的人若是撑不住了,才能使用术法上来,但使用术法就算输。

三师姐举着酒杯提前庆祝自家小师妹赢了。

沙棠入水后,热闹的声音瞬间远去。

一开始,身边的人还有很多,他们不断往海水更深处探寻,每人身边都跟着一张明火符照亮。

渐渐地,跟着沙棠的人越来越少,越来越多的人在水里憋不住,开始上浮。

二师兄是最早上浮的那批人。

大师兄没好气地看着他,道:"不是说怕小师妹遇到妖兽要跟着吗?"

二师兄扑腾着往船上爬:"她的修为比我都厉害,她更担心我遇到妖兽!"

回来的人越来越多,大家都在感叹沙棠下潜得太远,跟不上。

又好奇她到底能下潜到海底何处。

海下的世界十分安静,不似上面,会听见各种各样的声音。

明火符紧挨着沙棠,为她驱散深海的黑暗,她早已踏入月光无法涉足的领域。

沙棠下潜到海底深处,已经做好了会遇见深海妖兽的准备,只要一发现妖兽,她就立马上浮。

明火符忽然熄灭,再往下,海水冰冷刺骨、黑暗、深沉,宛如没有尽头的深渊,令人胆寒。

沙棠也因此停住。

幽深的黑暗中,她什么都看不见,再往前,似乎连灵气都无法感知,太危险了。

寂静中,连耳膜里血液流动的细微声响都无法听见,世间万物被抛弃在深海之外,在沙棠警惕时,忽然听见"咚"的一声。

就在她耳边,很近,又似很远,昭示着除她以外的生命心脏跳动的声响。

沙棠静心聆听,可海水太冷,就快要将她冻住。四周的黑暗悄无声息地吞噬着她,身体发出警告,要她赶紧离开。

那似远似近,若有若无的心跳声,被沙棠抛之脑后,转身上浮,离开这个诡异又瘆人的地方。

妖海最深、最冷、最暗的地方,长眠于黑色镜面中的身躯静默不语,唯有那人出现时,才能唤醒那颗干净的心脏。

沙棠上浮时重新点燃明火符，冰冷的海水似乎要将她冻死留下，但她拼命地往上浮去，这才逃过一劫。

海水温柔又残忍地与她擦身而过。

沙棠看见海中的月光，这才松了口气。

她瞥了眼身旁的明火符，总觉得似曾相识，在很多时候，她都会产生这样的感觉。

沙棠最初什么都不记得。

可这两年，她断断续续地做梦，似乎又想起来了，梦里的人是她，又不是她。

她不想变成那样，懦弱的、可怜的、被囚禁在命运中，什么都做不到。

对梦里的人来说，时间太短太少，很多事匆忙而过，懵懵懂懂，难以有圆满的结局。

沙棠喜欢梦里那个手腕上系有红线的青年，但她讨厌梦里的自己。

这世上再没有比讨厌自己更可怕的事了。

水下的明火符与海上的明火符互相呼应，沙棠破水而出，听见有人在喊她的名字，是师兄和师姐，还有其他友人。

巨船上的人都在欢呼，叫她回去。

沙棠笑了笑，伸出手，任由师姐将她拉上船。

那只是梦而已，不可当真。

妖海太冷、太黑，她以后都不会来了。

独家番外

结缘

妖海深处藏着闇雷镜的说法越传越广,引来无数仙士和妖魔,想要找到这个拥有毁灭天地力量的神器。

沙棠的师兄和师姐最开始还很感兴趣,数次下海什么都没有捞到,还几次差点被妖兽重伤后,纷纷宣布退出妖海。

"听说那些千万年级别的妖兽都没法下潜到更深处,我们遇见的最多也就五百年修为,算了吧大师兄!咱们修炼三百年后再来!"

三师姐痛心疾首,伸手将试图上船出海的大师兄拉回岸上。

"小师妹——"

二师兄回头刚喊了一声,沙棠就摇头拒绝:"我不去。"

"我们之中就只有你能下潜最深,偏偏你又不愿意。"二师兄叹气。

"为什么非要去找闇雷镜?它若是被人找到,那就有灭世的危险,所以这宝物才会被藏起来。"

"什么宝物?是不祥之物吧!"二师兄纠正她的说法。

沙棠不喜欢这个说法,抬脚轻踹在二师兄的小腿上,在对方的惨叫声中,转身离去。

三师姐认为不能浪费沙棠的天赋，于是转而说服沙棠回飞玄州，下海去捞苍雷剑和龙腹剑。

沙棠也想给自己找一把称手的兵器，于是答应回岛，下海搜寻。

午后，沙棠伏在小船上休息。她梦见自己掉入水中，拼命朝岸边的身影游去。

水波晃荡，光影被层层打碎，导致她看不清岸上之人的脸。醒来时，只记住岸上之人手持一把刻有雷纹的青光长剑。

入夜后，沙棠潜入海中，今天她的状态格外好，朝着深海游去，竟觉得新奇又轻松。

到了月光无法涉足之地，她便点燃明火符，火光照耀下，沙棠远远就看见一道青光闪烁。

沙棠最初以为是海蟹，原本不想理会，离开时想起三师姐嘴馋，便决定给她打捞一些海蟹回去。

等沙棠靠近后，才发现那抹藏在珊瑚丛中的青光并非海蟹，而是一把长剑。

沙棠带着剑回去找师尊。

师尊告诉沙棠，这就是她要找的苍雷剑。

三师姐高兴得蹦起来，抱着沙棠转了一圈，又抱着苍雷剑转了一圈："小师妹！这下看谁还敢小瞧咱们！走，我们明日就带着苍雷剑去打遍天下！"

沙棠低头看着苍雷剑不语。

这把剑竟和她梦里看见的一模一样。

不知为何，她的心变得焦躁，总觉得差了什么，想要立刻跳进海里继续找寻。

"不不，还是先别走，苍雷剑都找到了，龙腹剑还会远吗？小师妹，你再努努力，距离我们找到龙腹剑不远了！"

三师姐鼓励沙棠，毕竟一把神剑不够她俩分，得两把才行。

"龙腹剑也在下面吗？"沙棠无意识地问。

"据我所知，龙腹剑和它的主人一起掉进了妖海。"师尊说。

"妖海？"三师姐听完大惊失色。

沙棠也震惊地朝师尊看去，师尊却笑而不语。

"妖海最近可热闹了，他们在找闇雷镜，可别闇雷镜没找到，反被他们找到了龙腹剑。"三师姐又来了精神，"小师妹，我们不能让他们白捡这个便宜，龙腹剑肯定是我们的！

"你我联手，谁也抢不走！

"走，速速出发妖海！"

没等沙棠回应，师尊就摇头道："不可，不可。"

三师姐纳闷："师尊，有何不可？"

师尊眯着眼，往天上看去："时机未到。"

三师姐说："寻剑还挑什么时机？去晚了就没啦！"

"先去历练百年再看吧。"师尊笑道。

他将三徒弟打发走，留下小徒弟，问她是否要去妖海寻剑。沙棠摇摇头，说："我没想好。"

"时间还有很多。"师尊却道。

沙棠不解。

师尊轻叹一声："为师曾和你说过温家的过往，那温家二少爷，也是这两把神剑的主人。"

"我记得，温家二少爷是个很厉害的仙士。"沙棠点点头。

师尊说："他也是封印闇雷镜的容器。"

沙棠听得怔住。

她竟觉得师尊刚才说了一句十分残忍的话。

"……容器？"

"闇雷镜与他共为一体，为了天下苍生，他甘愿牺牲自己，化作不死不灭之身，永坠妖海，封印闇雷镜。"

"温家二少爷……是个很好的人。"

沙棠张嘴的瞬间，大脑空白，可发出的声音无比温柔。

她认为温家二少爷应该是个很好的人。

愿意为了天下苍生牺牲自己，这世间有多少人有如此觉悟并践行呢？

"怜天地之人，天地也将回报他。"师尊温声笑道，"上神们一直都在寻找彻底解决闇雷镜的办法，只愿他能再等等。"

要等到什么时候呢？

沙棠没能问出口，因为无法得到确切答案。

自从这天后，师尊就不见了。

沙棠也和三师姐带着苍雷剑离开小岛，去外面闯荡世界。

两人这次外出，不再是游山玩水、吃喝玩乐，而是专挑作恶的妖兽出没的地方，去斩妖除魔，积攒福德。

因为身怀苍雷剑，沙棠也遇见许多心怀不轨之人。

他们威逼利诱，想要从沙棠手里抢走苍雷剑，都没能成功。三师姐常常说："他们开出的条件我都心动无数次了，小师妹，你当真就没有过片刻犹豫？"

沙棠说："苍雷剑有主人的，我们只是代为保管。"

"哪儿来的主人？你捡到了它就是你的！"三师姐觉得小师妹有时候过于乖巧，"苍雷剑的前主人早就死了几十年了，现在它的主人就是你。"

"他没死，他……"沙棠说到一半顿住，不知该如何解释，也困惑自己为何会这么想。

因为师尊说过，他要再等等。

——要等到什么时候？

等到什么时候那个人才能分离闇雷镜，从妖海里出来，再把苍雷剑拿回去呢？

"他会回来的。"沙棠如此笃定，"到时候，我会把苍雷剑还给他。"

"你就是太实心眼了。"三师姐恨铁不成钢地伸指点了点她的脑袋。

沙棠没法解释，只是笑了笑。

她坚持等着把剑还给温家二少爷。

师尊不见后，徒弟们各奔东西，只在每年除夕才约定回岛，看看师门其他人是死是活。

这一年除夕，回岛的沙棠发现海水退去，又多了许多小岛。师门的人都在打扫清理这些新的小岛。

沙棠看着眼前的空地，莫名觉得这里应该有一座寺庙，庙里还有一棵巨大的祈福树。

于是，她在此地修建寺庙，种下一棵祈福树。

一棵不到成人膝盖高的祈福树苗，当晚就挂满了师兄师姐们的祈福长签。

沙棠每年都会写很多祈福长签挂上去。

有写给师门众人的，也有写给好友们的，但每一年她都不会忘记给还在妖海中的温家二少爷挂一支祈福长签。

三师姐看到后，纳闷道："小师妹，为什么每一支祈福长签写的都是温家二少爷，怎么不写他的名字？"

"名字？"提笔的沙棠愣住了。

对了，名字，为何她想不起温家二少爷的名字？

三师姐扭头问道："大师兄，那温家二少爷叫什么名字来着？"

大师兄冥思苦想后摇头。

二师兄拧着眉头回忆："反正叫温什么吧！"

三师姐："废话！"

沙棠不语，下笔却自然地写出了一个熟悉又陌生的名字。

"温聿怀。"她轻声念道，竟觉得双眼酸涩。

那一棵小树苗，在百年之后，长成参天大树，挂满了鲜红的祈福长签。

十年、二十年、一百年、三百年……沙棠足足等了三千五百年，从无名仙士，成为一方霸主。

曾经仙士们可望而不可即的圣地垂仙峡，如今也变成了破败的无名之地。

当年春花烂漫的山野，现在只剩荒草枯枝。

沙棠与好友游历至此，听友人说起垂仙峡的过往："听说居住在这里的仙人，也曾是封印闇雷镜的仙人之一。"

"哦，我记得，就是那个给别人假情丝的上仙。"

"怎么个事？"

"当年闇雷镜的主人，带着他的妻子来垂仙峡解惑，上仙给了他一根假的结缘情丝，他以为妻子并不爱他，却还是为了妻子换命，封印闇雷镜。"

"为什么要给假的结缘情丝？"

"怕他沉迷情爱，不想为天下苍生牺牲自己啦。"

"人的贪念是无法预估的。"

"如果知道还有另一种可能，他还会选择牺牲吗？"

在友人们争执不休时，沙棠却停下脚步，朝山道上方望去。

白色的仙鹿从山道探出头来，雪色的鹿角上缠绕着一圈红色的长线，摇摇晃晃地朝着沙棠走来。

"沙棠，你站在那儿做什么？"

"咦，哪儿来的鹿妖？"

"是仙鹿啦！"

仙鹿停在沙棠身前，它歪了歪头，缠绕在鹿角上的结缘情丝滑落。沙棠伸出手接住的瞬间，梦中模糊的景色终于变得清晰。

隔了千年的对话再次响在她的耳边：

"永远都别放手。"

沙棠轻轻捧起结缘情丝，想起温聿怀曾在这里，固执地一遍又一遍给她系上红线又散落的一幕幕。

那些曾不解、懵懂的感情，从未消失，而是在记忆深处生根发芽，蓬勃生长，也在沙棠的心中，长成了参天大树。

"沙棠！"

友人们在呼唤她，来到她身边。

沙棠抬首，朝他们笑道："这次一定能系上了。"

这一年，沙棠独自乘船去了妖海。

明火符驱散海上的迷雾。

沙棠站在下放的小船边，将红线缠绕在手腕上，另一端没入水中，朝着深海而去。

结缘情丝缠绕在男人腕上，系成了一道死结。

漆黑死寂的深海里，温聿怀耳畔却响起女人温柔缱绻的声音：

"温聿怀。"

"天地把你还给我了。"

沙棠纵身潜入海中，朝着被她唤醒的人游去。

—全文完—

我妻祝棠，
无拘无缚。

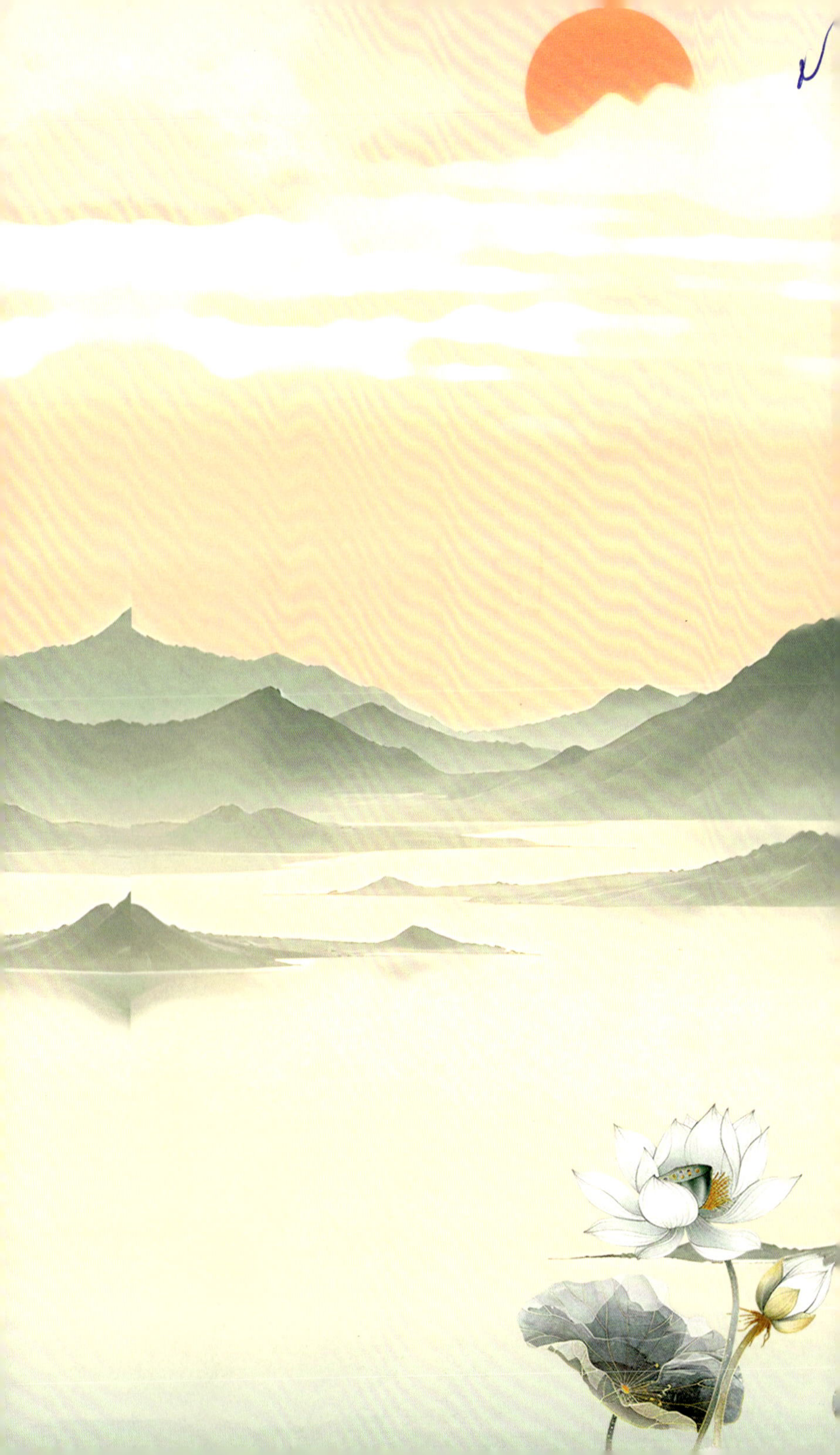